TANJA JANZ

# Was die DÜNEN verheißen

## ST.-PETER-ORDING-SAGA

Band 2

HarperCollins

1. Auflage 2024
Originalausgabe

Gesetzt aus der Stempel Garamond
von GGP Media GmbH, Pößneck
Druck und Bindung von CPI books GmbH, Leck
Printed in Germany
ISBN 978-3-365-00388-6
www.harpercollins.de

Klimaneutral
Druckprodukt
ClimatePartner.com/15109-2009-1001

MIX
Papier
FSC
FSC® C083411

*Für Vera Schwarz, Birgit Jakobs*
*und Ulrike Schligtenhorst*
*- die nächste Generation*
*der Familie Schön und Zeitzeugen*
*von St. Peter-Ording in den*
*wilden 1970ern*

# Teil 1

# KAPITEL 1

## *Juli 1978, am Strandcafé in Sankt Peter-Ording*

Die Nachmittagssonne strahlte von einem nahezu wolkenlosen Himmel, der so tiefblau war, als hätte ihn jemand mit einem Tuschkasten gemalt. Auf den Dünen wiegte sich der blühende Strandhafer rauschend im auffrischenden Wind. Und in der Ferne erhob sich majestätisch das rot-weiße Leuchtfeuer von Westerhever.

Die Flut hatte eingesetzt. Wellen brandeten geräuschvoll an den Strand und umspülten die Holzstelzen des Pfahlbaus am Ordinger Strand. Ein paar Möwen ließen sich auf dem Wasser treiben und hielten den Blick auf den Horizont gerichtet. Von den unzähligen Badegästen, die Abkühlung in der Nordsee suchten, nahmen die Wattvögel keinerlei Notiz.

Julia lief die hölzerne Treppe des Ordinger Strandcafés hinunter. Dabei löste sie geschickt den Knoten ihrer Schürze, die sie über ihrem knielangen Kleid getragen hatte, und warf sie sich wie bereits unzählige Male zuvor nachlässig über eine Schulter. Vor der letzten Stufe machte sie kurz halt, streifte sich die Sandalen ab und warf sie auf den Strand. Beim nächsten Schritt schon tauchte ihr Fuß in die kühle Brandung. Durch das klare Wasser beobachtete Julia, wie ihre Zehen zwischen Muscheln im Schlick versanken. Hinter sich hörte sie eiliges Fußgetrappel auf der Holztreppe.

»Warte doch auf mich!«

Julia drehte sich um und legte den Kopf leicht in den Nacken. Mit einer Hand hielt sie ihre dunkle Mähne zusammen, die ihr sonst der Wind ins Gesicht gepustet hätte. »Leg du lieber einen Zahn zu! Unsere Pause dauert schließlich nicht ewig!« Lachend stapfte sie durch das wadenhohe Salzwasser, das mit jeder neuen Welle an ihren Beinen emporspritzte. An einer Holzstelze des Pfahlbaus, die von unzähligen Algen und Muscheln bedeckt war, blieb sie stehen und griff nach der Schachtel, die in einer ihrer Kleidtaschen steckte. Sie entnahm ihr ein Feuerzeug und zwei Zigaretten, die sie beide zwischen ihre Lippen nahm und dann nacheinander ansteckte. »Hier, Conny.« Sie hielt ihrer Freundin eine Zigarette entgegen.

»Danke. An den hast du in deiner Eile aber nicht gedacht.« Nachdem sie die Zigarette angenommen hatte, hob Conny triumphierend einen Schleuderaschenbecher hoch.

»Dafür ja du«, entgegnete sie keck und zwinkerte ihrer Freundin gut gelaunt zu. Sie nahm einen tiefen Zug und ließ dann langsam den Rauch durch ihren Mund entweichen. »Heute ist ja wieder der Teufel los. Es kommt mir vor, als machte halb Deutschland in Sankt Peter Urlaub.«

Conny zuckte mit den Schultern. »So viele sind es bestimmt nicht. Aber besser so als totale Flaute. Wie viel Trinkgeld hast du denn schon?«

Julia lehnte sich an den Holzpflock und blinzelte gegen die Sonnenstrahlen, die ihr aufs Gesicht fielen. »Über zwanzig Mark auf jeden Fall. Vielleicht sind es auch schon dreißig. So genau weiß ich das nicht. Und du?«

Abermals zuckte Conny mit den Schultern. »Zwanzig Mark bestimmt, sicher noch keine dreißig. Trotzdem sind die Leute spendabel.«

»Klaro. Alle haben Urlaub, es ist klasse Sommerwetter, und außerdem gibt es bei uns die beste Friesentorte von ganz Eiderstedt. Keiner backt bessere Torten als meine Mutter. Das ist in Sankt Peter bekannt.«

»Jaja, das stimmt natürlich. Nicht zu vergessen: Im Strandcafé hat man zudem auch den schönsten Blick aufs Meer«, ergänzte Conny.

Julia schmunzelte. »Na eben. Die Aussicht bis zum Westerhever Leuchtturm bekommen unsere Gäste gratis zum Kännchen Kaffee dazu. Da kann man auch ruhig mal zwei Mark springen lassen, finde ich.«

»Stimmt. Wenn das so weitergeht, habe ich nächstes Jahr bestimmt das Geld für den Führerschein zusammen. Dann leihe ich mir die Ente meines Bruders und kutschiere dich nach Hamburg zum Schaufensterbummel.«

»Kutschiere mich lieber zum Flughafen.« Seufzend ließ Julia den Blick in die Ferne schweifen. »Bald bin ich Stewardess und werde die ganze Welt bereisen.«

Conny lächelte kopfschüttelnd. »Bald ist gut. Bis zum Abi ist es noch eine Weile hin, und volljährig wirst du auch erst nächstes Jahr. Vorher wirst du wohl keine großen Sprünge machen.«

Traurig nickte Julia. »Das weiß ich doch. Ob ich aber noch für ein weiteres Schuljahr zur Penne gehen werde, das steht in den Sternen.«

Conny zog die Augenbrauen zusammen. »Willst du etwa so kurz vor dem Abi die Schule schmeißen?«

»Am liebsten würde ich sofort abbrechen. Wofür brauche ich ein Abi als Stewardess? Außerdem hat Achim bloß Mittlere Reife.«

»Du meinst das wirklich ernst, oder?«

Julia zuckte eine Schulter. »Na sicher. Wieso sollte ich

mir denn die Paukerei weiter antun? Ich habe nicht vor, später mal zu studieren.«

»Vielleicht weil du das Zeug zum Abi hast und dir alles nur so zufliegt?«, fragte Conny, als wäre ihre Freundin schwer von Begriff.

»Von wegen Zufliegen! Für die letzten Klausuren musste ich ganz schön ranklotzen.«

»Sei es drum! Deine Englisch- und Franznoten hätte ich jedenfalls gerne. Und wenn man dich im Unterricht so reden hört, könnte man meinen, es wären deine Muttersprachen. Du bist ein echtes Sprachentalent.«

»Ach!« Julia winkte ab. »Dafür bist du mir in Mathe haushoch überlegen.«

»Und wennschon. Das Abi in der Tasche zu haben hat noch keinem geschadet.«

Julia verdrehte lachend die Augen und schnippte etwas Asche in das silberne Gefäß, das Conny immer noch in einer Hand hielt. »Du klingst schon wie mein Vater.«

»Wenn unser Vater dich dabei erwischt, dann rappelt es im Karton!«, rief Achim in diesem Moment und kam durch das Wasser auf sie zugewatet. Er hatte seine helle Stoffhose bis zu den Knien hochgekrempelt, und auf seiner Nase saß eine Sonnenbrille. »Was sollen denn die Gäste denken?«, zischte er Julia zu, als er bei ihnen war. Verstohlen warf er einen Blick über seine Schulter.

»Ich werde doch wohl das Recht haben, in meiner Pause eine Zigarette zu rauchen«, fuhr sie kopfschüttelnd ihren Bruder an. »Oder bist du jetzt etwa beim Ordnungsamt angestellt?«

Achim machte eine unwirsche Handbewegung. »Erzähl nicht so einen Blödsinn! Was macht das denn für einen Eindruck? Die Tochter der Inhaber quarzt unter dem Café wie ein Schlot und nebelt alles ein. Du weißt genau, wie schnell man seinen guten Ruf bei den Gästen riskiert.«

»Wir sind ja auch schon fertig.« Conny warf ihr einen besänftigten Blick zu, bevor sie schuldbewusst ihre Zigarette im Aschenbecher ausdrückte.

»Du gehst mir mit deinem Spießertum gehörig auf die Nerven, weißt du das?« Genervt nahm Julia ihrer Freundin den Aschenbecher ab und entsorgte ihre Zigarette ebenfalls. »Bist du nun zufrieden?«

»Schon besser«, sagte Achim versöhnlicher.

»Was machst du eigentlich hier? Ich dachte, du hast heute so viel wegen der Gesellschaft im Restaurant zu tun?«, fragte Julia.

»Mehr als genug sogar. Aber Biggi hat Appetit auf Friesentorte, und die ist im Hotel aus«, erklärte er und grinste. »Da dachte ich, ich schau mal hier vorbei – und bevor ich einen Fuß ins Café setzen kann, erwische ich dich beim Rauchen.« Noch einmal schüttelte er missbilligend den Kopf.

Conny strich sich amüsiert das Haar glatt. »Das muss echte Liebe sein, wenn du dafür extra mit dem Roller nach Ording fährst.«

»Für die zukünftige Mutter unseres Sohnes ist mir kein Weg zu weit.«

»Seit wann wird euer Kind denn ein Junge?«, fragte Julia belustigt. »Biggi hat mir vor ein paar Tagen noch eine Liste mit Mädchennamen gezeigt und mich gefragt, welchen ich am schönsten finde.«

Achim winkte ab. »Ich habe im Gefühl, dass es ein Junge wird.«

»Wenn das so ist …« Julia drückte ihm den Aschenbecher in die Hand. »Die Friesentorte ist im Café übrigens auch fast ausverkauft. Du solltest dich beeilen, wenn du für Biggi noch ein Stück ergattern willst.«

»Warum sagst du das denn nicht gleich?« Hastig wandte Achim sich ab und watete Richtung Strandcafé. Vor der Holztreppe krempelte er seine Hosenbeine hinunter und schlüpfte in die Schuhe, die er zuvor auf einer der unteren Treppenstufen abgestellt hatte.

Julia sah ihm nach. Wieder einmal fragte sie sich, wie es sein konnte, dass sie so grundverschieden waren. Schließlich waren sie Zwillinge. Zweieiige Zwillinge zwar, aber immerhin blutsverwandt, und ihre Geburtszeit lag bloß zwölf Minuten auseinander. Äußerlich kam sie ganz nach ihrer Mutter. Achim wiederum hatte das blonde Haar und die blauen Augen von ihrem Vater und dazu noch den disziplinierten Charakter ihres Großvaters geerbt. Nach wem sie charakterlich schlug, konnte sie nicht genau sagen. Wahrscheinlich war sie eine Mischung aus beiden Elternteilen. Manchmal glaubte sie, dass bei ihr mehr vom Schlag der Familienlinie aus dem Ruhrgebiet ausgeprägt war als bei ihrem Bruder – oder sie kam nach ihrer Tante väterlicherseits, die mit ihrer Lebensart auch von den traditionellen Vorstellungen ihrer Familie abwich.

Die Hansens waren eine der ersten Hotelierfamilien in Sankt Peter-Ording gewesen. Ihre Großeltern hatten das bekannte Strandhotel im Ortsteil Bad zu einer der ersten Adressen auf der Halbinsel Eiderstedt gemacht, und ihre Eltern hatten die Tradition am Platz fortgeführt. Vor ihrer Geburt hatte ihre Mutter das Familienunternehmen noch durch das Strandcafé in Ording erweitert, das ebenfalls hoch in der Gunst der Gäste stand. Ihr Bruder ging ganz im touristischen Familienbetrieb auf – im Gegensatz zu Julia, die es in die große weite Welt zog.

Julia fing Connys fragenden Blick auf. »Manchmal denke ich, Achim ist schon dreißig und nicht erst siebzehn.«

Conny hob die Schultern. »Vielleicht liegt es daran, dass er bald Vater wird.«

»Eigentlich war er ja schon immer so«, überlegte sie laut. »Aber seit Biggi schwanger ist, kommt es mir vor, als ob er in kürzester Zeit um mindestens zehn Jahre gealtert ist.«

Bedächtig sah Conny sie an. »Wer weiß, wie wir uns verhalten, wenn eine von uns plötzlich die Nachricht bekommen würde, bald Mutter zu werden.«

Bekümmert senkte Julia den Blick. »Wir geraten in letzter Zeit ständig aneinander. Es ist, als würden wir in zwei verschiedenen Welten leben.«

»Tut ihr das denn nicht auch?«

Sie nickte und sah ihre Freundin wieder ernst an. »Irgendwie schon. Ich habe jedenfalls nicht vor zu heiraten, sobald ich volljährig bin.«

»Du machst dann lieber gleich den Abflug.«

»Und den am liebsten sofort über den großen Teich.«

Conny schmunzelte. »Eilig hast du es jedenfalls mit deinen Plänen. Das kommt mir bei deinem Bruder auch so vor.«

»Ja, vielleicht sind wir uns in der einen Sache doch ein bisschen ähnlich.« Sie legte den Kopf schief und wiederholte ihren hoffnungsvollen Vorschlag. »Komm doch mit mir mit.«

Conny schüttelte lachend den Kopf. »Lieber nicht! Dafür habe ich viel zu große Flugangst.«

Sie hatte mit keiner anderen Antwort gerechnet. Und trotzdem wäre es schön gewesen, mit ihrer Freundin zusammen das Abenteuer große weite Welt zu suchen. Julia schaute auf ihre Armbanduhr. »Die Pause ist gleich vorbei. Lass uns zurückgehen.«

»Wie steht es eigentlich zwischen dir und Manuel? Willst du ihm eine Chance geben?«, fragte Conny, als sie wieder am Strand waren.

Julia blieb vor der Treppe stehen und zog sich die Schürze wieder an. »Nein, mit Manuel und mir wird es nichts. Wir kennen uns schon aus dem Sandkasten. Fast kommt es mir vor, als wäre er mein zweiter Bruder.«

»Ich bin sicher, das sieht er ganz anders«, bemerkte Conny. »Wie er dich immer anhimmelt. Das fällt doch inzwischen einem Blinden mit Krückstock auf.«

»Mag sein. Aber ich interessiere mich nicht für ihn. Zumindest nicht mehr als für einen guten Freund.« Julia prüfte den Sitz der Schleife, die sie aus den Schürzenbändern gebunden hatte. »Außerdem ist Manuel genauso spießig wie Achim. Nach der Schule wird er das Restaurant seiner Eltern übernehmen und dann für den Rest seines Lebens in Sankt Peter versauern. Nein, danke! Darauf habe ich keine Lust. Ich will die Welt sehen, etwas erleben. So wie meine Tante Amelie. Genau so möchte ich einmal sein.« Ihr war bewusst, wie stark ihr die Bewunderung anzuhören war. Die Tatsache, dass ihre Tante sich über die Familientradition hinweggesetzt und nach Frankreich gegangen war, um dort als Modedesignerin zu arbeiten, hatte Julia schwer beeindruckt. Eines Tages wollte sie auch so mutig sein und ihr Glück an einem anderen Ort versuchen.

»Ist sie denn noch bei euch zu Besuch?«, erkundigte sich Conny.

»Ja.« Julia nickte knapp, bevor sie die Stufen zum Café hochstieg. Conny ging neben ihr her. »Leider nur noch bis heute Abend. Sie muss wieder zurück nach Paris, weil sie dort berufliche Verpflichtungen hat. Nachher bringe ich sie zusammen mit meinem Vater zum Flughafen nach Hamburg. Die Zeit mit ihr vergeht immer wie im Fluge.«

Mahnend hob Conny den Zeigefinger. »Hauptsache, du fliegst nicht mit.«

Julia blieb auf der vorletzten Stufe stehen, blickte ihre Freundin an und seufzte schwer. »Wenn ich es nur könnte, würde ich es tun.«

»Gut, dass wir nicht alles tun können, was uns in den Sinn kommt. Ohne dich würde ich mich hier doch sehr langweilen.«

»Keine Sorge, so schnell wirst du mich nicht los.« Julia lächelte und gab Conny einen Kuss auf die Wange. »Du bist doch die beste Freundin, die ich mir wünschen kann.«

»Das hoffe ich stark!«

»Na, komm. Es warten bestimmt schon einige Bestellbons auf uns.« Sie legte Conny den Arm um die Schulter und zog sie mit sich.

»Es tut mir wirklich sehr leid, Frau Hansen, aber Ihr Flug nach Paris verspätet sich aufgrund eines technischen Defekts um ungefähr anderthalb Stunden«, sagte die Dame hinter dem Schalter über das Stimmengewirr in der Empfangshalle hinweg. Obwohl es absolut keine erfreuliche Nachricht für die betroffenen Passagiere war, lächelte sie das Problem gekonnt weg.

»Danke.« Tante Amelie drehte sich um und hob die Schultern. »Da kann man wohl nichts machen, außer abwarten und Tee trinken.«

Wie immer war sie stilsicher gekleidet. Zu einer hellen Leinenhose trug sie ein passendes Jackett und eine lockere helle Bluse, auf deren Brusthöhe jeweils zwei Taschen aufgesetzt waren. Aus einer lugte eine Sonnenbrille mit großen braunen Gläsern hervor. Die schulterlangen blonden Locken hatte sie mit einem lindgrünen Haarband gebändigt.

»Da hättest du ja noch genug Zeit für ein Abendessen bei uns gehabt.« Julias Vater nahm den Koffer seiner Schwester und blieb einige Meter vom Schalter entfernt stehen. »Das ist wirklich ärgerlich.«

»Ach, halb so schlimm, Tom. Verspätungen sind doch im Flugverkehr an der Tagesordnung. Ob ich zwei Stunden eher oder später in Paris lande, ist egal. Hauptsache, ich bin morgen früh pünktlich zu meinem Termin im Atelier. An Bord gibt es bestimmt ein paar Sandwiches.«

»Was machen wir denn jetzt?«, fragte Julia. Sie fand den Umstand, sich länger am Flughafen aufzuhalten als geplant, überhaupt nicht schlimm. Das geschäftige Treiben und die besondere Reiseatmosphäre lösten ein angenehmes Prickeln in ihrem Bauch aus. Das musste Reisefieber sein!

»Abwarten, bis deine Tante an Bord der Maschine gehen kann«, antwortete ihr Vater schlicht.

»Wir müssen ja nicht die ganze Zeit hier rumstehen«, erwiderte Amelie. »Es ist ein angenehmer Sommerabend. Vielleicht hat die Aussichtsterrasse noch geöffnet. Von da aus können wir die startenden und landenden Maschinen beobachten.«

»Das wäre spitze! Ich würde gerne Flugzeuge beobachten.« Julia klatschte begeistert in die Hände. »Können wir das machen, Papa?«

»Von mir aus«, stimmte er zu. »Ich besorge mir zuerst ein Getränk. Meine Kehle ist ganz trocken von der stickigen Luft. Hier in Hamburg ist es im Vergleich zu Sankt Peter ziemlich schwül. Möchtet ihr auch etwas?«

»Gerne. Eine kalte Coca-Cola wäre wunderbar.« Amelie fächelte sich mit ihrem Flugschein etwas Luft zu.

»Für mich auch eine Cola, bitte.«

»Also gut. Geht ruhig schon mal vor. Bis gleich.« Ihr Vater verschwand zwischen den Reisenden in der Halle.

Sie hatten Glück. Julia strahlte über das ganze Gesicht, als sie auf der Besucherterrasse ankamen. Hier wehte ein angenehmes Lüftchen. Vor ihren Augen erhob sich gerade ein Flugzeug in die Lüfte. »Das ist ja der helle Wahnsinn!«, entfuhr es ihr begeistert.

»Schau, da vorne gibt es Ferngläser. Willst du?« Amelie zeigte zu einem der silbernen Feldstecher, die für Besucher aufgestellt worden waren.

»Na klaro!«

Sie blieben vor einem der Ferngläser stehen. Amelie stellte ihren Koffer neben sich ab und entnahm ihrer Geldbörse einen Groschen. Sie steckte die Münze in den dafür vorgesehenen Schlitz. »Schau! Da hinten ist eine Maschine im Landeanflug.« Sie deutete auf einen Punkt am Himmel links von ihnen.

Julia peilte den Flieger mit dem Feldstecher an und verfolgte atemlos seine Flugbahn. Wenig später setzte das Flugzeug mit den Rädern auf der Rollbahn auf und kam weiter hinten schließlich zum Stehen. Sie hob den Blick und seufzte. Dann schaute sie zu Amelie. »Es muss wahnsinnig aufregend sein, eine Flugreise zu machen. Ich beneide dich so sehr. Dass du in so vielen Ländern unterwegs sein kannst, das stelle ich mir herrlich vor.«

»Komm mich doch mal in Paris besuchen. Ich hole dich dann vom Flughafen ab«, schlug ihre Tante leichthin vor, als wäre es das Normalste von der Welt.

Julia zog bedeutungsschwer die Augenbrauen hoch.

»Das würde ich zu gern. Aber Papa wird es mir nicht erlauben. Obwohl mein Französisch nahezu perfekt ist. Ich muss warten, bis ich volljährig bin.«

Tante Amelie lächelte sie aufmunternd an. »So lange dauert es ja glücklicherweise nicht mehr bis zu deinem achtzehnten Geburtstag. Nächstes Jahr im Sommer bist du dann mein Ehrengast bei der Modenschau, ja?«

In ihrer Nähe erklang Gelächter. Julia drehte sich in die Richtung, aus der die fröhlichen Stimmen kamen. Einige Meter von ihnen entfernt hatten sich zwei gertenschlanke Frauen in gelber und marinefarbener Uniform an die Begrenzung der Aussichtsterrasse gestellt. Auf ihren Köpfen saßen passende Hüte, ihre makellosen Gesichtszüge wurden von einem dezenten Make-up unterstrichen. In ihren Händen hielten beide ein Eis am Stiel. Sie unterhielten sich und schienen ihr Leben in vollen Zügen zu genießen.

»Und irgendwann werde ich dann Stewardess«, sagte Julia leise, mehr zu sich selbst.

Ihre Tante blickte ebenfalls zu den Frauen. »Das Zeug dazu hättest du. Die Lufthansa wäre bestimmt entzückt, wenn du dich bewirbst. Ein hübscheres Mädchen als dich habe ich noch auf keinem Laufsteg gesehen.«

Julia senkte den Blick und spürte, wie sie errötete. »Das hast du lieb gesagt.«

Ihre Tante legte ihr eine Hand auf die Schulter. »Das habe ich nicht nur so gesagt, das meine ich auch so. Dir steht die Welt offen. Du musst dich nur bewerben und dann zum Vorstellungsgespräch gehen. Der Rest regelt sich von allein.«

Ernst sah Julia ihre Tante an und merkte, wie ihre Hoffnung wuchs. »Ich weiß nur nicht, wie das geht mit dem Bewerben bei der Lufthansa.«

»Na, das werden wir gleich herausfinden.« Amelie griff entschlossen nach ihrem Koffer, mit der anderen Hand hakte sie sich bei Julia ein.

»Was hast du vor?«, fragte Julia erstaunt.

»Wir packen die Gelegenheit beim Schopfe, gehen zu den beiden netten Stewardessen und fragen einfach nach. Sie müssen es ja wissen, wie das mit den Bewerbungen bei der Lufthansa funktioniert.«

»Können wir das denn so einfach so tun?« Julia zögerte. Sie spürte, wie der Mut sie zu verlassen drohte. Für sie waren die Air-Hostessen wie Wesen von einem anderen Stern. Sie konnte sich nicht vorstellen, dass sie sich mit ihr unterhalten würden. Aber vielleicht mit ihrer Tante.

»Selbstverständlich können wir das«, sagte Amelie selbstsicher. »Nur machen wir das besser, bevor dein Vater mit den Getränken auftaucht.«

»Also gut.« Julia straffte ihre Schultern und lächelte. »Im nächsten Sommer wird alles anders sein. Dann werde ich das tun, wovon ich bisher nur träumen konnte.«

»Das wirst du! Da bin ich mir sicher. Aber nun komm!«

# KAPITEL 2

*Juli 1978, im Strandhotel im Ortsteil Bad von Sankt Peter-Ording*

Sabine Hansen wickelte einen Teil der Telefonschnur um ihren Finger und lauschte konzentriert auf das Tuten in der Leitung. Dabei ließ sie den Blick durch das große Fenster gleiten. Es war früh am Morgen, und die Sonne stand noch tief über der nordfriesischen Küstenregion. Die Seebrücke lag verwaist in der Ferne, während vor dem Hotel ein Pkw hielt, aus dem kurz darauf frische Backwaren für die Hotelgäste entladen wurden.

Nach dem zehnten Tuten meldete sich endlich ihre Mutter.

Sabine atmete erleichtert auf. »Guten Morgen, Mutti. Ich dachte schon, es wäre was passiert.« Sie konnte das Radio in der Küche im Hintergrund hören. Das Einschalten des Geräts war jeden Morgen der erste Handgriff ihrer Mutter; noch bevor sie die Kaffeemaschine anstellte, hörte sie Musik. Und spätestens ab 12:00 Uhr mittags ließ sie sich die Hausarbeit von den Moderatoren bei Radio Luxemburg versüßen.

»Was soll denn passiert sein? Von der Kaffeemaschine bis zur Diele brauche ich nun einmal ein paar Sekunden.«

Sabine schluckte die Entgegnung, die ihr auf der Zunge lag, hinunter. »Ist gut, Mutti.« Die Tatsache, dass ihre Mutter ein schwaches Herz hatte und mitunter wackelig auf den Beinen war, ignorierte sie gerne – besonders vor ihren Kindern tat sie, als wäre sie kerngesund, damit sie sich ja keine Sorgen um sie machten. Schwäche zeigen, das kam für diese Generation nicht infrage, eher wurden »gesundheitliche Missgeschicke« in Kauf genommen.

»Ich komme gegen halb sechs am Gelsenkirchener Bahnhof an«, erklärte Sabine übergangslos.

»Dann bist du zum Abendbrot hier«, schlussfolgerte ihre Mutter.

»Du kannst ab sechs Uhr mit mir rechnen. Ich nehme den 382er bis zur Kolberger Straße.«

»Möchtest du was Besonderes essen? Ich gehe nachher noch zu Hues einkaufen.«

»Meinetwegen brauchst du nicht extra einkaufen zu gehen. Ich esse das, was auf den Tisch kommt«, sagte sie bestimmt und nahm eine geradere Haltung ein. Der kleine Lebensmittelladen in der Zechenhaussiedlung war bloß eine Straße entfernt. Aus Erfahrung wusste Sabine allerdings, dass ihre Mutter beim Thema Gastfreundlichkeit zu Übertreibungen neigte. Die Vorstellung, dass sie sich mit viel zu schweren Taschen die Straße entlangschleppen oder gar stürzen könnte, bereitete ihr große Sorgen. Ihr Vater war seit einem Arbeitsunfall auf der Zeche nicht mehr gut zu Fuß unterwegs und konnte ihre Mutter deswegen kaum entlasten. Vor zwei Jahren hatte er sich ganz aus dem Berufsleben zurückgezogen. Sabine hoffte, dass er es seitdem ruhiger angehen ließ, aber sicher war sie sich nicht.

»Ach was! Ich muss eh einkaufen«, entgegnete ihre Mutter unwirsch. »Da kommt es auf ein Teil mehr oder weniger nicht an.«

Sabine seufzte. »Das können wir doch auch morgen gemeinsam machen. Ich kann dann beim Tragen helfen.«

»Sabine! Wenn dich andere so reden hören, denken sie, du sprichst mit einer Greisin. Als deine Großmutter in meinem Alter war, hat sie ganz andere Strecken zu Fuß zurückgelegt. Und da hat auch keiner beim Tragen geholfen. So gebrechlich bin ich nun wirklich nicht, dass ich keine zwei Taschen tragen kann.«

Sabine wusste, dass es keinen Zweck hatte, mit ihrer Mutter weiterzudiskutieren. »Ist gut, Mutti«, erwiderte sie daher ergeben. »Wir sehen uns dann heute Abend.«

»Gute Reise und bis nachher! Wir freuen uns schon auf dich, Sabinchen.«

»Ich freue mich auch. Bis heute Abend.« Sie verabschiedete sich von ihrer Mutter und legte den Hörer zurück auf das farngrüne Telefon. Einen Augenblick überlegte sie, ob sie ihre Schwester Karin anrufen sollte, damit sie bis zu ihrer Ankunft in Gelsenkirchen ein Auge auf ihre Mutter hatte. Doch sie verwarf den Gedanken wieder. Karin hatte genug um die Ohren. In ein paar Tagen wollte ihre kleine Schwester mit ihrem Dauerverlobten Volker ein Reisebüro am Gelsenkirchener Markt eröffnen. Ihr Bruder Rolf war auch tagsüber mit seiner Arbeit in der Backstube beschäftigt.

Abermals seufzend ging Sabine ins Schlafzimmer, wo sie bereits den Koffer aufs Bett gelegt und geöffnet hatte. Aus dem Schrankfach nahm sie einige Wäschestücke und legte sie hinein. Nachdenklich blickte sie auf das eingerahmte Foto, das auf einer Kommode stand und sie mit ihren Eltern und Geschwistern zeigte. Sie nahm es in die Hand und strich sanft mit den Fingerspitzen über die Fotografie. Karin und Rolf lebten nach wie vor in Gelsenkirchen. Nur sie war damals aus Liebe zu Tom nach Sankt Peter-Ording gezogen und hatte das Ordinger Strandcafé von seinen ehemaligen Besitzern übernommen. Kurz darauf war sie mit ihren Zwillingen schwanger geworden.

Sie liebte ihr Leben an der nordfriesischen Küste sehr und konnte sich keinen besseren Ort vorstellen, um Kinder großzuziehen. Doch manchmal überkam sie ein Anflug von schlechtem Gewissen, wenn sie an ihre Eltern dachte. Sankt Peter-Ording war viel zu weit weg, um regelmäßig bei ihnen nach dem Rechten zu sehen und sie zu unterstützen. Sabine war froh, wenn sie es zwei oder drei Mal im Jahr schaffte, ins Ruhrgebiet zu reisen. Obwohl sie nicht müde wurde, ihre Mutter und ihren Vater nach Sankt Peter-Ording einzuladen, waren sie erst zweimal im Strandhotel zu Gast gewesen. Die Zugreise war ihnen zu lang, und ihr Vater konnte nur schlecht in einem fremden Bett schlafen. Lieber blieb er in seiner gewohnten Umgebung und machte Radausflüge den Rhein-Herne-Kanal entlang.

Sabine wusste, dass ihre Geschwister ihr Möglichstes taten, doch sie hatten auch ihr eigenes Leben und konnten nicht immer für ihre Eltern da sein. Ihr Bruder war verheiratet und hatte drei Kinder. Dadurch war er noch weniger abkömmlich als Karin. Nicht dass ihre Eltern jemals um Hilfe gebeten hätten.

Sie stellte das Foto zurück und öffnete den großen Kleiderschrank gegenüber dem Ehebett. Als es leise an der Tür klopfte, zuckte Sabine zusammen.

»Entschuldige. Ich wollte dich nicht erschrecken.« Tom stand im Türrahmen und hatte mit einem Finger gegen die Holzzarge geklopft. Er lächelte sie zärtlich an.

»Schon gut.« Sabine machte eine wegwerfende Handbewegung. »Ich war bloß in Gedanken.«

Gelassen kam er ins Schlafzimmer und setzte sich neben dem Koffer aufs Bett. »Bist du wegen deiner Eltern in Gedanken?«

Sabine nickte und nahm ein geblümtes Kleid vom Bügel. »Ich habe gerade mit meiner Mutter telefoniert. Das Gefühl, dass sie mit ihrem Alltag überfordert sind, beschleicht mich immer öfter. Natürlich lassen sie sich nichts anmerken und tun so, als wäre alles in bester Ordnung. Aber die gesundheitlichen Einschränkungen zu ignorieren, das kann ja zu keinem guten Ende führen.« Sie faltete das Kleid und legte es ordentlich in den Koffer.

Liebevoll sah Tom sie an und griff nach ihrem Arm, bevor sie wieder zum Kleiderschrank laufen konnte. »Mach dich nicht so verrückt. Deine Geschwister sind doch in der Nähe.«

»In der Nähe schon, aber sie sind berufstätig und haben keine Zeit, sich permanent zu vergewissern, dass alles in Ordnung ist.«

»Es wird schon nichts passieren. Bisher ist es doch gut gegangen«, versuchte er, sie zu beruhigen.

Sie seufzte. »Du hast gut reden. Deine Eltern wohnen hier mit uns im Hotel und erfreuen sich glücklicherweise bester Gesundheit.«

Er ließ die Hand sinken, legte sie auf die Tagesdecke und nickte. »Da hast du recht. Wahrscheinlich würde ich mir ähnliche Gedanken machen, wenn ich an deiner Stelle wäre.«

Sabine inspizierte wieder den Kleiderschrank. »Was machen unsere Kinder denn?«, wechselte sie das Thema und nahm einen Bügel, auf dem eine Bluse hing, von der Kleiderstange.

Erfreut lachte Tom auf. »Achim sorgt dafür, dass das Frühstück für die Gäste vorbereitet wird. Davor hat er die

Terrasse gefegt und für Biggi einen bequemen Platz hergerichtet. Du kennst ihn ja, er möchte, dass alles ordentlich ist, und besonders, dass es der werdenden Mutter gut geht.«

»Nicht zu fassen, dass wir bald Großeltern werden!« Sabine kam mit einer anderen Bluse zurück.

»Ich finde es gar nicht schlecht«, erwiderte er. »So werden wir hoffentlich viele gemeinsame Jahre mit unserem Enkelkind verbringen.«

Sabine nickte. »Und Julia? Ist sie schon auf dem Weg zum Gymnasium?«

Seine Miene verfinsterte sich leicht. »Ist sie. Aber davor hatten wir unsere tägliche Morgendiskussion.«

Sabine legte die Bluse zusammen und unterdrückte dabei ein Lächeln. »Um was ging es heute?«

»Die Lütte macht mich mit ihren ständig wechselnden Fimmeln reineweg verrückt. Immer hat sie neue Ideen. Seit wir gestern meine Schwester zum Flughafen gebracht haben, will sie unbedingt Stewardess werden. Stell dir das mal vor! Als hätte sie keine anderen beruflichen Möglichkeiten.«

»Na ja, wenn sie das unbedingt möchte, dann wirst du es ihr nicht ausreden können.«

»Aber Sabine! Dafür geht sie doch nicht zum Gymnasium! Dann kann sie doch gleich im Strandcafé bleiben. Dort ist sie wenigstens an der frischen Luft und hat festen Boden unter den Füßen.«

Sabine hob die Schultern. »Sie ist eben genau so ein Sturkopf wie du. Ich kann mich noch gut an einen jungen Mann erinnern, der gerade einundzwanzig Jahre alt war und der sich von niemandem in seine Pläne reinreden lassen wollte. Du warst doch selbst fest entschlossen, von Hamburg aus Weltkarriere zu machen.«

»Das war ja wohl etwas ganz anderes.« Tom erhob sich vom Bett und richtete seine Krawatte. »Es waren andere Zeiten. Und irgendwie waren wir doch alle in Aufbruchstimmung. So verrückt wie Julia war ich im Leben nicht.«

»Nicht?« Sabine musste lachen. »In meinen Augen warst du noch viel verrückter. Gegen deinen Musikertraum sind Julias Flausen geradezu bodenständig. Ich habe übrigens gehört, dass die Lufthansa ihr Personal gut entlohnen soll.« Sie ging auf ihn zu und gab ihm einen Kuss. In seinem blonden Haar schimmerten einige silbergraue Strähnen. Ein untrügliches Zeichen der Jahre, die vergangen waren, seit sie sich in ihn verliebt hatte. »Lass das Mädchen doch ihre Träume haben. Sie ist siebzehn und fast flügge. Du wirst wohl bald froh sein, wenn du sie überhaupt noch zu Gesicht bekommst, um dir ihre neuesten Ideen anzuhören.«

Tom musste lächeln. »Ach, Sabine. Wahrscheinlich hast du recht.«

Liebevoll berührte sie seine Schulter und packte dann weiter ihren Koffer. »Bringst du mich gleich zum Bahnhof?«

»Natürlich.« Tom wandte sich zum Gehen. »Wenn du so weit bist, komm ins Restaurant. Ich helfe Achim derweil und erfreue mich an der Tatsache, dass wenigstens eins unserer Kinder nicht aus der Art geschlagen ist.«

»Du Armer!« Sabine schüttelte lachend den Kopf. »Ich bin in einer halben Stunde fertig.«

Der Bus hielt. Kurz darauf öffneten sich mit einem Zischlaut die Türen. Sabine machte einen großen Schritt auf den Bürgersteig. In der rechten Hand hielt sie ihren kleinen Koffer und in der linken ein Papiertaschentuch, mit dem sie sich zuvor das Gesicht abgetupft hatte. Es herrschte schwülwarmes Sommerwetter, bei dem man am liebsten mit einem Kaltgetränk im Schatten saß. Deswegen hatte sie auf den Kauf von Blumen verzichtet, die bis zu ihrer Ankunft bei ihren Eltern vermutlich die Köpfe hätten hängen lassen.

Mit ihr stiegen noch ein Ehepaar und eine Frau mit einem Mädchen aus, das seine langen braunen Haare zu zwei Zöpfen geflochten hatte. Sabine wartete, bis der Bus abgefahren war, und überquerte dann die Straße.

Nachdem Karin ausgezogen war, waren ihre Eltern in eine etwas kleinere Zechenwohnung auf der Pommernstraße gezogen. Die neue Wohnung lag nur einen Katzensprung von der alten entfernt. Als Sabine an dem Mehrfamilienhaus auf der Pommernstraße ankam, fielen ihr zwei Gartenstühle auf, die auf der großen Wiese vor dem Haus standen. Im Näherkommen erkannte sie, dass in einem ihre Mutter und in dem anderen eine Nachbarin saß.

»Guten Tag!«, rief sie ihnen zu und winkte, als sie kurz darauf bei ihnen war.

Ihre Mutter erhob sich und schloss Sabine in die Arme. »Sabine! Endlich bist du wieder zu Hause!« Sie drückte sie einmal fest an sich und ließ sie dann wieder los.

»Guten Tag, Frau Neumann«, grüßte Sabine die Nachbarin. »Ja, endlich bin ich angekommen. Und es ist ziemlich warm im Ruhrgebiet! Aber hier geht es.«

»Das liegt an der Birke.« Frau Neumann deutete auf den Baum hinter sich. »Wir sitzen hier im Sommer gerne unter den Blättern und halten ein Quätschchen.«

Sabine lächelte. »Dafür ist es wirklich ein schöner Platz.«

Ihre Mutter legte einen Arm um sie. »Jetzt lass uns ruhig reingehen. Du bist bestimmt durstig und hungrig.«

Dankbar nickte Sabine. »Vor allem durstig.«

Sie verabschiedeten sich von Frau Neumann und gingen zu zweit ins Haus.

In der Küche öffnete ihre Mutter den Kühlschrank. »Zitronensprudel oder Mineralwasser?«

»Wasser«, antwortete Sabine und nahm ein Glas aus dem grünen Küchenschrank mit integrierter Griffleiste. »Ist Papa nicht da?«

»Der hat heute Skat-Abend. Kann bei ihm spät werden, aber als Frührentner hat er ja Zeit. Er lässt dich grüßen.«

Sie goss sich Wasser ins Glas und trank in großen Schlucken. »Dann haben wir ja freie Bahn.«

Ihre Mutter lachte auf. »Man könnte auch sagen, ich kann nachher in Ruhe die Hitparade mit Dieter-Thomas Heck schauen, ohne dass hier jemand über die Schlagerfuzzis nörgelt.« Sie hob einen Finger und nahm eine Glasschüssel aus dem Kühlschrank. »Aber vorher gibt es Abendbrot.«

Sabine schüttelte den Kopf. »Kartoffelsalat? Du bist wirklich unverbesserlich. Du solltest doch nicht extra einkaufen gehen.«

»War ich nicht.« Energisch stellte sie die Schüssel auf den Küchentisch und ging erneut zum Kühlschrank. »Kartoffeln und Zwiebeln haben wir eingekellert, die Gurken sind im Glas eingemacht, frische Eier hat gestern der Eiermann gebracht, und ein Pfund Hackfleisch hatte ich eingefroren.« Lächelnd platzierte sie einen großen Teller voller Frikadellen neben dem Kartoffelsalat.

»Na, wenn das so ist, freue ich mich aufs Abendbrot. In meinem Magen rumort es schon eine Weile.«

Nachdem sie gegessen und das Geschirr abgespült hatten, wollte ihre Mutter wie angekündigt die Hitparade im Fernsehen schauen. Da ihr Vater noch immer beim Skat-Abend weilte und sie keine Lust auf die Musiksendung hatte, war Sabine noch einmal aufgebrochen, um bei ihrer Freundin Rita vorbeizuschauen. In der Bismarckstraße führte sie zusammen mit ihrem Mann Fiete den Salon Inge. Toms Freund Fiete hatte sich als junger Mann Hals über Kopf in Rita verliebt und war für sie von Sankt Peter-Ording nach Gelsenkirchen gezogen, wo er eine Ausbildung zum Friseur absolviert hatte. Inzwischen war er Meister und seit bald fünfzehn Jahren mit Rita verheiratet. In Kürze würden beide zum ersten Mal Eltern werden.

Sabine ging auf das Eckhaus zu, in dem im Erdgeschoss das Friseurgeschäft lag. Darüber befanden sich private Wohnungen. In einer lebten Rita und Fiete. Obwohl der Salon längst geschlossen hatte, brannte in den Räumen noch Licht. Sabine ging auf den Eingang zu und spähte hinein.

Fiete saß vor einem der Spiegeltische und schien in Geschäftsbücher vertieft zu sein. Zaghaft klopfte Sabine gegen die Glasscheibe. Fiete hob den Kopf und blickte zu ihr. Als er sie erkannte, hellte sich seine Miene auf. Wenig später schloss er von innen auf und öffnete die Tür. »Moin! Lass dich drücken.« Er umarmte sie.

»Moin, Fiete! Ich soll dich von Tom grüßen. Er lässt fragen, wann du Sankt Peter-Ording mal wieder mit einem Besuch beehrst.«

»Komm doch erst mal rein.« Er ließ sie in den Laden und schloss die Eingangstür wieder ab. »Das ist eine gute Frage. Ich hoffe, bald. Meine Eltern wollen nach der Geburt ihr Enkelkind kennenlernen und haben uns schon nach Brösum eingeladen. Aber du siehst ja, es gibt viel zu tun.« Er deutete auf die Geschäftsbücher. »Als Selbstständiger hat man nicht viel freie Zeit.«

»Wem sagst du das? Wir werden im Hotel und im Café auch nie mit der Arbeit fertig. Kaum ist ein Berg abgearbeitet, wartet auch schon der nächste.«

»Warum sollte es euch auch besser gehen als uns?« Fiete grinste sie schief an. »Wie fühlt man sich denn, wenn man mit sechsunddreißig Oma wird?«

Sabine zuckte die Schultern. »Eigentlich wunderbar, auch wenn Großeltern in meiner Vorstellung um einiges älter sind. Aber meine und Toms Eltern sind ja auch recht früh Großeltern geworden. Es hat alles seine Vor- und Nachteile.«

Fiete nickte und fuhr sich mit einer Hand durch seine frisch geschnittenen Haare. »Du willst doch bestimmt zu Rita, oder?«

»Ja, natürlich. Ich kann mich noch gut daran erinnern, wie es mir kurz vor der Geburt ergangen ist. Und dann noch diese Hitze! Sie ist bestimmt oben in der Wohnung und ruht sich aus?«

Fiete verzog das Gesicht und schüttelte den Kopf. »Das glaubst auch nur du. Sie weigert sich, sich zu schonen.«

»Was soll das heißen?«

Er blickte auf die Wanduhr, die über dem Verkaufstresen angebracht war. »Das heißt, dass Rita jeden Tag im Salon steht und gerade zusammen mit Eleonore vom Salon Spitzer auf einer Modenschau im Revierpark Nienhausen ist. Sie machen dort die Haare für die Models, die die neueste Strickmode für die nächste Wintersaison vorführen. In zwanzig Minuten geht die Präsentation los.«

Sabine stemmte die Hände in die Hüften. »Na, deine Frau hat ja vielleicht Nerven. Nicht dass sie da noch eine Sturzgeburt hat.«

»Ich habe mir schon den Mund fusselig geredet, aber sie

lässt sich da nicht reinreden. Du kennst sie ja.« Fiete klappte die Geschäftsbücher zu. »Weißt du was? Wir fahren jetzt zusammen hin. Den Papierkram kann ich auch morgen machen.«

Die große Parkanlage lag westlich der Gelsenkirchener Innenstadt und grenzte an Essen-Katernberg. Fiete parkte seinen blauen Opel auf dem Besucherplatz. Als sie schließlich den Saal betraten, schlug ihnen stickige Luft entgegen.

»Puh, wie in einer Sauna.« Sabine fächelte sich Luft zu.

»Kein Wunder bei den ganzen Scheinwerfern und den vielen Leuten.« Fiete machte eine Kopfbewegung zum Laufsteg und der Bühne, um die herum Zuschauer auf Stühlen saßen.

»Und bei den Temperaturen wird Strickmode vorgeführt? Badebekleidung wäre angebrachter«, fand Sabine und reckte den Kopf. »Aber wo ist Rita? Ich kann sie nirgendwo entdecken?«

»Da vorne.« Fiete deutete auf die Bühne.

Da entdeckte sie sie. Rita stand mit dem Rücken zu ihnen. In einer Hand hielt sie einen Fön und in der anderen eine Rundbürste. Gemeinsam mit einer Kollegin verpasste sie den Models modische Frisuren, bei denen auch großzügig Haarspray zum Einsatz kam. Obwohl Rita ein weit geschnittenes Umstandskleid trug, war der beachtliche Umfang ihres Bauchs unübersehbar.

»Da vorne sind noch Plätze frei.« Fiete zeigte auf ein paar Stühle in der Nähe des Eingangs. »Wir können dort warten, bis Rita fertig ist.«

Sabine stimmte seinem Vorschlag zu. Ihre Aufmerksamkeit galt während der Modenschau weniger der Strickmodenpräsentation als ihrer Freundin. Sie behielt Rita ununterbrochen im Blick. Wie konnte ihre Freundin dieses Pensum in ihrer Verfassung nur schaffen?

Nachdem die Modenschau schließlich beendet war und das Publikum laut applaudiert hatte, räumte Rita ihre Utensilien in einen großen silbernen Friseurkoffer. Sabine und Fiete erhoben sich und gingen auf sie zu.

Sabine tippte ihr von hinten auf die Schulter. »Bekomme ich auch noch eine neue Frisur?«

Rita schwang herum und sah Sabine für einen Moment perplex an. Dann riss sie vor Freude weit die Augen auf. »Du bist ja schon da! Was für eine Überraschung!« Sie drückte Sabine vorsichtig über ihren Bauch hinweg an sich.

Fiete stand neben ihr und gab Rita einen zärtlichen Begrüßungskuss.

Sabine griff Ritas Hände. »Was meinst du, wie überrascht ich erst war, als Fiete meinte, dass du auf einer Modenschau Frisuren zauberst!«

»Das hatten Eleonore und ich schon letzten Sommer zusammen mit der Inhaberin des Wollladens geplant. Ich hatte schon Bedenken, dass ich gerade heute in den Wehen liege. Aber zum Glück hat ja alles geklappt.« Rita wischte sich mit dem Handrücken über die glänzende Stirn. Ihr Gesicht war gerötet, sie wirkte abgekämpft.

»Wie machst du das bloß?«, fragte Sabine kopfschüttelnd. »Ich hätte das damals nicht geschafft.«

»Alles eine Frage der Einstellung.« Rita lächelte.

»Ich nehme ihn schon«, schaltete Fiete sich ein, bevor Rita den Friseurkoffer anheben konnte. »Ich bringe jetzt die Sachen ins Auto und warte auf dem Parkplatz auf euch.«

»Fiete tut ja so, als wäre ich krank«, klagte Rita, als er außer Hörweite war. »Dabei geht es mir gut. Es gibt keinen Grund, mich in Watte zu packen.«

»Er meint es bestimmt nur gut.« Sabine legte ihr einen Arm um die Schultern. »Lange ist es nicht mehr hin bis zum Stichtag, oder?«

Rita sah sie an. »Ungefähr zwei Wochen. Bis dahin habe ich aber noch einiges vor. Mein Terminkalender im Laden ist gut gefüllt.«

»Zwei Wochen vor der Geburt von Julia und Achim habe ich nicht mehr viel gemacht. Mein Bauchumfang und der Rücken haben mir so zu schaffen gemacht. Ich saß oft im Strandkorb und habe die Aussicht aufs Meer genossen.« Aufmerksam beobachtete sie das Mienenspiel ihrer Freundin, doch der sanfte Hinweis schien an Rita völlig abzuprallen.

Sie lächelte Sabine unerschütterlich an, während sie auf den Ausgang zugingen. »Ach ja, bei dir war das ja auch anders. Du hast Zwillinge bekommen. Mit einer Schwangerschaft wie meiner ist das wahrscheinlich nicht vergleichbar.«

Sabine kannte Rita gut genug, um zu wissen, dass sie jeden weiteren Einwand genauso abschmettern würde. Es war offensichtlich, dass ihre Freundin mit allen Mitteln versuchte, die Schwangerschaft zu ignorieren, obwohl der Geburtstermin in greifbarer Nähe war. Besorgt dachte Sabine daran, was alles passieren konnte. Sie nahm sich vor, nicht weiter bei Rita nachzubohren. Denn es würde nichts nutzen. Sie musste nicht nur ein Auge auf ihre Eltern haben, sondern auch auf ihre Freundin.

# KAPITEL 3

## *Juli 1978, auf der Terrasse des Strandhotels von Sankt Peter-Ording*

Auf der Außenterrasse des Hotels ließ Julia sich auf einen freien Platz neben Biggi sinken und streckte die Beine von sich. Ihre Ledertasche legte sie zu ihren Füßen ab. »Du hast es gut. Du kannst den ganzen Tag die Sonne genießen und dich bedienen lassen.« Lächelnd beugte sie sich zu ihrer Schwägerin in spe und berührte behutsam ihren Bauch, der mittlerweile kugelrund war. »Und du hast es am allerbesten, hörst du?«, richtete sie die nächsten Worte an das Ungeborene.

Biggi kicherte. »Du bist vielleicht ein Quatschkopf! Wir können ja mal einen Tag tauschen. Dann gehe ich für dich zur Schule, und du schleppst das Baby mit dir rum und kämpfst jeden Morgen mit dieser schrecklichen Übelkeit. Nachts kannst du nicht schlafen und bist dann tagsüber wie gerädert. Außerdem renne ich ständig zur Toilette und könnte immer essen. Achim halte ich gehörig auf Trab, weil mein Appetit sehr wechselhaft ist. Gestern habe ich saure Gurken mit Honig gegessen und am Vortag Matjes mit viel Mayonnaise.«

Julia rümpfte die Nase. »Nein, besser nicht. Das klingt anstrengend und … gewöhnungsbedürftig. Da pauke ich doch lieber für die nächste Klausur.«

»Die Sommerferien beginnen doch bald.«

»Stimmt. Ich habe heute die letzte Arbeit zurückbekommen.« Julia griff in ihre Ledertasche und zog ein Schreibheft hervor. Triumphierend hielt sie es Biggi aufgeklappt unter die Nase. »Damit ist meine Note auf dem Zeugnis gerettet.«

Die Freundin ihres Bruders hob anerkennend die Augenbrauen. »Eine glatte Eins. Du bist ja eine richtige Überfliegerin.«

»Sprachen liegen mir. Für die naturwissenschaftlichen Fächer muss ich allerdings ziemlich pauken.« Sie stand auf. »Ich gehe mal zu meinem Vater und zeige ihm die Note.«

»Er wird bestimmt sehr stolz auf dich sein.«

»Das hoffe ich.« Julia steckte das Schreibheft zurück in die Tasche und klemmte sie unter einen Arm.

»Ach, Julia«, hielt Biggi sie zurück. »Wenn du an der Küche vorbeikommst, könntest du …? Ich habe großen Hunger auf ein Stück Bienenstich.« Biggi lächelte sie etwas verlegen kann. »Könntest du dort jemandem Bescheid sagen?«

Amüsiert legte Julia ihr eine Hand auf die Schulter. »Aber sicher. Für meine zukünftige Schwägerin und kleine Baby-Nichte mache ich doch alles.«

»Danke! Achim glaubt ja immer noch, dass wir einen Sohn bekommen. Boje soll er heißen.« Biggi verdrehte die Augen. »Aber ich bin felsenfest davon überzeugt, dass es eine Nina wird.«

Julia lachte auf. »Klingt, als hättet ihr eine Wette laufen. Ich halte beide Daumen, dass es ein gesundes Baby sein wird. Und ob eine Nina oder ein Boje, ich werde die beste Tante der Welt sein und euer Kind nach Strich und Faden verwöhnen. Nun bist du aber erst mal dran, der Bienenstich kommt sofort!« Julia ging ins Hotel.

Nachdem sie für Biggi den Kuchen bestellt hatte, schlug sie den Weg zum Büro ihres Vaters ein. Sie blieb vor der schweren Holztür stehen und lauschte eine Weile auf Stimmen von innen. Auf keinen Fall wollte sie in einen Geschäftstermin platzen. Da sie nur das leise Geräusch einer Schreibmaschine hörte, klopfte sie und betrat kurz darauf den Raum.

Ihr Vater unterbrach das Tippen jäh und blickte ihr entgegen. »Na, Julia. Ist die Schule schon aus?«

»Die letzte Stunde ist ausgefallen.« Sie setzte sich auf den gepolsterten Stuhl vor dem Schreibtisch, sah ihrem Vater in die Augen und zog die Klausur aus der Tasche. Erwartungsvoll legte sie das Heft neben die Schreibmaschine. »Schau mal, die habe ich heute zurückbekommen.«

Ihr Vater studierte eine Weile schweigend die schriftliche Arbeit. »Donnerwetter! Eine Eins in Französisch. Aus dir wird mal eine gebildete Geschäftsfrau, die mit ausländischen Gästen sogar in deren Muttersprache reden kann«, sagte er anerkennend.

Julia wurde von ihren Gefühlen überwältigt und sprang vom Stuhl auf. »Nein, wird es nicht!« Sie presste die Lippen aufeinander. »Wie oft muss ich denn noch sagen, dass ich hier nicht versauern will? Es gibt noch mehr in der Welt als das Café und das Hotel.«

»Was heißt denn hier versauern?« Er klappte das Heft zu und bemühte sich sichtlich, ruhig zu bleiben. »Andere Mädchen in deinem Alter würden wer weiß was darum geben, wenn sie die Möglichkeit hätten, Abitur zu machen und später im schönsten Café von ganz Sankt Peter eine Führungsposition einzunehmen.«

Julia stand mit verschränkten Armen vor dem Schreibtisch ihres Vaters. »Was interessieren mich denn andere? Ich bin nicht andere, ich bin ich.«

Jetzt verlor er allmählich die Beherrschung. Sie sah eine Ader an seiner Schläfe zucken. »Du führst dich unmöglich auf, Julia! Statt ein bisschen dankbar zu sein, tust du so, als würden wir dich hier gefangen halten.«

Betroffen sah sie ihn an. »So fühle ich mich ja auch. Gefangen wie ein Vogel in einem goldenen Käfig.«

Ihr Vater lachte auf, bevor er sich an die Stirn fasste. »Ach, Kind!«

Seine Reaktion machte Julia wütend. Es war offensichtlich, dass er sie immer noch nicht ernst nahm. »Papa! Damit ist jetzt ein für alle Mal Schluss!«

»Was soll das heißen? Womit ist Schluss?«

»Ich werde nach den Sommerferien nicht wieder zur Schule gehen, sondern mich um eine Stelle als Stewardess bewerben.«

Wütend polterte er: »Du willst allen Ernstes die Schule schmeißen? Mädchen, du weißt gar nicht, was du da redest! Außerdem ... Als ob die Fluggesellschaft nur auf dich warten würde.«

Ärgerlich schüttelte sie den Kopf. »Tante Amelie meint, dass die Lufthansa mich bestimmt nehmen wird. Und sie hat schließlich Erfahrung. So oft, wie sie fliegt, kann sie sich bestimmt eher ein Urteil erlauben als du.« Sie spielte bewusst auf die Tatsache an, dass ihr Vater bisher kein Flugzeug betreten hatte.

Er faltete die Hände auf der Schreibtischplatte und warf Julia einen eindringlichen Blick zu. »Kind, glaub mir, da stehen jetzt schon fünfzig andere junge Frauen vor dir auf einer Warteliste. Und die haben einen entscheidenden Vorteil: Sie sind alle volljährig. Solange du keine achtzehn bist, können sie dich gar nicht anstellen, selbst wenn sie es wollten – und ich es erlauben würde.«

»Ich werde einen Weg finden, das wirst du schon sehen«, erwiderte sie trotzig.

Ihr Vater schlug ungeduldig mit einer Faust auf den Tisch. »Jetzt reicht es mir aber, junge Dame! Das Thema ist erledigt. Du wirst weiter zur Schule gehen, bis du das Abitur in der Tasche hast. Besser, du nutzt die Sommerferien, um wieder zur Vernunft zu kommen.«

»Aber ...«

»Ende der Diskussion. Du überschätzt dich maßlos!« Er erhob sich und drückte ihr das Schulheft in die Hand. »Ich muss jetzt weiterarbeiten, und du hast bestimmt etwas für die Schule zu tun.« Mit langen Schritten ging er zur Tür und hielt sie auf, damit Julia das Büro ihres Vaters verließ.

Julia spürte, wie die Enttäuschung ihr Tränen in die Augen trieb. »Wann versteht ihr endlich, dass ich kein Kind mehr bin!«, rief sie schluchzend und stürzte aus dem Raum.

Eine Stunde später trat Julia kräftig in die Pedale ihres Hollandrades und bog in die Straße Dreilanden, die zum nördlichen Ortsteil Ording führte. Ihre Wut im Bauch führte dazu, dass sie schneller als gewöhnlich fuhr. Im rasanten Tempo schoss sie über den Strandweg und stellte ihr Rad schließlich vor dem Strandzugang an einer der hölzernen Vorrichtungen des Fahrradparkplatzes ab.

Schnell flocht sie ihre Haare zu einem Zopf und befestigte ihn mit einem Band. Dann griff sie nach ihrer Tasche, die sie im Fahrradkorb transportiert hatte. Eigentlich hatte sie an diesem Tag gar keine Lust, im Strandcafé zu arbeiten.

Widerwillig stapfte sie an den Dünen vorbei durch den Sand auf den Pfahlbau zu. Doch vielleicht brauchte sie das Geld noch, um ihren Traum vom Leben als Stewardess zu verwirklichen – auch ohne die Zustimmung ihres Vaters würde sie das tun.

Schon von Weitem erkannte sie ihre Freundin Conny, die bereits auf einer der unteren Stufen am Pfahlbau saß und auf sie wartete. Natürlich ganz an der Seite, sodass die Gäste problemlos an ihr vorbeigehen konnten.

Als sie Julia erblickte, stand sie auf und winkte ihr zu. »Juhu!«

Lächelnd trat sie auf Conny zu. »Immer bist du früher dran als ich. Obwohl ich gerade wahrscheinlich einen neuen Rekord beim Fahrradfahren aufgestellt habe. Mensch, was bin ich sauer!« Julia ließ ihre Tasche vor sich in den trockenen Sand plumpsen und stemmte beide Hände in die Hüften. Es herrschte gerade Ebbe.

»Was ist denn passiert?« Conny trat auf sie zu. »Mit deiner Eins in Franz müsste bei dir doch alles in Butter sein.«

Julia blies sich eine braune Haarsträhne aus dem Gesicht. »Von wegen alles in Butter. Zu Hause herrscht dicke Luft. Ich habe mich mächtig mit meinem alten Herrn verkracht. Conny, ich sage dir: Nie wieder rede ich ein Wort mit ihm!« Julia blickte finster aufs Meer, das in der Ferne funkelte.

»Schon wieder?« Conny verzog mitfühlend die Miene. »Dabei müsste er doch stolz auf dich sein, bei deinen schulischen Leistungen.«

Julia zuckte die Schulter. »Das ist er vielleicht sogar. Ich habe aber heute endlich gesagt, dass ich die Penne schmeißen und zur Lufthansa gehen werde.«

»Im Ernst? Das hast du gemacht?« Auf Connys Miene spiegelte sich eine Mischung aus Unglauben und Bewunderung.

Sie nickte. »Meine Tante Amelie hat gesagt, dass ich das Zeug zur Stewardess habe. Irgendwann musste ich meinem Vater ja klarmachen, dass es mir ernst ist. Und weil ich mich mit dem nächsten Zeugnis bei der Lufthansa bewerben möchte, habe ich es vorhin hinter mich gebracht.«

Conny rang die Hände. »Julia! Aber was ist mit deinem Alter? Ich kann mir nicht vorstellen, dass die Lufthansa eine Minderjährige einstellt. Was wird dann aus deinem Traum, wenn sie Nein sagen? Dann bist du mit deinem Vater richtig verkracht – für nichts und wieder nichts.«

Statt Conny zu antworten, griff Julia nach ihrer Tasche und zog eine Schachtel Zigaretten heraus. Sie zündete sich eine mit einem Feuerzeug an und reichte Conny die Schachtel, damit sie sich ebenfalls eine Zigarette nehmen konnte.

Während Julia ein paar Züge tat, blickte sie Conny entschlossen an. »Davon lasse ich mich nicht abschrecken. Wo ein Wille ist, ist doch auch meistens ein Weg. Sagt man doch so. Und vielleicht klappt es mit einer schriftlichen Einwilligung meiner Eltern.«

Conny gab ihr Schachtel und Feuerzeug zurück. »Wie willst du deine Eltern denn dazu kriegen, wo dein Vater schon an die Decke geht, wenn du nur von deinen Plänen sprichst?«

Julia schürzte die Lippen. »Glücklicherweise gibt es ja noch meine Mutter. Sie ist nicht so verbohrt wie mein Vater. Klar, sie möchte natürlich auch, dass ich mal das Strandcafé weiterführe, aber sie würde mir deswegen nie meine Träume verbieten. Außerdem kann ich das Café auch in ein paar Jahren noch übernehmen. So alt ist meine Mutter ja noch nicht. Und davor möchte ich etwas erleben und die Welt sehen.« Sie hob die Arme und richtete ihren Blick hoch zum Himmel, dann vollführte sie eine Pirouette auf dem Strand. »Ich möchte morgens ein Croissant essen und einen Milchkaffee trinken, während ich auf den Eiffelturm schaue. Abends möchte ich die leuchtende Skyline von Manhattan bewundern und dabei einen Hamburger und einen Milkshake in den Händen halten. Und am nächsten Tag schaue ich womöglich in London dem Minutenzeiger von Big Ben dabei zu, wie er auf die volle Stunde vorrückt, und höre dann den Glockenschlag der Great Bell of Westminster.«

Conny musste lachen. »Mich hast du voll überzeugt.«

»Siehst du! Ich bin mir sicher, dass meine Mutter mir dabei helfen wird, meinen Vater zu überzeugen. Wenn sie aus dem Ruhrgebiet wieder zurück ist, werde ich mit ihr ein Gespräch unter vier Augen führen. Es muss einfach klappen!«

»Wollt ihr nicht mal euer Gesabbel langsam einstellen und endlich hochkommen? Die Terrasse ist voll mit Gästen, und wir laufen uns die Füße wund.« Kordula, eine langjährige Mitarbeiterin des Cafés, hatte sich über die Brüstung des Pfahlbaus gelehnt und blickte aus luftiger Höhe zu ihnen hinunter.

»Wir kommen sofort!«, rief Julia ihr zu und schulterte ihre Tasche.

Nachdem sie sich die Hände gewaschen und ihre Schürzen umgebunden hatten, begannen Julia und Conny, die Gäste des Strandcafés zu bedienen. Alle Tische auf der Außenterrasse waren mit Gästen besetzt, und weitere warteten bereits auf frei werdende Tische.

Zwei Stunden später stand Julia hinter der Theke und zählte das Wechselgeld in ihrem Kellnerportemonnaie. Sie notierte den Betrag und ihren Namen auf einem Stück Papier, das sie in eine abschließbare Geldkassette legte, die immer in der Schublade im Hinterzimmer lag. Nach der vielen Lauferei hatten sie sich eine Pause wahrlich verdient. Da es an diesem Tag besonders voll war, hatte Conny angeboten, später Pause zu machen und ihrer Freundin die erste zu überlassen.

Kordula lehnte sich über die Theke und hielt Julia einen Bon entgegen. »Kannst du bitte noch diese Bestellung für Tisch acht übernehmen, bevor du dein Päuschen machst? Das Kassieren übernehme ich dann wieder. Heute ist wirklich der Teufel los!«

»Weil du es bist. Gib schon her!« Lächelnd nahm Julia den Bon.

»Beizeiten revanchiere ich mich«, versprach Kordula, bevor sie wieder nach draußen auf die Terrasse eilte.

Julia überflog die Bestellung. Ein Bier und einmal Kartoffelsalat mit Bockwurst und Senf extra scharf.

Das Bier zapfte sie selbst, den Rest übernahm das Küchenpersonal. Während sie auf das Gericht wartete, richtete sie ein paar Muscheln eines Fischernetzes, das an einer Wand befestigt war, und staubte eine Schiffsglocke aus Messing ab, die daneben angebracht war. Zehn Minuten später stellte Julia schließlich das frisch gezapfte Glas Bier zu dem Teller Kartoffelsalat und Bockwurst aufs Tablett und legte zwei Tütchen Löwensenf extra dazu. Geschickt balancierte sie das Getränk und das Gericht auf dem Servierbrett.

Der Gast von Tisch acht hatte sich hinter der aktuellen Ausgabe der BILD-Zeitung verbarrikadiert, die mit der Titelblattschlagzeile *Spanien: Explosion auf Campingplatz* ihre Leser lockte. Julia tippte darauf, dass es sich um einen männlichen Gast handelte. Das Bier und die Zeitung waren die Indizien. Frauen bestellten erfahrungsgemäß eher ein Kännchen Kaffee oder eine Limonade. Und welche Frau las schon eine Tageszeitung? Julia kannte jedenfalls keine.

Sie setzte ein professionelles Lächeln auf. »So, hier kommt auch schon Ihre Bestellung. Ein Pils und einmal Kartoffelsalat mit Bockwurst und Senf extra scharf.« Sie stellte das Glas auf den rustikalen Holztisch und achtete darauf, dass sie den Teller direkt neben dem Besteck platzierte.

»Vielen Dank!«, erwiderte eine männliche Stimme. Der Gast schaute nur kurz seitlich an der Tageszeitung vorbei, bevor er diese zusammenfaltete und auf den Tisch legte.

Dann traf sein Blick ihren, und für Julia schien für einen Moment die Welt stillzustehen. Sie war völlig gefangen von seinen tiefbraunen Augen, die geheimnisvoll leuchteten. Ihr Herz pulsierte kräftig, und ihre Hände klammerten sich regelrecht an das Tablett, das sie flach gegen ihren Oberkörper presste. Er lächelte sie an. Neben seiner körperlichen Wirkung auf sie brachte sie das noch mehr aus dem Konzept. Sie war mit einem Mal nicht mehr imstande, sich auch nur einen Zentimeter zu rühren.

Einen Wimpernschlag später schüttelte er den Kopf, und sein Lächeln verwandelte sich in ein breites Grinsen. »Entschuldigen Sie bitte meine kurze Sprachlosigkeit. Aber ich dachte für einen Moment tatsächlich, dass die junge Uschi Obermaier vor mir steht.«

»Die bin ich nicht«, brachte Julia mit rauer Stimme hervor und senkte unsicher den Blick. Der angenehme Klang seiner Stimme verursachte eine Gänsehaut auf ihren Armen.

»Wer sind Sie denn?«, fragte er keck.

Er strahlte sie mit solch einem offenen Gesichtsausdruck an, dass sie nicht anders konnte, als sein Lächeln zu erwidern. »Julia. Julia Hansen«, brachte sie nun etwas selbstsicherer hervor.

»Julia Hansen also.« Er hob sein Kinn. »Das ist ein viel schönerer Name als Uschi Obermaier.«

Sie spürte, wie ihr ob seines Kompliments die Hitze ins Gesicht stieg. Wenn sie eins nicht wollte, dann war es, vor ihm zu erröten. »Ich wünsche Ihnen einen guten Appetit«, sagte sie deshalb schnell.

Er nickte und griff zum Besteck, das in einer Serviette eingewickelt war. »Danke, Julia Hansen. Den werde ich haben.«

Sie nickte ihm noch einmal höflich zu und drehte sich dann um.

Den Weg zurück legte sie wie in einer Art Traumzustand zurück. Wer war dieser attraktive Mann? Woher kam er, und wie lange würde er in Sankt Peter-Ording bleiben? Dass er kein Einheimischer war, stand für sie fest. Im Ort kannte man sich untereinander. Und wenn jemand neu hinzuzog, sprach sich das jedes Mal wie ein Lauffeuer herum.

Ob er nun öfter ins Strandcafé kommen würde?

Und wer um alles in der Welt war Uschi Obermaier, der sie angeblich ähneln sollte?

# KAPITEL 4

*Juli 1978, vor dem Reisebüro am Markt
an der Ecke Hansemannstraße / Von-Oven-Straße
in der Gelsenkirchener Altstadt*

Es war noch früh am Morgen, und über der Stadt lag eine angenehme Ruhe, die es nur zu dieser Tageszeit gab. Sabine genoss die frische Kühle, die sie umgab. Noch waren nur wenige Leute auf den Gehwegen in der Altstadt unterwegs. Dabei stellte der große Wochenmarkt für viele Gelsenkirchener einen wöchentlichen Pflichttermin dar. Auf dem Margarethe-Zingler-Platz waren die Händler damit beschäftigt, ihre Stände aufzubauen, letzte Handgriffe zu erledigen und die Läden ihrer Verkaufswagen zu öffnen. Spätestens um zehn Uhr würde die Ruhe vorbei sein, wenn die meisten gefrühstückt hatten und ihre Wochenendeinkäufe erledigten.

Sabines Tag hatte früh begonnen, denn die Eröffnung des Reisebüros stand an, und sie hatte ihrer Schwester Karin ihre Unterstützung fest zugesagt. Nach dem Aufstehen hatte sie zunächst im Strandhotel angerufen und sich bei ihrem Mann vergewissert, dass während ihrer Abwesenheit alles wie gewohnt lief. Insgeheim sorgte sie sich jedoch. Immerhin war sie für das Strandcafé in Ording verantwortlich und musste sich nun auf ihre minderjährige Tochter und ein paar langjährige Angestellte verlassen. Sie konnte das schlechte Gewissen nicht abstreifen, dass sie Julia neben der Schule die Verantwortung für das Lokal aufgebürdet hatte. Zusätzlich herrschte Hochsaison, ein denkbar ungünstiger Zeitpunkt für ihre Reise in die Heimat.

Doch was hätte sie tun sollen? Der Termin von Karins und Volkers Geschäftseröffnung hatte schon lange festgestanden, und für Sabine war klar gewesen, dass sie dabei sein wollte. Schließlich war dies ein wichtiger Tag für ihre Familie, da durfte sie natürlich nicht fehlen.

»Sorge dich nicht, wir haben hier alles im Griff«, hatte Tom versucht, sie zu beschwichtigen. »Julia und ich haben uns bisher nicht wieder gestritten. Wie ich von Kordula hörte, kommt sie mit der Leitung des Cafés gut zurecht. Kein Wunder, denn sie kennt die Abläufe im Strandcafé aus dem Effeff.« Seine beruhigenden Worte waren wie Balsam für ihre Seele gewesen. Innerlich hatte sie sich ein wenig entspannt, wenngleich sie sich auch Gedanken um ihre hochschwangere Freundin Rita und ihr unbedarftes Handeln machte. So bald wie möglich wollte sie sie wiedersehen. Doch das musste bis nach der Eröffnung warten.

Während Sabine neben ihrer Schwester den Bürgersteig zum Reisebüro entlanghastete, schaute Karin auf ihre Armbanduhr und blickte dann ungeduldig die Straße hoch. »Wo bleibt Volker denn nur? In zwei Stunden ist Eröffnung. Bis dahin muss alles fertig sein.«

»Reg dich doch nicht auf, Karin. Du machst mich ja noch ganz nervös. Er wird bestimmt gleich kommen«, versuchte Sabine, sie zu beruhigen.

Karin blieb vor dem Reisebüro stehen und stemmte kurz eine Hand in die Hüfte. »Du hast gut reden. Was würde es denn für einen Eindruck auf die Leute machen, wenn wir nicht pünktlich mit den Vorbereitungen fertig sind?«

»Wer hat sich eigentlich alles zur Eröffnung angekündigt?«, fragte Sabine.

»Außer Familie und Freunden kommt natürlich die Presse. Eine Journalistin von der WAZ wird vorbeischauen, um über unsere Geschäftseröffnung zu berichten. Sie bringt sogar einen Fotografen mit.«

»Oho!« Sabine zog die Augenbrauen hoch und lächelte, während sie die Vorfreude in der Miene ihrer Schwester beobachtete. Stolz betrachtete sie Karin, aus der eine selbstbewusste und selbstständige Frau geworden war. An das damalige kleine Mädchen mit den langen geflochtenen Zöpfen erinnerte nicht mehr viel. Ein paar Tage zuvor hatte sich ihre Schwester von Rita eine Dauerwelle verpassen und ihre Haare schulterlang kürzen lassen. Die neue Frisur stand ihr hervorragend, und auch der fliederfarbene Sommeroverall, den sie trug, ließ sie topmodisch aussehen. »Ein Artikel in der WAZ ist bestimmt Gold wert.«

»Bestimmt! Aber hoffentlich kommen auch die ersten Kunden. Wir haben so ein tolles Urlaubsangebot für den Sun Club auf Gran Canaria. Eine ganz exklusive Bungalowanlage in Playa del Ingles mit eigenem Pool, Palmen, Kakteen und anderen tropischen Pflanzen«, schwärmte Karin.

Sabine nickte ihrer Schwester zu. »Klingt verführerisch.« Sie blickte in den hellblauen Himmel über ihr und seufzte schwer, bevor sie ihre Schwester wieder ansah. »Julia könntest du sofort auf die Kanaren schicken. Sie träumt von Flugreisen und möchte am liebsten die ganze Welt sehen.«

Karin nickte und blieb zwanzig Meter vor ihrem Geschäft stehen. »Nach der Schule kann sie bei uns gern eine Ausbildung im Reisebüro machen. Ab und an wäre dann auch eine geschäftliche Flugreise drin. Schließlich müssen wir ein paar Anlagen auch persönlich gesehen haben, wenn wir sie unseren Kunden empfehlen.«

Dankbar legte Sabine ihrer Schwester die Hand auf die Schulter. »Ich werde es Julia vorschlagen. Meinen Segen hätte sie – und Toms bestimmt auch.«

»Ach, mir fällt gerade noch etwas ein: Berti hat Mutti versprochen, dass er mit Marita und den Kindern vorbeischauen wird. Er könnte jeden Moment mit seiner Familie um die Ecke schlendern. Wie lange habt ihr euch nicht mehr gesehen?«

»Unsere letzte Begegnung ist bestimmt über sieben Jahre her.« Sabine musste lächeln. Ihre Eltern hätten sie gern mit dem braven Berti verheiratet gesehen. Doch ihr Herz hatte von der ersten Begegnung an für Tom geschlagen, den charismatischen jungen Mann vom Strandkorbverleih, der einen großen Musikertraum hatte. Damals … Sie blinzelte und konzentrierte sich wieder auf das Gespräch mit ihrer Schwester. »Ich freue mich für Berti, dass er sein großes Glück gefunden hat. Nachdem er mit mir so eine Pleite erlebt hat, habe ich ihm nur das Beste gewünscht.«

»Marita passt ohnehin viel besser zu ihm als du«, stellte Karin nüchtern fest. »Sie geht ganz in ihrer Rolle als Ehefrau und Mutter auf.«

»Wirklich? Na, das ist ja fein.« Sabine überlegte kurz, ob ihre Schwester ihr sagen wollte, dass sie eine schlechte Mutter sei. Aber sie kannte Karin lange genug, um zu wissen, dass sie sich manchmal missverständlich ausdrückte. Besonders, wenn sie nervös war. »Ich habe Marita bisher nur einmal kurz gesehen. Das ist bestimmt auch schon drei Jahre her. Sie stieg mit den beiden Kindern in die Straßenbahn, in der ich mit Mutti saß.«

»Inzwischen sind es drei Kinder«, merkte Karin an. »Weißt du eigentlich, wodurch Berti sie damals kennengelernt hat?«

Lächelnd betrachtete sie, wie Karin näher trat. »Nein.«

»Das war auf einem Treffen des Briefmarkensammlervereins in Bochum. Sie hat dort gekellnert, und nach der Veranstaltung hat Berti sie nach Hause gefahren, weil der Omnibus eine Panne hatte und danach keiner mehr kam. Er war ihr Retter in der Not.«

»Das ist aber nett von Berti.« Sabine schmunzelte amüsiert, bevor sie nachhakte: »Woher weißt du das eigentlich so genau?«

»Mutti hat es mir erzählt. Und sie weiß es wiederum von Bertis Mutter.«

»Na, der Gelsenkirchener Buschfunk scheint ja prima zu funktionieren.«

»So gut wie eh und je.« Karin reckte den Hals. »Ich glaube, da vorne ist Volker.« Sie deutete auf ein Auto, das auf sie zufuhr. »Endlich!«

Wenig später fuhr Volkers gelber Opel Ascona halb auf den Bürgersteig vor dem Ladenlokal und hielt. Er stieg aus und grinste sie an. »Morgen!«

Karin eilte sofort auf ihn zu. »Himmel! Das wurde aber auch Zeit, Volker!«

»Schneller ging es leider nicht.«

Karin ging zu ihrem Verlobten und nahm ihm eine Anzughose, eine passende Jacke und eine Krawatte ab. »Das häng ich gleich hinten im Büro auf. Kannst dich dann später umziehen.«

»Es ist doch alles noch früh genug«, wandte Sabine besänftigend ein. »Gerade mal kurz vor acht. Das schaffen wir schon.«

»Wir müssen!«, antwortete Karin, ganz in ihrem Element, und verschwand im Ladenlokal.

»Hast du noch etwas, was ich dir abnehmen kann?«, erkundigte Sabine sich schulterzuckend bei ihrem Schwager in spe.

»Hinter den Vordersitzen stehen zwei Kübel Gummibäume«, erklärte Volker, kippte einen der Sitze nach vorn und reichte ihr eine der Pflanzen. »Karin macht wieder ein Theater, als hätten wir nichts für die Eröffnung vorbereitet. Dabei ist das Reisebüro picobello eingerichtet, die Fenster sind streifenfrei, und gestern haben wir noch Staub gewischt. Es fehlen nur noch ein paar Kleinigkeiten. Selbst wenn die in zwei Stunden nicht alle da wären, würde es niemandem auffallen – außer Karin natürlich.«

»Ach, Volker, langsam müsstest du doch meine Schwester kennen. Sie neigt zum Perfektionismus. Mit weniger ist sie nicht zufrieden.«

Ungerührt wie ein Fels in der Brandung, hielt er Sabine mit der freien Hand die Tür zum Reisebüro auf. »Und genau damit treibt sie mich täglich in den Wahnsinn!«

»Trotzdem seid ihr nun schon acht Jahre zusammen und eröffnet heute euer gemeinsames Reisebüro«, resümierte Sabine amüsiert. In ihren Augen passten er und ihre Schwester optisch und charakterlich bestens zusammen. Volker hatte mit seinen schulterlangen blonden Haaren und seiner legeren Kleidung den gleichen Stil wie Karin. Außerdem wusste er mit ihren Eskapaden umzugehen und ließ sich nicht von ihr aus der Ruhe bringen.

Volker lachte. »Was vermutlich daran liegt, dass ich mindestens genauso verrückt wie deine Schwester bin. Das meinst du doch, oder?«

»Nun ja, entweder das, oder es handelt sich eben um

wahre Liebe.« Im Geschäftsraum sah Sabine sich unsicher um. »Kann ich den Gummibaum auf den Tisch stellen?«

»Natürlich.«

In diesem Moment trat Karin aus einem Nebenraum und eilte zur Eingangstür. »Ich gehe noch mal eben rüber zum Markt und kaufe ein bisschen Obst für die Gäste beim Bananen-Jupp.«

»Dann bring doch vielleicht auch etwas Lakritz mit. Ich habe gesehen, dass der Holländer auch mit seinem Stand da ist«, schlug Volker vor und lächelte seine Zukünftige versöhnlich an. »Ich pumpe derweil schon mal die Luftballons für die Kinder auf.«

Sie nickte. »Gute Idee. Dann bis gleich.«

»Warte, ich komme mit!« Sabine beeilte sich, ihre Schwester einzuholen.

Dann überquerten sie gemeinsam die Hansemannstraße vor dem Marktplatz. »Was willst du denn alles kaufen?«

»Ich dachte an ein paar Bananen und Äpfel. Vielleicht hat der Obsthändler auch schöne Kirschen.«

»Bestimmt. Und dann kann der großen Eröffnung eures Reisebüros nichts mehr in die Quere kommen.« Sabine hakte sich bei ihrer Schwester unter.

»Hoffentlich. Mir schlottern ganz schön die Knie. Was, wenn keiner kommt und der Aufwand umsonst war? Eigentlich sind wir ja verrückt, dass wir genau in der Urlaubszeit eröffnen. Hoffentlich wird das kein Schuss in den Ofen.«

»Das ist doch Blödsinn. Die Leute fahren doch auch in der Nachsaison in den Urlaub. Unser Hotel ist bis weit in den Herbst immer gut ausgelastet. Außerdem, du und Volker, ihr habt alles im Griff. Spätestens um elf Uhr, wenn die Leute ihre Einkäufe erledigt und ihren zweiten Kaffee bei Tchibo getrunken haben, werden sie neugierig das neue Reisebüro inspizieren. Es war eine kluge Entscheidung, die Eröffnung auf einen Samstag zu legen. Urlaubszeit hin oder her.« Zuversichtlich lächelte Sabine ihrer Schwester zu.

»Das war übrigens Volkers Idee.« Karin blieb vor einem Textilienstand stehen.

»Dein Volker ist schon ein guter Mann. Eigentlich ist eure Hochzeit doch längst überfällig, oder?«

Karin winkte ab und wandte sich von dem Stand ab, ohne eine Ware in die Hand zu nehmen. »Ich brauche keinen Trauschein, um glücklich zu sein.«

Sie gingen weiter. »Kommt das für dich denn überhaupt nicht infrage?«

»Wenn alles so bleibt wie bisher, dann nicht. Es sei denn, ich würde schwanger werden. Dann würde ich mir die Sache noch einmal durch den Kopf gehen lassen. Für ein Kind ist es einfacher, wenn die Eltern verheiratet sind.«

Neugierig beobachtete Sabine ihre Schwester von der Seite. »Und was sagt Volker dazu?«

»Er sieht das auch so. Aber ich kann dich beruhigen. Wir haben für die nächste Zeit keinen Nachwuchs geplant. Wir wollen uns ganz auf das Reisebüro konzentrieren«, erklärte Karin.

Sabine nickte und bemerkte vergnügt: »Manchmal nimmt der Nachwuchs keine Rücksicht auf Zukunftspläne. Glaubst du etwa, ich hätte gedacht, dass ich so früh Mutter werde? Mit Anfang neunzehn. Das war vielleicht eine Überraschung.«

»Das war damals eine ganz andere Zeit. Seit die Pille eingeführt wurde, hat man doch andere Möglichkeiten.«

Karin blieb vor einem Obststand stehen und betrachtete verschiedene Äpfel.

»So?«, fragte Sabine erstaunt. »Bei allen ist das in jedem Fall nicht so. Bisher braucht man doch die Zustimmung des Ehemanns. Und darf ich dich daran erinnern, dass ich in Kürze Oma werde? Achim und Biggi hatten es eigentlich auch nicht eilig damit, Eltern zu werden ... soweit ich weiß.«

Karin blinzelte. »Ach, das vergesse ich irgendwie immer. Für mich ist Achim noch der kleine Junge, der erst vor Kurzem eingeschult wurde. Für Julia gilt übrigens das Gleiche. Die beiden werden immer meine Kleinen bleiben, egal, wie alt sie sind.«

Sabine seufzte. »Da würdest du dich wundern, wenn du sie sehen könntest! Aus Julia ist eine hübsche junge Frau geworden, die zugegeben viele Flausen im Kopf hat, aber wer hat das in diesem Alter nicht? Und Achim hat sich sehr gemacht. Er und Biggi sind richtig selig über die Familiengründung. Für ihr siebzehn Jahre sind beide schon sehr erwachsen und verantwortungsvoll. Ich denke, sie werden ihre neue Rolle hervorragend meistern.«

»Ich bin gespannt.« Sie deutete auf zwei Apfelsorten. »Was meinst du, die grünen oder die roten?«

Nachdem sie mit ihren Einkäufen wieder zurück zum Reisebüro gekommen waren, hatte Sabine das frische Obst dekorativ in zwei Schalen angerichtet und auf die zwei Schreibtische gestellt, an denen bald nicht nur Karin und Volker, sondern auch hoffentlich viele Kunden sitzen würden. Ihr Bruder Rolf war mit seiner Familie bereits wenige Minuten nach der Öffnung des Reisebüros aufgekreuzt. Kurz darauf hatte es bereits die ersten Schaulustigen ins Ladenlokal gezogen.

»Papa, können wir auch Luftballons haben?« Rolfs ältester Sohn Michael blickte hoch zu seinem Vater. Im Schlepptau hatte er Tamara, seine jüngere Schwester.

Rolf beugte sich zu seinen Kindern. »Bestimmt. Schaut mal, da vorne steht Onkel Volker. Er pumpt gerade neue auf.« Er zeigte auf seinen Schwager in spe, der nun Anzug und Krawatte trug und gerade einen Ballon über das Ventil einer Handpumpe stülpte. »Fragt ihn mal!«

»Ist gut!« Michael griff nach der Hand seiner Schwester. »Komm, Tamara!«

Sabine nahm einen Reklamezettel mit Reisesonderangeboten und fächelte sich damit Luft zu. »Ganz schön stickig bei den vielen Leuten hier. Und Karin hatte vorhin Angst, dass keiner kommt.«

»Die Sorge war jedenfalls unbegründet. Das Geschäft ist rappelvoll.« Rolf beobachtete das Treiben mit kritisch verzogenem Mund.

Sabine hob die Schultern. »Du kennst doch unsere kleine Schwester. Sie will nichts dem Zufall überlassen. Da vorne kommt sie ja.«

Karin hetzte kurz an ihnen vorbei, kam zurück und blieb dann doch stehen. »Der Orangensaft ist schon wieder leer.« Ihre Wangen waren gerötet. In einer Hand hielt sie eine leere Glaskaraffe. »Wann wollten unsere Eltern eigentlich kommen? Ich habe vorhin angerufen, aber es hat niemand abgenommen. Bestimmt sind sie unterwegs, was denkt ihr?«

Besorgt sah Sabine auf die Uhr. »Sie müssten doch längst hier sein. Vielleicht haben sie einen Bus verpasst und kommen mit dem nächsten.« Sie hob den Blick. »Um zehn wollten sie in Bismarck losfahren.«

Rolf blickte zum Eingang. »Dafür ist Berti gerade mit

Familienanhang eingetroffen. Ein Geschenk hat er auch mitgebracht.«

Sabine und Karin folgten seinem Blick und sahen, wie die Familie sich in die Menschenmenge mischte.

»Siehst du, was er da trägt?«, fragte Sabine lachend.

Karin nickte. »Sieht aus wie ein Gummibaum. Dann haben wir nun drei.«

»Soll ich dir die Karaffe abnehmen und mit Orangensaft auffüllen?«, bot Sabine an.

Aus dem hinteren Raum ertönte das Klingeln eines Telefons. »Ah! Vielleicht sind das unsere Eltern, um Bescheid zu sagen, dass sie später kommen. Ich gehe eben schnell ran.« Schon eilte Karin in den hinteren Teil des Geschäfts, ohne Sabines Angebot angenommen zu haben.

»Ich habe Mutti und Papa mehrmals angeboten, sie zu fahren. Aber bis sie mal meine Hilfe annehmen, muss es fünf vor zwölf sein«, bemerkte Rolf achselzuckend.

Sorgenvoll legte sich Sabine die Hand an ihre Wange. »Versprich mir, dass du dich trotzdem weiterhin um sie kümmerst. Auch wenn sie meinen, allein klarzukommen. Mutti schleppt sich immer mit den schweren Einkäufen ab und ist danach so erschöpft. Und Papa ist gestern wieder stundenlang mit dem Fahrrad unterwegs gewesen, obwohl sein Arzt ihm lange Fahrten verboten hat. Ich habe das Gefühl, ich rede gegen eine Wand – dabei mache ich mir wirklich Sorgen, dass sie sich übernehmen.«

»Das Gefühl kenne ich«, stimmte Rolf kopfschüttelnd zu. »Und Karin auch.«

Sabine presste die Lippen aufeinander. »Wir müssen das anders organisieren. Unsere Eltern können nicht mit den schweren Einkaufstaschen durch die Gegend laufen. Das ist viel zu beschwerlich für sie.«

»Wenigstens werden die Kartoffeln vom Bauern mit dem Pferdewagen bis an den Bordstein gebracht«, überlegte Rolf laut. »Ich werde noch mal anbieten, dass ich mit ihnen einmal die Woche zu Plaza fahre. Da können sie dann Großeinkauf machen und ich gleich mit. Falls dann noch was fehlen sollte, sind es nur Kleinigkeiten, die sie nebenan bei Hues bekommen.«

»Danke.« Sabine stellte sich auf die Zehenspitzen und gab ihrem Bruder einen Kuss auf die Wange. »Das beruhigt mich ein wenig.«

Im nächsten Augenblick kam Karin auf sie zugestürmt. Ihre Wangen glühten förmlich. »Wir müssen sofort los!«, rief sie mit Panik in der Stimme.

»Wie los?«, fragte Rolf irritiert. »Jetzt?«

Sabine fasste Karin mit beiden Händen an den Oberarmen. »Was in Gottes Namen ist denn passiert?«

Karin holte Luft. Dann brach es aus ihr heraus: »Papa hat von einer Telefonzelle angerufen. Mutti ist auf der Busfahrt kollabiert und ins Marienhospital nach Ückendorf gebracht worden. Sie wird gerade operiert.« Ihre Augen füllten sich mit Tränen, sie konnte nicht mehr weitersprechen.

# KAPITEL 5

*Juli 1978, am Nordseegymnasium auf der Pestalozzistraße in Sankt Peter-Ording*

Julia drückte die verglaste Außentür auf und stürmte aus dem Schulgebäude. Strahlender Sonnenschein empfing sie, und eine leichte Brise brachte die grünen Blätter der Ahornbäume zum Rascheln.

Vor den Fahrradständern machte sie halt und suchte in ihrer Tasche nach dem Schlüssel für das Fahrradschloss. Als sie ihn gefunden hatte, strich sie sich einige Haarsträhnen hinters Ohr und hockte sich vor ihr Rad, um aufzuschließen.

Aus dem Augenwinkel sah sie, wie jemand neben sie trat. »Du konntest es wohl kaum abwarten, endlich Ferien zu haben, was?«

Sie blickte hoch und grinste Manuel an. »Das hast du richtig erkannt.« Geschickt steckte sie den Schlüssel ins Schloss und drehte ihn. Das Schloss sprang auf, Julia zog es aus den Speichen und stand auf. »Ich kann es noch gar nicht glauben, dass das Schuljahr endlich zu Ende ist. Sechs herrliche Wochen ohne die Penne! Freiheit bis Ende August!« Sie seufzte und betrachtete das aus rotem Backstein gemauerte Schulgebäude. »Vielleicht sieht mich das Gymnasium auch nie wieder«, fügte sie nachdenklich hinzu.

Manuel legte den Kopf schief. »Wieso das denn? Du willst doch nicht ein Jahr vor dem Abi die Flinte ins Korn werfen?«

»Am liebsten schon.« Julia verstaute das Schloss in ihrer Ledertasche.

Ihr Klassenkamerad versenkte die Hände in den Taschen seiner braunen Cordhose und sah sie forschend an. »Verstehe ich nicht. Mit deinen Noten schaffst du das Abi doch im Schlaf. Fast jeder aus der Stufe beneidet dich darum, dass du kaum was für die Schule tun musst. Ich brüte manchmal den ganzen Tag über den Büchern.«

»Ja, ich weiß.« Julia rollte mit den Augen. »Aber Noten sind doch nicht alles im Leben. Und wofür brauche ich das Abi denn? Deswegen noch ein Jahr hier in dem Kaff zu versauern, und anderswo findet das richtige Leben statt – das ist doch Zeitverschwendung.«

Stirnrunzelnd verschränkte Manuel die Arme vor der Brust. »Ich finde es hier in Sankt Peter eigentlich ganz schön. Wohin willst du denn?«

Julia spürte, wie ihre Stimmung stieg, wenn sie nur daran dachte. »Meine Tante Amelie lebt in Paris. Wenn sie mich fragen würde, ich würde sofort zu ihr ziehen.«

»Mit der Sprache hättest du jedenfalls keine Probleme.«

Sie nickte und hielt das Fahrrad am Lenker gerade. »Damit durchschlagen könnte ich mich wahrscheinlich. Aber am liebsten würde ich um die ganze Welt reisen – als Stewardess bei der Lufthansa.«

Manuel lächelte. »Mein letzter Stand war, dass du Tierärztin werden willst.«

Lachend entgegnete sie: »Ach, Manu! Das war in der achten Klasse. Damals habe ich auch lieber im Pferdestall geschlafen als in einem Bett.«

Er musste grinsen. »Ja, ich kann mich vage daran erinnern. Besonders daran, dass du meine Schwester dazu angestiftet hast, deinen Eltern weiszumachen, du hättest am Wochenende bei ihr übernachtet, weil du nie die Erlaubnis bekommen hättest, im Stall zu schlafen. Du warst damals ganz schön gerissen für dein Alter.«

»Lösungsorientiert würde ich es eher nennen.«

»Warum grinst ihr zwei denn so?« Conny warf sich ihre Tasche über die Schulter und trat neugierig näher. »Ihr habt doch nicht etwa was ausgefressen?«

»Wo denkst du hin, Conny? Manu hat gedacht, dass ich nach dem Abitur Tierärztin werden will«, klärte sie Julia auf.

Ungläubig schüttelte Conny den Kopf. »Der Plan ist aber schon lange verworfen. Danach wolltest du, glaub ich, Dekorateurin werden und danach Mode-Designerin wie deine Tante.«

»Da habe ich ja seit der Tierärztin einiges verpasst«, stellte Manuel fest und klatschte in die Hände. »Wie sieht es aus, Mädels? Sehen wir uns mal in den Ferien? Auf der Rollschuhbahn ist abends bestimmt was los.«

»Klaro!« Julia sah ihre Freundin an. »Nach dem Kellnern haben wir Zeit, oder?«

»Aber sicher!«, bestätigte Conny. »Ich freue mich schon sehr darauf! So lange Rollschuh laufen, bis es dunkel wird – und dann noch bei diesem herrlichen Wetter! Das wird toll!«

»Roland hat gesagt, er bringt fetzige Musik mit«, meinte Manuel.

»So ein Glück, dass er den großen Rekorder hat. Ich kann eine Packung Batterien beisteuern«, sagte Julia.

»Das ist eine gute Idee! Ich habe auch noch welche zu Hause«, fiel Conny ein.

»Alles klar, dann sehen wir uns! Ich muss jetzt los. Meine Eltern warten bestimmt schon im Restaurant auf mich.« Er zwinkerte ihnen zu. »Bis dann!«

»Bis dann, Manu!« Julia zog mit einem kräftigen Ruck den Vorderreifen ihres Rads aus dem Ständer. Sie wartete, bis ihre Freundin mit ihrem Fahrrad auch so weit war. Gemeinsam schoben sie die Räder nebeneinander den Bürgersteig entlang.

»Ich glaube, du hast vorhin Manus Ferien gerettet«, bemerkte Conny grinsend.

»Jetzt übertreib mal nicht.«

»Nein, wirklich! Wie er gestrahlt hat, als du versprochen hast, zur Rollschuhbahn zu kommen. Das konnte man gar nicht übersehen.«

»Hm«, machte sie und seufzte. »Ehrlich gesagt muss ich immer noch an den süßen Typen aus dem Strandcafé denken. Er hatte wirklich die schönsten braunen Augen, die ich jemals gesehen habe. Dass er dir nicht aufgefallen ist, ist mir völlig unbegreiflich.«

»Na ja, das liegt wahrscheinlich daran, dass ich an dem Tag so viel zu tun und keine Zeit hatte, mich mit den Augenfarben der Gäste zu beschäftigen.«

»Obwohl ich überall in Sankt Peter nach ihm Ausschau halte, scheint er wie vom Erdboden verschluckt zu sein«, fuhr Julia schwärmerisch fort. »Meinst du, ich sehe ihn noch einmal wieder?«

Conny lachte. »Das hast du mich nun schon so oft gefragt. Aber ich weiß es wirklich nicht. Vielleicht war er bloß einen Tag in Sankt Peter. Oder eben länger. Diese Frage kann dir niemand beantworten. Du musst eben die Augen offenhalten und darauf hoffen, dass er dir wieder über den Weg läuft.«

»Und wenn er nicht mehr in Sankt Peter ist, ist es noch ein Grund mehr für mich, in die große weite Welt hinauszuziehen. Irgendwo in Deutschland begegnen wir uns dann bestimmt wieder. Er sah aus, als käme er aus Düsseldorf oder vielleicht Berlin …«

»Aha? Wie sieht denn jemand aus, der aus diesen Städten kommt?«

»Modern eben. Großstädtisch und erfahren. Er wirkte irgendwie, als wäre ihm das Leben in einer Weltmetropole nicht fremd.«

»Soso … Das hast du messerscharf und auf einen Blick erkannt. Dann hoffe ich mal für dich, dass er nicht in Wirklichkeit in Tetenbüll wohnt, während du ihn in ganz Deutschland suchst.«

Julia knuffte ihre Freundin lachend in die Seite. »Ach was! Wenn so ein toller Mann bei uns in der Nähe wohnen würde, dann hätte sich das doch längst in Sankt Peter herumgesprochen. Oder?« Sie waren an einer Kreuzung angekommen, an der sich ihre Wege am Ende eines jeden Schultags trennten.

Conny hob die Schultern. »Wie dem auch sei. Ich schwinge mich lieber mal aufs Rad, damit ich noch in Ruhe mittagessen kann, bevor wir unseren Dienst im Strandcafé antreten. Wer weiß, vielleicht taucht der geheimnisvolle Fremde heute ja wieder auf.«

Julia zwinkerte ihr zu. »Genau. Wer weiß das schon?«

»Dann musst du nicht in die große weite Welt hinausziehen.« Conny grinste sie frech an.

»Oder er entführt mich genau dorthin.«

Sie verabschiedeten sich und fuhren beide in verschiedenen Richtungen nach Hause.

Julia lag auf ihrem Bett und hatte die Augen geschlossen. Sie hatte sich ihre Kopfhörer aufgesetzt, aus denen das Lied *Eagle* von ABBA erklang. Seit die Gruppe den Eurovision Song Contest 1974 in Brighton gewonnen hatte, liebte sie die Musik der vier Schweden über alles. Besonders die Sängerin Agnetha hatte es ihr angetan. Insgeheim träumte sie davon, eines Tages auch mal so eine schöne blonde Mähne zu haben. Ihre Haare waren zwar genauso lang wie die der Sängerin, aber braun.

Die leichten Klänge des Liedes nahmen sie wie auf unsichtbaren Schwingen mit in eine Welt, die fern ihrer Realität lag. Sie fühlte sich beim Zuhören federleicht und frei, wie der besungene Adler. Stark, mächtig und bereit, ihrem Impuls zu folgen, um Neues zu entdecken.

Vor ihrem geistigen Auge sah sie den hübschen Fremden wieder. Sie stellte sich vor, wie sie sich zufällig auf der Seebrücke begegneten, er sie wiedererkannte und ansprach. Julia lächelte. Fast glaubte sie, dass es tatsächlich gerade passierte.

Im nächsten Moment schrak sie jedoch hoch. Entrüstet nahm sie die Kopfhörer von den Ohren. »Mensch! Du hast mich fast zu Tode erschreckt!« Ihr Bruder hatte sich neben sie auf das Bett fallen lassen.

»Was hörst du auch so laut Musik, dass du nichts mehr mitbekommst?« Er riss ihr die Kopfhörer aus den Händen und setzte sie auf. »ABBA«, sagte er mit abschätzender Miene. »Kannst du nicht mal was Anständiges hören?«

Julia beugte sich über ihn zum Plattenspieler und betätigte den Hebel, um den Tonarm anzuheben. »ABBA ist was Anständiges. Sogar etwas sehr Anständiges.« Sie brachte den Tonarm in seine Ausgangsposition, sodass die schwarze Vinyl-LP sich nicht mehr drehte.

Achim verschränkte beide Hände hinter dem Kopf und blickte zur Zimmerdecke. »Du solltest lieber mal Pink Floyd hören. Das ist richtige Musik.«

»Nein, danke.« Julia streckte sich neben ihm aus. »Hast du gerade Pause?«

Er drehte seinen Kopf zu ihr. »Nö. Ich brauche keine Pause, um mit meiner Zwillingsschwester zu sprechen. Ich bin neugierig.«

»Weswegen denn?«

»Gab es heute keine Giftblätter?«

»Dooooch«, sagte sie gedehnt und rollte sich auf die Seite. Vom Boden zog sie ihre Schultasche aufs Bett und holte das Zeugnis aus einer Mappe. »Hier.« Sie hielt es ihm unter die Nase.

Ihr Bruder nahm es erfreut entgegen und las. »Du hast wirklich gute Noten. Respekt! Obwohl wir Zwillinge sind, warst du schon immer besser in der Schule. Ich würde dich glatt im Hotel einstellen«, foppte er sie.

»Halt keine Volksreden.« Genervt nahm sie ihm das Zeugnis aus der Hand. »Mit der Schule bin ich fertig.«

»Was soll das heißen?«

»Nach den Ferien gehe ich nicht mehr hin.«

Achim richtete sich abrupt auf. »Willst du etwa das Abi sausen lassen?«

»Klar.«

Achim nickte. »Mutti und Papa werden bestimmt nicht begeistert sein, wenn sie davon Wind bekommen. Andererseits … Um im Strandcafé zu arbeiten oder im Hotel, brauchst du eigentlich auch kein Abi.«

»Das habe ich doch gar nicht vor.« Julia schwang die Beine vom Bett und stellte sich hin. »Ich gehe zur Lufthansa. Als Stewardess!«

Erst sah er sie nur ungläubig an, dann begann er zu lachen. »Du verkackeierst mich doch!«

»Nein, tu ich nicht. Tante Amelie und ich haben auf dem Hamburger Flughafen mit zwei Stewardessen gesprochen, und sie haben mir die Telefonnummer vom Personalbüro in Frankfurt gegeben. Außerdem findet Tante Amelie, dass ich genau die Richtige für diese Arbeit bin.« Sie ging zu ihrem Nachttisch und zog eine Schublade auf. Dann zeigte sie Achim einen Zettel, auf dem eine Telefonnummer geschrieben stand. »Schau!«

Schweigend blickte er auf die Notiz und dann zu ihr. »Du denkst immer nur an dich. Unsere Familie scheint dich wenig bis gar nicht zu interessieren. Warum bist du nur so egoistisch?«, fragte er verärgert.

»Was heißt denn hier egoistisch? Nur, weil ich Träume habe und weiß, was ich will? Ich habe nun mal nicht vor, in Sankt Peter zu versauern.« Sie steckte sich die Notiz in ihre Hosentasche.

»Du weißt genau, was ich meine. Wir beide tragen als Nachfolger Verantwortung für das Hotel und das Café. Da kannst du dich nicht einfach so aus dem Staub machen und dich aus der Pflicht stehlen.«

»Weißt du was, Achim? Du klingst schon wie ein Großvater, aber nicht wie jemand, der noch sein ganzes Leben vor sich hat. Willst du nicht auch etwas erleben und von der Welt sehen?«

Achim stand auf. »Falls es dir entgangen sein sollte: Ich werde bald Vater.« Mit ernstem Gesichtsausdruck strich er sein weißes Hemd über der Brust glatt.

»Das ist mir nicht entgangen.« Sie verdrehte die Augen. »Aber wieso sollte ich mir diese große Chance entgehen lassen, wenn sie sich mir bietet?«

Skeptisch musterte er sie. »Du tust ja gerade so, als hättest du den Arbeitsvertrag schon in der Tasche.«

Julia hob selbstbewusst ihr Kinn und funkelte ihren Bruder herausfordernd an. »Noch habe ich keinen Vertrag. Aber das kann sich schnell ändern, sobald ich meine Bewerbung abgeschickt habe. Und jetzt gehe ich zu Papa und lasse mein Zeugnis unterschreiben.«

Sie kehrte ihrem Bruder den Rücken zu und verließ ihr Zimmer.

Julia klopfte das Herz bis zum Hals. Als sie vor einer Kreuzung eine scharfe Bremsung machte, ging ihr Atem stoßweise. Ob das Herzklopfen vom zügigen Radfahren kam oder der neuerlichen Wut in ihrem Bauch, konnte sie nicht mit Sicherheit sagen. Sie war Conny entgegengeradelt, obwohl das Strandcafé in der anderen Richtung lag. Aber in Julia brodelte es, sie musste unbedingt mit ihrer Freundin sprechen.

Nachdem sie mit Achim über ihre Zukunftspläne bei der Lufthansa aneinandergeraten war, hatte sie ein weiteres Streitgespräch mit ihrem Vater überstehen müssen. Als er ihr Versetzungszeugnis begutachtet und unterschrieben hatte, war er voll des Lobes ob der guten schulischen Leistungen gewesen. Julia hatte ihre Chance gesehen und nochmals ihrem Wunsch, als Stewardess zu arbeiten, Ausdruck verliehen. Ihr Vater hatte streng reagiert und abermals auf die Tatsache hingewiesen, dass sie noch längst nicht volljährig war. Mit Nachdruck hatte er seine Erwartungen an sie klargestellt: dass sie ein gutes Abitur machte und danach wie geplant schrittweise in die Fußstapfen ihrer Mutter im Strandcafé trat und später das Lokal am Strand eigenverantwortlich übernahm. Er hatte keine Widerrede geduldet, ihr das unterschriebene Zeugnis zurückgegeben und sie anschließend wieder einmal aus seinem Geschäftszimmer gebeten. Seine Unnachgiebigkeit fachte Julias Wut nur umso mehr an, und sie fühlte sich nun entschlossener denn je, ihren großen Traum vom Fliegen zu verwirklichen.

Als Julia ihre Freundin entdeckte, winkte sie ihr hektisch zu, damit Conny sich beeilte, zu ihr zu kommen.

Augenblicke darauf stoppte Conny ihr Fahrrad neben ihr. »Nanu? Was machst du denn hier?«, fragte sie mit gerunzelter Stirn. »Ist was passiert?«

»Noch nicht. Aber gleich«, antwortete Julia und presste die Lippen aufeinander.

»Du sprichst wie immer in Rätseln.«

Triumphierend zog Julia den Zettel mit der Telefonnummer des Personalbüros aus ihrer Hosentasche und schaute zur gelben Fernsprechzelle auf der gegenüberliegenden Straßenseite. »Ich mache es! Ich rufe jetzt bei der Lufthansa an. Und du bist meine moralische Stütze.«

Conny riss die Augen auf. »Wirklich? Den Mut hätte ich nicht.«

»Ach, was soll denn groß passieren? Mehr als mich abwimmeln können sie nicht, oder? Außerdem macht Versuch klug, sagen das die Erwachsenen nicht immer?«

Julia schob ihr Fahrrad über die Straße, Conny folgte ihr. Vor der Telefonzelle lehnten sie die Räder an einen Zaun. Julia nahm ihre Geldbörse aus ihrem Beutel im Gepäckträgerkorb. »Ich habe eine Mark klein. Hast du vielleicht noch drei Groschen für mich? Ist ja ein Ferngespräch nach Frankfurt.«

Conny schaute in ihrem Portemonnaie nach und lächelte nervös. »Hier hast du 50 Pfennige. Toi, toi, toi!«

»Danke.« Julia umarmte ihre Freundin kurz, öffnete dann die Tür zur Telefonzelle und ging hinein. Als sie das Kleingeld in den Schlitz warf, zitterten ihre Hände leicht. Conny hatte recht, es erforderte wirklich Mut, dieses Telefonat zu führen. Doch ohne diesen Mut würde ihr großer Traum nie wahr werden.

Ohne weiteres Zögern wählte sie die Frankfurter Nummer auf dem Papier. Als das Freizeichen ertönte, hielt Julia kurz die Luft an.

# KAPITEL 6

## *Juli 1978, im Hinterzimmer vom Reisebüro am Markt in Gelsenkirchen*

Sabine ließ den Kopf gegen die Lehne des Bürostuhls fallen und schaute zur Seite. Durch ein Fenster konnte sie in den Innenhof des Gebäudes schauen. Neben Garagen standen Müllcontainer und vor einer Rasenfläche zwei große Klopfstangen, über die jemand Teppiche zum Trocknen aufgehängt hatte.

Sie hielt den Hörer ans Ohr gepresst und lauschte auf die Hintergrundgeräusche an der Rezeption des Strandhotels in Sankt Peter-Ording. Sie musste endlich mit Tom sprechen. Nun wartete sie seit geschlagenen vier Minuten darauf, dass seine Angestellte ihn endlich zum Telefonhörer holte.

»Hansen?«

Unwillkürlich nahm Sabine eine geradere Haltung an, als sie die Stimme ihres Mannes vernahm, und fühlte sich ein klein wenig besser. »Tom!«

»Sabine!« Seine Stimme klang nun viel weicher. »Gibt es was Neues von deiner Mutter?«

Sie seufzte schwer. »Deswegen rufe ich an. Ich muss nun doch länger hierbleiben. Sie ist noch immer im Krankenhaus und sehr schwach. Die Operation hat sie sehr mitgenommen – und meinen Vater auch. Er ist seit dem Vorfall zerstreut und kaum in der Lage, einen klaren Gedanken zu fassen. Er braucht mich. Und Mutti auch.«

Tom stieß einen mitfühlenden Laut aus. »Hoffentlich wird alles wieder gut, und du kannst bald zurück nach Sankt Peter kommen.«

»Das hoffe ich auch, ihr fehlt mir alle sehr! Aber momentan bin ich die Einzige, die sich hier kümmern kann. Karin ist mit dem Reisebüro voll und ganz beschäftigt und froh, dass ich alles Weitere regle. Und mein Bruder malocht täglich bis nachmittags in der Backstube und hat ja auch seine Familie. Scheinbar bin ich die Einzige, die bei der Arbeit vertreten werden kann … Du bist mir nicht böse, oder?«

»Natürlich verstehe ich dich. Was sagen denn die Ärzte? Kann sie mit dem Herzschrittmacher wenigstens gut weiterleben?«

Sabine wechselte den Hörer ans andere Ohr, bevor sie antwortete. »Ja. Es ist nur wichtig, dass sie sich vollständig erholt und bis dahin ausreichend Hilfe bekommt. Hast du es den Kindern schon gesagt?«

Er räusperte sich. »Nein. Ich möchte nicht, dass sie sich unnötig Sorgen machen. Damit wäre niemandem geholfen. Außerdem möchte ich Biggi in ihrem Zustand nicht beunruhigen. Wir können es ihnen sagen, wenn es deiner Mutter wieder besser geht.«

Das leuchtete Sabine ein. »Einverstanden. Geht es euch denn sonst gut? Läuft alles wie am Schnürchen?«

»So weit, so gut.« Seine Stimme klang mit einem Mal anders. Ohne jegliches Gefühl.

Hellwach hakte Sabine nach: »Tom, ich kenne diesen Tonfall. So sprichst du mit Geschäftspartnern und Gästen. Was ist denn vorgefallen?«

»Unsere Lütte ist vorgefallen.« Er seufzte.

Julia! Seit Wochen machte Sabine sich Sorgen um ihre Tochter, ihren Wildfang, den sie über alles liebte. »Ist ihr Zeugnis nicht gut? Oder kommt sie im Café nicht zurecht?«

»Nein, nein! Das ist nicht das Problem, im Strandcafé läuft alles rund, und ihr Zeugnis ist sogar sehr gut. Aber statt sich darüber zu freuen und angespornt zu sein für den Endspurt nach den Ferien, hat sie nur noch ein Thema: sich bei der Lufthansa zu bewerben.«

Sabine lächelte. Fast war sie ein bisschen erleichtert. Das sah Julia ähnlich, sie hatte ihren eigenen Kopf und war ihrem Vater darin ähnlicher, als ihr oder ihm bewusst war. »Ihr scheint es ernst zu sein.«

»Und gerade das macht mir Angst, Sabine! Was ist, wenn sie ihre Hirngespinste in die Tat umsetzt? Ich möchte nicht, dass unsere Tochter irgendwo über den Wolken schwebt und wildfremde Leute bedient.«

Sabine musste kurz auflachen. »Über den Wolken muss die Freiheit wohl grenzenlos sein«, zitierte sie aus dem bekannten Lied von Reinhard Mey.

»Jetzt mach dich doch nicht lustig über mich. Mir ist es wirklich ernst.«

»Mir doch auch«, versuchte sie, ihn zu besänftigen.

»Einsperren können wir sie nicht«, gab Tom zerknirscht zu bedenken. »Da hat uns meine Schwester vielleicht etwas eingebrockt.«

Sabine schloss kurz die Augen und massierte sich mit einer Hand die Schläfe. Plötzlich hatte sie einen Einfall. »Hör zu, ich rede mit Karin.«

»Worüber willst du mit deiner Schwester reden?«

»Na, über Julia. Es wird keinen Sinn machen, zu versuchen, ihr die Idee mit der Lufthansa auszureden. Wenn sie sich einmal etwas in den Kopf gesetzt hat, lässt sie nicht locker. Da ist sie mindestens so stur wie du.«

Tom schnappte hörbar noch Luft. »Ich wollte nie zur Lufthansa.«

»Nein, aber erinnere dich, du wolltest auch hoch hinaus. Deswegen sollten wir auf unsere Tochter eingehen und ihr ein Angebot machen.«

Nach kurzem Schweigen erwiderte Tom in milder gestimmtem Tonfall: »Na, da bin ich gespannt, was das für ein Angebot sein soll.«

»Ich dachte, Julia kann vielleicht in den Ferien ein paar Wochen als Praktikantin im Reisebüro mithelfen. Für meine Schwester wäre das bestimmt eine willkommene Hilfe und für Julia ein Tapetenwechsel und auch ein Zeichen, dass wir sie ernst nehmen. Sie könnte in die Tourismus-Branche hineinschnuppern und hätte gleichzeitig ein wenig Stadtluft um sich. Bestenfalls stellt sie fest, dass es in Sankt Peter doch nicht so übel ist, und macht mit fliegenden Fahnen ihr Abitur. Zwingen können wir sie dazu jedenfalls nicht.«

»Ja! Ohne dich wäre ich verloren, Sabine. Darauf wäre ich nicht gekommen. Ich finde es eine hervorragende Idee, mit deiner Schwester zu sprechen.« Tom klang erfreut und erleichtert zugleich. »Das könnte eine Lösung sein. Ich werde es Julia gleich nachher sagen.«

»Nein, lass mich das lieber machen, ja? Außerdem muss ich erst noch Karin fragen und dann alles in die richtigen Bahnen lenken – falls sie einverstanden ist«, bremste Sabine den Enthusiasmus ihres Mannes. »Auf die ein oder zwei Tage kommt es nun wohl auch nicht mehr an.«

»Na gut.« Er seufzte wieder, und ein Lächeln lag in seiner Stimme, als er weitersprach: »Was würde ich nur ohne dich machen? Eine bessere Ehefrau hätte ich nicht bekommen können.«

Sabine lachte abermals auf. »Ich werde dich beizeiten daran erinnern. Aber jetzt muss ich langsam zum Ende kommen. Karin macht gleich Schluss für heute, und wir wollen zusammen mit Papa ins Krankenhaus.« Sabine verabschiedete sich von Tom und legte auf.

Als sie in den vorderen Teil des Reisebüros trat, ordnete ihre Schwester gerade ein paar Papiere.

»Bist du fertig mit Telefonieren?«, fragte Karin.

»Bin ich«, bestätigte Sabine. »Von mir aus können wir aufbrechen.«

»Gut.« Karin schulterte ihre Handtasche und wandte sich Volker zu, der am Schreibtisch neben ihrem saß. »Gibst du mir die Autoschlüssel?«

»Wann seid ihr zurück?« Volker warf ihr den Schlüsselbund zu.

»Vor dem Feierabend.« Karin zwinkerte ihm zu. »Dann musst du nicht mit dem Bus nach Hause fahren.«

»Da bin ich ja beruhigt«, meinte Volker. »Schöne Grüße an Käthe und weiterhin gute Besserung. Hoffentlich ist sie bald wieder auf dem Damm.«

»Werden wir ausrichten. Bis später!« Sabine hakte sich bei ihrer Schwester ein und verließ mit ihr das Reisebüro. Sie gingen zu den Parkplätzen, die auf einer Insel in der Mitte der Fahrbahn angelegt waren »Ich habe übrigens einen kleinen Überfall auf dich vor.«

»Solange dein Überfall nicht noch mehr Arbeit bedeutet, bin ich ganz Ohr.« Karin ging um das Auto herum und schloss die Fahrerseite des gelben Asconas auf.

»Keine Sorge. Eher das Gegenteil. Erzähle ich dir auf der Fahrt.« Sabine öffnete die Beifahrertür und stieg ein.

Nach dem Besuch im Krankenhaus hatte ihre Schwester Sabine und ihren Vater wieder an der Wohnung in der Pommernstraße abgesetzt. Karin war direkt weiter zum Reisebüro gefahren, um Volker einzusammeln.

Ihr Vater hatte Sabines Angebot, das Abendessen vorzubereiten, abgelehnt. Ihn hatte der Krankenhausbesuch erschöpft, deswegen hatte er es vorgezogen, sich auf die Couch zu legen und ein Nickerchen zu halten. Um das Abendbrot wollte er sich später selbst kümmern.

Es war ein lauer Sommerabend, der viel zu schade war, um sich in der Wohnung oder nur auf dem Balkon aufzuhalten, fand Sabine. Deswegen machte sie sich zu Fuß auf den Weg, um Rita zu besuchen. Für gewöhnlich machte sie einen täglichen Strandspaziergang, genoss die frische Nordseeluft und dachte daran, wie wunderbar es war, dort zu leben, wo andere Urlaub machten. Manchmal setzte sie sich mit einem Romanheft in die Nähe der Dünen und genoss die Einsamkeit. Gelsenkirchen ist da einfach kein Vergleich zum beschaulichen Leben an der Küste, dachte Sabine, als die Pkw auf dem Weg zu ihrer Freundin auf der Straße an ihr vorbeizogen. Hier allein zu sein, war eher eine Herausforderung als eine Möglichkeit.

Auch wenn die Sorge um ihre Mutter alles überschattet hatte, machte Sabine sich Gedanken um ihre Familie in Sankt Peter-Ording und natürlich auch um Rita. Es war besorgniserregend, dass ihre Freundin sich kaum eine Pause gönnte. In ihrem Zustand war Ruhe angesagt, um möglichen Komplikationen vor der Geburt vorzubeugen. Sie musste sie unbedingt davon überzeugen, dass sie kürzertreten musste.

Auf der Höhe des Gemeindehauses am Grieseplatz bemerkte sie einen neuen Kindergarten und einen Spielplatz.

Bestimmt würde Ritas Kind später einmal hier betreut werden, während sie dann wieder durch den Salon wirbelte. Der Kindergarten war fußläufig bloß ein paar Minuten von der Bismarckstraße entfernt.

Sabine dachte an Julias und Achims Kindergartenzeit zurück und musste lächeln. Wie niedlich die beiden gewesen waren. Die Zwillinge waren gerne in die Kinderbetreuung gegangen, wenngleich sie für ihr Alter einen weiten Fußweg hatten zurücklegen müssen. Das war eben einer der Unterschiede zwischen Großstadt und beschaulichem Küstenort. In Gelsenkirchen lag alles dicht beieinander, während man auf Eiderstedt nur wenig zu Fuß erledigen konnte und im Grunde auf ein Fahrrad oder ein Auto angewiesen war. Trotzdem hätte Sabine ihr Leben in Sankt Peter-Ording nicht mit dem Stadtleben getauscht. Sie liebte den Strand und das Meer, die unbeschreibliche Weite und den tiefblauen Himmel, der sich abends oft rot verfärbte. Hätte sie einen Wunsch frei, hätte sie sich gewünscht, all ihre Lieben zu sich an die Küste zu holen. Doch dies würde höchstwahrscheinlich für immer bloß ein Wunsch bleiben. Ihre Geschwister fühlten sich pudelwohl im quirligen Ruhrgebiet, und auch ihre Eltern winkten jedes Mal bloß ab, wenn sie ihnen anbot, ins Strandhotel zu ziehen. Sie hatten ihre Wurzeln in der Emscher-Region und die waren zu tief, als dass sie jemals verpflanzt werden könnten, sagten sie immer wieder.

Vor dem Salon Inge entdeckte sie Rita im Gespräch mit einer jungen Frau. Sie hatte die Hände auf ihren Bauch gelegt, während sie sich unterhielt.

»Hallo! Das trifft sich ja gut«, sagte Sabine, als sie bei ihnen angekommen war.

»Hallo, Sabine.« Rita wandte sich ihr erfreut zu. »Wolltest du zu mir?«

»Ja.«

»Das ist Claudia, unsere Auszubildende. Sie kommt bald ins zweite Lehrjahr«, verkündete Rita stolz. »Und das ist meine Freundin Sabine Hansen.«

»Guten Abend, Frau Hansen.« Die junge Frau trug ihr Haar als aufwendige Föhnfrisur mit schicker Außenwelle. Höflich gab sie Sabine die Hand. »Dann bis morgen«, sagte sie an Rita gewandt.

»Bis morgen.« Rita stieg auf die erste Stufe zum Laden.

»Hast du etwa bis jetzt gearbeitet?«, erkundigte Sabine sich empört, obwohl sie sich die Antwort schon denken konnte.

»Tja, wir haben bis gerade eine handgelegte Wasserwelle am Frisierkopf geübt. Claudia hat eine schöne Fingerfertigkeit und die Technik sehr schnell verstanden. Sie ist wirklich geschickt, ein richtiges Talent. Bestimmt macht sie später mal ihren Meisterbrief. Kommst du mit rein?«

»Ja, gerne.« Sabine schluckte ihre Entrüstung über Ritas Sorglosigkeit hinunter und betrat nach ihr den Salon.

Ihre Freundin schloss die Tür hinter ihr und sperrte mit dem Schlüssel zu. Dann stützte sie sich mit beiden Händen am Kreuz und verzog schmerzhaft das Gesicht. »Mein Rücken bringt mich noch um.«

»Kunststück. Du stehst zu viel, statt dir und dem Baby Ruhe zu gönnen«, bemerkte Sabine ungerührt.

Rita ging zu dem Übungskopf, der an einem der Kundenplätze stand. »Wer rastet, der rostet. Außerdem brauche ich die Ablenkung, damit mich nicht jede Bewegung des Babys beunruhigt. Was meinst du, wie oft ich schon gedacht habe, dass ich Wehen bekomme …«

»O ja, an diese Momente kann ich mich auch noch gut

erinnern. Trotzdem darfst du dich ruhig etwas schonen, meine Liebe.«

»Wie geht es eigentlich deiner Mutter? Du hast noch gar nicht erzählt, was genau los gewesen ist. Ist sie wieder zu Hause?«, überging Rita gekonnt ihren Ratschlag.

»Sie ist noch im Krankenhaus, nachdem ihr ein Herzschrittmacher eingesetzt wurde. Sie kann erst nach Hause, wenn sie sich von dem Eingriff vollends erholt hat.«

»Oje! Das tut mir leid. Dann muss es aber arg gewesen sein. Eine Kundin hat mir mal erzählt, dass sie im Krankenhaus eher sparsam mit Herzschrittmachern umgehen. Ihr Mann hätte einen gebraucht, aber das wurde letztendlich von den behandelnden Ärzten abgelehnt.« Rita stellte den Übungskopf in einen Schrank.

»Bei meiner Mutter war es dringend notwendig, und der Chirurg hat nicht lange gezögert.«

Rita nickte und sah ihr ins Gesicht. »Wie lange bleibst du noch in Gelsenkirchen?«

Sabine zuckte mit den Achseln. »Solange es nötig ist. Ich habe vorhin mit Tom telefoniert. Er steht voll und ganz hinter mir. Und es ist ein Glück, dass der Betrieb auch ohne mich weiterläuft. Achim ist für uns sowieso schon eine echte Stütze im Hotel. Und Julia macht sich auch ohne meine Anwesenheit gut im Café. Vielleicht kommt sie bald auch nach Gelsenkirchen. Stell dir vor, sie kann bei Karin ein Praktikum im Reisebüro machen!«

»Ach, das ist ja wunderbar! Dann bleibt alles in der Familie. Und ich freue mich, dass du mir und Gelsenkirchen noch etwas erhalten bleibst. Natürlich wären schönere Umstände besser gewesen.« Sie nahm einen Umhang vom Haken und ging auf Sabine zu. »Aber so kann ich dir mal wieder die Haare machen.«

»Jetzt?«, fragte Sabine überrumpelt.

»Jetzt!« Sie warf einen prüfenden Blick auf Sabines Frisur. »Ist der letzte Friseurbesuch ungefähr sechs Wochen her?«

»Sogar ziemlich genau sechs Wochen. Dass du das so genau sagen kannst …«

»Alles Erfahrung. Dann nimm mal Platz.« Sie deutete auf einen der Stühle vor einem großen Frisierspiegel. »Sollen wir mal eine Dauerwelle probieren?«

»Wartet Fiete denn nicht auf dich?«, erkundigte Sabine sich unsicher. Ihr war es unangenehm, dass ihre Freundin jetzt ihretwegen arbeiten wollte – und dann eine Dauerwelle, die bestimmt einige Zeit in Anspruch nahm. Eigentlich war sie hergekommen, damit Rita sich ausruhte.

Schwungvoll legte diese ihr nun den Umhang um. »Fiete hat heute sein wöchentliches Fußballtraining mit seiner Altherren-Mannschaft. Kann noch gut zwei Stunden dauern, bis er wiederkommt. Ausreichend Zeit für eine Dauerwelle.«

»Wenn das so ist und du dich danach dann wirklich entspannen kannst …« Sabine machte gute Miene zum bösen Spiel. »Aber schneiden reicht.«

Rita nahm eine Bürste und kämmte Sabines Haar. Plötzlich hielt sie inne. »Na, was haben wir denn da?«

»Was denn?«

»Einen Moment.« Rita griff zu einem Handspiegel und hielt ihn so, dass Sabine die betreffende Stelle sehen konnte. »Ein graues Haar.«

Sabine schaute ungläubig in den Spiegel. »Du machst Witze!«

»Guck, genau hier.« Rita deutete auf einen Punkt auf Sabines Scheitel.

Kritisch kniff Sabine die Augen zusammen. »Darf ich mal?«

»Natürlich.« Rita reichte ihr den Handspiegel.

Sabine blickte konzentriert hinein und nahm dann eine feine, silbern glitzernde Schattierung wahr. »Tatsächlich … Wie kann das denn sein? Ich bin doch erst sechsunddreißig … und keine Großmutter.«

Rita nahm den Spiegel zurück und warf ihr ein amüsiertes Grinsen zu. »Noch nicht, würde ich sagen.«

# KAPITEL 7

## *Juli 1978, auf der Terrasse des Strandcafés in Sankt Peter-Ording*

Es war später Vormittag. Julia lehnte sich weit über die Brüstung des Pfahlbaus und ließ den Blick über die Küstenlandschaft schweifen. Die Sicht war klar und der Himmel so blau wie die Farbe in ihrem Tuschkasten. Die Sonne brachte das Meer zum Glitzern, und einige Möwen balancierten über die hölzerne Balustrade.

Schaute sie weiter nach Nordosten, konnte sie Westerhever und den rot-weiß gestreiften Leuchtturm mit seinen beiden baugleichen Häusern erkennen.

Eine frische Brise strich über ihre gebräunte Haut, unter ihr brandeten die Wellen kraftvoll gegen die Holzstelzen des Pfahlbaus. Bei schönem Wetter kellnerte sie in den Ferien zusammen mit Conny vom frühen Mittag bis gegen abends im Café. Es war die beste Zeit für Trinkgelder, und sie war fest entschlossen, sich ein hübsches Sümmchen anzusparen. Bald würde sie es brauchen …

Lächelnd schloss sie für einen Moment die Augen. Das kurze Telefonat mit dem Personalbüro der Lufthansa war vielversprechend verlaufen. Zumindest wusste sie nun, wohin sie ihr Bewerbungsschreiben richten konnte, und auch, dass im September ein Vorsprechen für alle Bewerberinnen, die in die nächste Runde gekommen waren, in Hamburg im Hotel Atlantic stattfinden würde. Neben den gängigen Bewerbungsunterlagen wie Zeugnissen und einem Lebenslauf wurden auch Farbfotos verlangt. Eine Ganzkörperaufnahme und ein Porträt musste sie dem Brief also beifügen. In Sankt Peter-Ording gab es zwar kein Fotostudio, doch sie meinte, mal davon gehört zu haben, dass es in Husum einen Fotografen gab.

Alles in allem hatte sie ein gutes Gefühl, wenn sie an ihre Bewerbung dachte. Bestenfalls musste sie nach der Zusage nach den Ferien nur noch ein paar Wochen zur Schule gehen, bevor sie die Arbeit antreten konnte. Dass sie minderjährig war, blendete Julia bei ihren Überlegungen aus. Der Weg war schließlich das Ziel, und Probleme waren dazu da, gelöst zu werden.

Nichts und niemand konnte sie aufhalten. Der Traum vom Fliegen schien zum Greifen nah.

Sie öffnete die Augen wieder und ging in den Innenbereich des Cafés. Mit prüfendem Blick begutachtete sie den Raum. Auf jedem Tisch standen Salz- und Pfefferstreuer, dazu jeweils eine kleine weiße Vase mit ein paar Blumen. In der Glasvitrine warteten frisch gebackene Torten, und der durchsichtige Behälter der Kaffeemaschine war mit frischen Bohnen aufgefüllt. In gut zehn Minuten öffnete das Strandcafé seine Pforten für die Gäste, alles war vorbereitet, gleich konnten sie loslegen.

An einem Tisch in unmittelbarer Nähe zur Theke blieb Julia abrupt stehen. »Was macht ihr denn hier?«

»Mutti hat vorhin angerufen. Aber du warst schon weg«, antwortete Achim ohne Umschweife und legte den Arm um die Stuhllehne seiner hochschwangeren Verlobten.

»Was wollte sie denn?«, erkundigte Julia sich, während sie sich eine Schürze umband.

Achim zuckte die Schulter. »Das hat sie nicht gesagt. Sie meldet sich nachher noch einmal.«

»Und um mir das zu sagen, kommt ihr extra her?«, hakte Julia skeptisch nach.

Achim machte eine unwirsche Handbewegung. »Natürlich nicht deswegen.«

Biggi legte eine Hand auf Achims Arm und warf ihm einen beschwichtigenden Blick zu. »Ich wollte für ein paar Stunden am Wasser sein, und hier bin ich nun mal am besten aufgehoben«, erklärte sie. »Du weißt schon: Keine weiten Wege zur Toilette und die beste kulinarische Versorgung, die ich mir wünschen kann.« Sie lächelte etwas verlegen.

»Da hast du recht«, stimmte Julia ihr zu und lächelte mitfühlend. Sie konnte nicht verstehen, warum Biggi jetzt schon Mutter werden wollte, und war nur heilfroh, dass sie selbst in einer Situation war, in der ihr so viele Wege offenstanden. »Wäre ich schwanger, würde ich auch hierherkommen. Die Meeresluft wird dir und dem Baby sicherlich guttun.«

»Ganz bestimmt.« Biggi legte sich beide Hände auf den Bauch.

»Möchtest du vielleicht auf der Terrasse sitzen? Der Tisch gleich neben der Tür ist von einer Seite windgeschützt.« Julia deutete durch das Fenster nach draußen, auf einen Tisch, der zwar geschützt von der Witterung lag, aber trotzdem einen wundervollen Blick auf die See bot.

Biggi nickte. »Klingt wunderbar!«

»Dann wäre ja alles geklärt.« Achim erhob sich und gab Biggi einen Kuss auf die Stirn. »Ich hole dich in drei Stunden wieder ab, ja?«

Sie nickte. »Ist gut.«

Julia zwang sich, nicht die Augen zu verdrehen. »Wir haben heute Labskaus auf der Karte«, meinte sie, als ihr Bruder weg war.

»Mit Gewürzgurken?«

»Und Rote Beete.«

Biggi rieb sich kurz die Hände. »Da bekomme ich gleich Appetit. Aber vorher möchte ich mich nur mit einem Getränk in die Sonne auf die Terrasse setzen. Ein Wasser mit Zitrone wäre schön.«

»Bringe ich dir sofort. Geh ruhig schon mal zum besten Tisch, bevor ihn dir jemand wegschnappt.« Sie machte eine Kopfbewegung Richtung Terrasse, wo die ersten Gäste sich bereits Plätze an der frischen Luft zu sichern begannen. »Wenn du möchtest, bringe ich dir auch eine Illustrierte mit.«

»Das Angebot nehme ich glatt an. Ich lese gerne etwas Klatsch und Tratsch. Das lenkt so schön ab.« Biggi lächelte abermals und machte sich dann mit behäbigen Schritten auf den Weg auf die Terrasse.

Julia bereitete das Wasser mit Zitrone zu und stellte das Glas auf ein Tablett. Daneben legte sie eine aktuelle Ausgabe von *Das goldene Blatt*, auf deren Titel Königin Beatrix mit ihrem Mann Claus abgebildet war und in großen Lettern *Schlank durch die Apfeldiät* beworben wurde.

»So, einmal Wasser mit Zitrone und eine Illustrierte.« Julia stellte das Glas vor Biggi auf den Tisch und reichte ihr die Zeitschrift.

»Vielen Dank. Besser kann es mir und dem Baby nicht gehen. Ihr seid alle so lieb zu mir.« Sanft strich Biggi sich über den Bauch, der sich deutlich unter ihrem weiten Kleid wölbte.

»Ich freue mich schon darauf, Tante zu werden. Nach wem es wohl kommen wird?«

»Höchstwahrscheinlich wird unser Kind blond«, spielte Biggi auf ihre und Achims Haarfarbe an und lächelte. »Bei der Augenfarbe müssen wir uns aber überraschen lassen. Achims sind blau und meine grün.«

»Obwohl mein Bruder und ich Zwillinge sind, sind wir ja grundverschieden und sehen einander kaum ähnlich, nicht wahr? Achim kommt ganz nach Papa, und ich habe mein Äußeres von Mutti geerbt. Wer weiß, was sich bei eurem Kind durchsetzen wird.«

»Eure Mutter hat mir vor ein paar Wochen ein paar Baby- und Kinderfotos von euch gezeigt. Ihr wart zuckersüß.« Biggi nippte an ihrem Wasser und lächelte dann wieder. »Achim denkt wirklich an alles. Stell dir vor, er hat sogar schon für das Baby einen Termin beim Fotografen ausgemacht. Hoffentlich kommt es pünktlich, sonst müssen wir den Zeitpunkt verschieben.«

»Oh, wirklich?« Bei dem Wort *Fotograf* wurde Julia hellhörig. »Zu welchem Fotografen geht ihr denn?«

»Klixmüller heißt er. Das Studio ist in der Nähe vom Husumer Hafen«, gab Biggi bereitwillig Auskunft. »Willst du auch Fotos machen lassen?«

Julia nickte. »Für meine Bewerbung bei der Lufthansa. Ich brauche Porträt- und Ganzkörperaufnahmen.«

Biggi zog die Augenbrauen hoch. »Das behalte ich mal lieber für mich. Sonst ist der nächste Streit zwischen dir und Achim vorprogrammiert.«

»Nicht nur zwischen mir und Achim.« Julia seufzte schwer. »Mein Vater reagiert noch allergischer auf das Thema. Für ihn steht meine Zukunft bereits fest. Und die soll in Sankt Peter-Ording stattfinden.«

»Davon habe ich schon gehört. Von mir erfährt niemand etwas, versprochen.« Sie machte eine abschließende Handbewegung vor ihren Lippen.

»Julia!«, rief Conny in diesem Moment im Vorbeieilen. »Ich habe sechs Mal Labskaus auf dem Zettel und genauso viele Gläser Bier. Das schaffe ich nicht allein.«

Julia nickte ihr zu. »Ich komm sofort und helfe dir.«

»Geh ruhig. Ich bin ja bestens versorgt.« Biggi schlug die Illustrierte auf.

Schwungvoll legte Julia das Tablett neben Connys auf der Theke ab. Sie schaute ihre Freundin an. »Klixmüller.«

»Klix-was?«, fragte Conny.

»Klixmüller. So heißt der Fotograf in Husum. Biggi und Achim haben dort einen Termin nach der Geburt ihres Kindes.«

Conny grinste. »Lass mich raten, du demnächst auch?«

»Klaro.« Julia lächelte gut gelaunt vor sich hin. Professionelle Fotos konnte sie sich dank ihres Jobs im Café ohne Schwierigkeiten leisten. Sie nahm sich vor, bald die Auskunft anzurufen, um nach der Telefonnummer vom Fotostudio Klixmüller zu fragen.

Nach der Arbeit hatte Julia sich die Haare gewaschen und mühte sich nun schon geschlagene zwanzig Minuten mit einem Föhn und einem Kamm ab, um ihre Mähne zu glätten. Sie wollte gut aussehen, wenn sie zusammen mit Conny zur Rollschuhbahn hinter dem Deich ging. Diese Abende waren die absoluten Höhepunkte im sonst so geruhsamen Küstenort.

Der Rollschuhplatz war zwar bloß eine betonierte Fläche, doch für die Jugendlichen von Sankt Peter-Ording bedeutete er viel mehr als das. Es war ein Treffpunkt, der sich mit einem leistungsstarken Kassettenrekorder im Handumdrehen in eine Rollschuh-Disco verwandeln ließ. Dank einiger Laternen, die um den Platz herumstanden, konnten sie auch noch nach Einbruch der Dunkelheit weiterfahren. Zwar kam es häufig vor, dass sie dann das Angriffsziel zahlloser Mücken wurden, doch das störte keinen.

Über das Rauschen des Föhns nahm Julia ein Klopfen wahr. Sie schaltete das Gerät ab, ging zur Zimmertür, öffnete und blickte in das Gesicht ihres Bruders.

»Mutti ist am Telefon im Geschäftszimmer«, sagte er. »Sie möchte mit dir sprechen.«

»Gut, dann beeile ich mich.« Schon lief sie im Laufschritt den Korridor entlang und dann die Treppe hinunter ins Erdgeschoss. Dabei achtete sie darauf, keinem Hotelgast in die Quere zu kommen.

Achim beeilte sich, mit ihr Schritt zu halten, und traf kurz nach ihr vor dem Büro ein. »Ich möchte auch mit ihr reden, wenn du fertig bist.«

»Ist gut.« Die Tür zum Geschäftszimmer war bloß angelehnt. Julia drückte sie auf und schloss sie dann hinter sich. Abends war ihr Vater meistens im Restaurant und plauderte mit den Gästen. Er erkundigte sich im Allgemeinen danach, ob alles zu ihrer Zufriedenheit war, und nahm gern das eine oder andere Kompliment für das schöne Hotel oder das leckere Essen entgegen.

Sie ging zum Schreibtisch ihres Vaters und griff hastig zum Telefonhörer. »Mutti?«

»Ah, Julia! Schön, dass ich dich erwische«, erwiderte ihre Mutter.

»Ich freue mich auch, dich zu hören. Wie geht es dir denn, und was machen Oma und Opa?« Sie setzte sich in den wuchtigen Ledersessel ihres Vaters und begann, sich die Telefonschnur um zwei Finger zu wickeln.

»Opa lässt dich grüßen. Er schaut gerade die *Tagesschau* im Fernsehen.«

»Hoffentlich gibt es gute Nachrichten.«

»Für dich persönlich hätte ich sogar eine gute. Deswegen rufe ich an.«

»Aha? Das klingt aber spannend.« Julia schlug ein Bein über das andere. Was konnte das für eine Nachricht sein?

Ihre Mutter schien nicht sofort mit der Sprache herausrücken zu wollen, sondern leitete ausführlich ein: »Papa hat mir von deinem guten Zeugnis erzählt. Wir sind sehr stolz auf dich, mein Schatz. Deswegen finden wir, dass du dir eine kleine Belohnung verdient hast.«

Julia verdrehte die Augen und seufzte. »Nach einer Belohnung hat Papa bei unserem letzten Gespräch aber nicht geklungen.« Sie schwieg kurz, bevor sie leiser hinzufügte: »Wir streiten uns nur noch.«

»Das darfst du nicht so ernst nehmen«, wiegelte ihre Mutter sofort ab. »Dein Vater hat viel um die Ohren, und da ist er eben manchmal ein wenig gereizt. Trotzdem haben wir dich lieb und wollen dir eine Freude machen. Pass auf, ich habe mit Tante Karin gesprochen, und sie wäre damit einverstanden, dass du nach Gelsenkirchen kommst und bei ihr im Reisebüro ein Praktikum machst.«

»Muss ich dann nicht mehr zur Schule?«, fragte Julia hoffnungsvoll.

»Das Praktikum wäre natürlich in den Sommerferien. Von Anfang August bis zum Ende der Ferien. Danach gehst du wieder zum Gymnasium.«

»Ach so.« Julia überschlug kurz die Tage bis August. Das war nur noch eine Woche. Nur noch sieben Tage am langweiligsten Ort der Welt … Das Angebot, ins Ruhrgebiet zu reisen, war durchaus verlockend. Aber vorher musste sie unbedingt Fotos machen lassen und die Bewerbung schreiben. Wie lang mochte es dauern, bis die Abzüge entwickelt waren?

»Also, was sagst du?«, wollte ihre Mutter wissen.

»Wo würde ich denn unterkommen?«, fragte sie ausweichend. Julia wusste, dass ihre Großeltern altmodisch waren. Bei ihnen gab es feste Essenszeiten, und sie gingen im Allgemeinen früh zu Bett. Viele Freiheiten hätte sie bei ihnen sicher nicht.

»Auch das habe ich schon geregelt. Karin und Volker haben in ihrem Arbeitszimmer zu Hause eine Schlafcouch. Dort könntest du übernachten.«

Julias Stimmung hob sich sofort. »Hört sich gut an.« Karin und Volker nahmen die Dinge nicht zu genau, das wusste Julia. Ihre Tante war für sie sogar fast wie eine gute Freundin. Deswegen sagte sie auch nie Tante zu ihr, sondern nur Karin.

»Sie würden sich sehr freuen, wenn du kämst. Im Reisebüro gibt es viel zu tun, und Karin geht bestimmt auch mal mit dir in der Mittagspause bummeln. Die Bahnhofstraße ist bloß ein paar Straßen entfernt«, fügte ihre Mutter hinzu, um ihr das Angebot noch schmackhafter zu machen.

Julia musste anerkennen, dass diese Bemühungen von Erfolg gekrönt waren. »Wie könnte ich so ein Angebot ausschlagen?«, antwortete sie schließlich. »Ich möchte gerne das Praktikum im Reisebüro machen.«

»Toll, mein Schatz. Ich sage Karin und Volker dann Bescheid, dass sie mit dir rechnen können. Und alles Weitere bespreche ich dann mit deinem Vater.«

»Ich fürchte, Papa ist gerade nicht sonderlich gut auf mich zu sprechen …«

»Keine Sorge! Ich regle das schon«, versprach ihre Mutter.

»Danke, Mutti. Und warte bitte einen Augenblick, Achim wollte noch mit dir sprechen.« Julia legte den Hörer auf die Tischplatte und beeilte sich, ihren Bruder zu holen. Innerlich jubelte sie. Das lief ja alles wie am Schnürchen. Drei Wochen würde sie im Ruhrgebiet verbringen und nebenbei im Reisebüro von Karin und Volker arbeiten. Bestimmt würde sie dort einiges lernen, was ihr für ein Vorstellungsgespräch bei der Lufthansa nützlich sein würde. Am allermeisten freute sie sich jedoch darauf, endlich an einem Ort zu sein, wo das Leben tobte. Nur schade, dass sie ihre beste Freundin Conny nicht mitnehmen konnte.

Als Julia an ihrem Treffpunkt in der Nähe der Seebrücke ankam, stand die Sonne schon tief über den Salzwiesen. Ihre Freundin erwartete sie bereits.

»Das ist dein absoluter Rekord«, empfing Conny sie mit Blick auf ihre Armbanduhr. Sie hatte sich ein bauchfreies T-Shirt angezogen und dazu kurze Jeans. Über der Schulter trug sie eine blaue Sporttasche, in der zweifellos ihre Rollschuhe waren. »Du bist sage und schreibe fünfundzwanzig Minuten zu spät. Konntest du dich wieder mal nicht entscheiden, was du anziehst?«

»Tut mir leid, dass du auf mich warten musstest. Meine Mutter hat angerufen, sie musste mit mir einige wichtige Dinge besprechen«, erklärte Julia und stellte ihre Tasche auf dem Boden ab. »Sie ist doch gerade bei meinen Verwandten im Ruhrgebiet.«

Conny strich sich eine Haarsträhne aus dem Gesicht. Sie hatte ebenfalls lange Haare, doch ihre reichten nicht wie Julias bis an die Taille. »Ach so. Ich dachte, sie wäre schon längst wieder zurück in Sankt Peter.«

»Nein, sie ist noch in Gelsenkirchen. Wann sie zurückkommt, hat sie nicht gesagt. Aber sie hatte gute Neuigkeiten für mich.« Julia spürte, wie sich ihr vor Vorfreude ein Grinsen aufs Gesicht stahl.

»Lass hören!«

Julia sah ihre Freundin an und schulterte wieder ihre Tasche. »Komm, das erzähle ich dir auf dem Weg zur Rollschuhbahn.«

Sie marschierten los, und Julia berichtete von der unverhofften Möglichkeit, im Reisebüro ihrer Tante ein Praktikum zu machen.

»Oh, ich beneide dich, dass du in die Arbeit im Reisebüro reinschnuppern kannst. So eine Gelegenheit bekommt man nicht oft – und dann noch im Ruhrgebiet. Das wird bestimmt eine aufregende Zeit«, meinte Conny, als sie fast auf dem Rollschuhplatz angekommen waren.

»Bestimmt!«, pflichtete Julia ihr bei. »Vorher muss ich allerdings noch die Fotos für mein Bewerbungsschreiben machen.«

»Frag doch mal Manuel, ob er welche von dir macht«, schlug Conny vor.

Julia runzelte die Stirn. »Manuel? Hat der denn überhaupt einen Fotoapparat?«

»Soweit ich weiß, hat er zu seinem letzten Geburtstag eine Polaroid bekommen.« Sie blieben stehen, ließen ihre Taschen zu Boden fallen und beobachteten das Treiben vor sich.

Auf dem Platz drehten bereits etliche Jugendliche ihre

Runden. Manche liefen auf ihren Rollschuhen mit sicherer Leichtigkeit über die Asphaltbahn. Andere waren noch nicht geübt und stets darum bemüht, ihr Gleichgewicht zu halten. Sie wirkten ungelenk auf den Rollen und ruderten mit den Armen. Die meisten von ihnen kannte Julia. Viele besuchten genau wie sie und Conny das Nordseegymnasium. Ein paar andere waren mit ihren Rädern aus Ehst, Tümlauer-Koog oder Grothusenkoog gekommen.

»Ah, da vorne steht Manuel. Gleich neben Roland.« Conny zeigte auf die beiden Jungen, die ihnen den Rücken zugewandt hatten. »Komm, wir gehen hin!«

»Eigentlich wollte ich ihn fragen, ob er mir hilft, mein Geburtsjahr auf dem Zeugnis in 1960 zu ändern.«

Conny musste grinsen. »Seit wann ist Manuel ein Fachmann in Urkundenfälschung?«

Frech zuckte Julia die Schultern. »Seit er mir damals mit fünfzehn den Schülerausweis so präpariert hat, dass ich am Kiosk von Danklefs ohne Probleme Zigaretten kaufen konnte.«

»Na, das ist doch wirklich kein Kunststück. Der alte Danklef ist doch extrem kurzsichtig. Wahrscheinlich weiß er gar nicht mehr, wohin er mal seine Brille gelegt hat. Mit einem Nasenfahrrad habe ich ihn jedenfalls noch nie gesehen – und ohne würde er vermutlich auch meiner kleinen Schwester eine Flasche Asbach Uralt verkaufen.« Conny verschränkte die Arme vor der Brust.

»Manchmal hat auch seine Frau kassiert, und die kann gut sehen. Ihr ist jedenfalls auch nie aufgefallen, dass der Ausweis präpariert war.«

Als sie bei Manuel und Roland ankamen, wurden sie von ihnen mit großem Hallo begrüßt. Manuel freute sich offensichtlich darüber, Julia zu sehen. Sie merkte, wie seine

Blicke bewundernd über ihr Haar, ihre Schultern, das bauchfreie Fransentop und ihre hautengen Jeans glitten, in denen ihre Figur bestens zur Geltung kam. Es war ihr nicht unangenehm, aber näheres Interesse hatte sie an ihm immer noch nicht.

Roland hatte wie erwartet seinen leistungsstarken Kassettenrekorder mitgebracht, aus dessen Lautsprecherboxen gerade *If You Can't Give Me Love* von Suzi Quatro schallte. Er genoss sichtlich die Aufmerksamkeit von ein paar jüngeren Mädchen, die ihn aus der Ferne unverhohlen anhimmelten. Hin und wieder lachte er zu ihnen rüber oder zwinkerte ihnen zu. Am Ende des Lieds schaltete er den Kassettenrekorder aus und stellte auf Radioempfang um. Kurz darauf erklang der Jingle der beliebten Radiosendung Disco-Mix, in der der Radio-Jockey zwei Stunden am Stück die neuesten Hits spielte.

»Wie sieht es aus, Mädels? Wollen wir ein paar heiße Rollen auf den Asphalt legen?«, fragte Roland gut gelaunt. Er und Manuel hatten sich ihre bunten Disco-Roller bereits angezogen und wippten nun mit den Hüften zum Rhythmus von *Stayin' Alive* von den Bee Gees.

»Klaro! Dreht ruhig schon ein paar Runden ohne uns. Wir ziehen schnell unsere Rollschuhe an und holen euch dann gleich ein«, sagte Julia.

Sie setzten sich nebeneinander auf eine der Besucherbänke, die am Rand der Bahn aufgestellt worden waren.

Conny schnürte die Bänder ihrer Rollschuhe zu und legte dann den Kopf schräg. »Von Weitem hat Roland durchaus eine gewisse Ähnlichkeit mit John Travolta, findest du nicht?«

Amüsiert hob Julia den Blick und schürzte die Lippen. »Also, die Haare stimmen, und gut bewegen kann er sich auch. Für den John Travolta von Sankt Peter-Ording reicht es.«

»Du spinnst!« Conny prustete los. »Die Mädels aus der zehnten Klasse haben jedenfalls alle Sternchen in den Augen, wenn sie ihn ansehen.«

»Roland ist ja auch wirklich nett. Aber mehr als eine Freundschaft könnte ich mir nicht mit ihm vorstellen. Dafür kenne ich ihn schon zu lange und zu gut. Wie Manu eben. Vielleicht ist er eher ein Kandidat für dich?«

»Du bist eben auf der Suche nach dem absoluten Traumtypen«, stellte Conny fest, ohne auf ihre Frage einzugehen.

»Sowieso!« Julia erhob sich von der Bank. »Weißt du, ich habe die Hoffnung immer noch nicht aufgegeben, dass ich den hübschen Typen mit den Wahnsinnsaugen noch mal wiedersehe. Mein Gefühl sagt mir, dass er irgendwo in der Nähe sein muss.«

Conny grinste sie an. »Jetzt hast du Sternchen in den Augen.«

Julia verdrehte die Augen. »Na, komm. Auf geht's!« Sie zog Conny mit einer Hand von der Bank hoch.

Als sie auf den Platz rollten, dudelte *Ca Plane Pour Moi* von Plastic Bertrand aus den Lautsprecherboxen des Kassettenrekorders. Julia mochte das Lied besonders gern und sang lauthals mit. Von hinten legten sich plötzlich zwei Hände auf ihre Schultern.

»Da haben wir euch«, sagte Manuel und schob sie vor sich her. Roland tat das Gleiche bei Conny. So alberten sie herum, ließen sich den Wind durchs Haar fahren und genossen die unbeschwerte Zeit. Die Schule und alle anderen Verpflichtungen schienen meilenweit entfernt zu sein.

Nach einer Weile brauchten sie eine Pause. Atemlos glitt Julia auf die Bank zu, auf der sie ihre Tasche abgelegt hatte. Sie setzte sich, zog eine Flasche Sprudelwasser aus der Tasche und trank in großen Schlucken.

»Bin ich groggy.« Manuel ließ sich neben ihr auf die Bank sinken und griff ebenfalls nach einem mitgebrachten Getränk.

»Also, ich bin noch taufrisch.« Roland grinste breit, doch der unübersehbare Schweißfilm auf seiner Stirn strafte seine Worte Lügen.

Manuel winkte ab. »Angeber!«

»Ich setze auch für die nächsten zwei oder drei Lieder aus.« Conny fächelte sich mit einer Hand Luft zu. »Ich habe dir übrigens ein paar Batterien mitgebracht.« Sie drückte Roland eine Packung in die Hand.

Julia deutete auf den Kassettenrekorder. Der Radio-Jockey kündigte an, dass das nächste Stück *Take a Chance on Me* von ABBA sein würde. »Die Runden fahre ich noch als Zugabe.«

Sie verstaute die Trinkflasche wieder in ihrer Tasche und zog kurz darauf mit kräftigen Beinbewegungen über den Platz. Es dämmerte bereits, und ein blau-rötlicher Schimmer lag über der Rollschuhbahn. Die Laternen waren noch nicht angegangen. Julia gab sich ganz ihren Bewegungen und den Klängen des Lieds ihrer Lieblingsband hin. Plötzlich blitzte es. Julia erschrak und fasste sich instinktiv an den Brustkorb. Zog etwa ein Gewitter auf?

Sie hoffte nicht, denn das würde bedeuten, dass ihr schöner Abend vorzeitig enden würde.

Wieder blitzte es. Aber das Licht war nicht von der Seeseite gekommen, und der Himmel über ihr war wolkenlos. Aufmerksam beobachtete Julia ihre Umgebung, als sie weiterlief. Beim nächsten Blitz entdeckte sie dessen Ursache: Jemand stand am Rand der Rollschuhbahn und fotografierte. Vielleicht ein Reporter von einer lokalen Tageszeitung, der einen Bericht über die Beliebtheit des Rollschuhplatzes schreiben wollte, vermutete sie.

Als sie beim nächsten Mal an dem Fotografen vorbeifahren wollte, hielt er genau auf sie zu und drückte ab. Das helle Licht blendete sie. Julia stoppte auf der Höhe des Fotografen und beklagte sich lachend: »Jetzt bin ich blind.«

»Das hoffe ich nicht«, erklang eine Stimme, bei deren Klang ihr ein warmer Schauer den Rücken hinunterrieselte. Der Mann senkte seine Kamera und lächelte. »Julia Hansen, wenn ich mich nicht irre?«

Für einen Moment war sie ob der unerwarteten Begegnung zu geplättet, um zu antworten. »Stimmt genau«, brachte Julia schließlich hervor, als sie sich wieder gefangen hatte. »Und was machen Sie hier?«, rutschte ihr die Frage hinaus, die ihr auf der Zunge gelegen hatte.

»Als Fotograf halte ich immer Ausschau nach einem interessanten Motiv. Das habe ich ja jetzt gefunden«, sagte er geradeheraus. Er kam auf sie zu und streckte ihr seine Hand entgegen. »Und ich bin Björn, bitte nicht siezen.«

Sie ergriff seine Hand, die sich stark und fest anfühlte. »Freut mich.«

»Entschuldige bitte, vielleicht ist es nicht passend, dass ich dich so überfalle, aber hättest du etwas dagegen, wenn ich dich mal fotografiere?«

Ihr Herz schlug nun bis zum Hals. »Von mir aus sehr gern«, stimmte sie zu. »Das träfe sich sogar sehr gut. Ich brauche sowieso ein paar gute Fotos für meine Bewerbung als Stewardess.«

Auf Björns Gesicht zeichnete sich zunächst Überraschung und dann Erleichterung ab. »Dann bist du also volljährig? Ich war mir nicht sicher.«

»Natürlich. Ich bin achtzehn Jahre alt«, behauptete sie prompt und hob ihr Kinn etwas höher. Sie wollte, dass er sie ernst nahm, und das würde er bestimmt nicht, wenn er wüsste, dass sie noch die Erlaubnis ihrer Eltern benötigte.

Von der anderen Seite des Platzes rief jemand ihren Namen. Julia drehte sich in die Richtung und sah Conny, die mit beiden Armen wedelte. Sie winkte zurück. »Meine Freunde scheinen mich zu vermissen.«

Björn nickte. »Ich wollte mich auch langsam auf den Rückweg machen. Hast du morgen Zeit für einen Fototermin?«

»Am späten Nachmittag könnte ich.« Sie spürte, wie eine Woge Adrenalin durch ihren Körper floss.

»Dann morgen Nachmittag an der Seebrücke?«, fragte er und lächelte verschmitzt. »Dort kann man sich nicht verfehlen.«

Sie erwiderte die Geste. »Um halb fünf bin ich da.«

Sein Lächeln ging in ein breites Grinsen über. »Ich freue mich auf morgen, Julia Hansen.«

»Ich mich auch.« Eine Weile schauten sie sich stumm an. Trotz der Dämmerung meinte Julia, seine Augen leuchten zu sehen. »Dann bis morgen«, sagte sie schließlich und drehte sich um.

Als sie zurück zu ihren Freunden fuhr, konnte sie förmlich spüren, wie er ihr hinterherschaute.

Conny nahm sie sofort neugierig zur Seite. »Mit wem hast du denn da gesprochen?«

»Das war er. Der Mann mit den schönsten Augen der Welt«, flüsterte sie und lächelte selig.

Als sie sich in seine Richtung drehte, war er nicht mehr zu sehen. Dort, wo er gestanden hatte, war nun eine Laterne angegangen und tauchte einen Teil der Rollschuhbahn in helles Licht.

# KAPITEL 8

## *Juli 1978, auf der Pommernstraße in Gelsenkirchen-Bismarck*

Auf dem Bordstein und Teilen der Straße lagen Kohleberge. Vor jedem Zugang der Zechenwohnungen einer. Mit Schüppen beförderten Männer das schwarze Gold in Schubkarren, um sie dann durch Kellerfenster zu entleeren.

Am späten Morgen war Sabine mit Karin zum Marienhospital im Stadtteil Ückendorf gefahren. Ihre Mutter hatte sich von der Operation so weit erholt, dass sie endlich wieder nach Hause durfte. Sabine hatte ihren Vater gefragt, ob er mit zum Krankenhaus wolle, um seine Frau abzuholen. Doch er hatte bloß abgewunken. »Da hab ich keine Zeit. Der Kohlenmann kommt das erste Mal vor der Heizperiode.«

Damit war das Thema für ihn erledigt. Obwohl Sabine von dem Gedanken nicht sonderlich erbaut gewesen war, dass ihr ebenfalls gesundheitlich eingeschränkter Vater eine schwere Schubkarre schob, um das Brennmaterial in den Kohlekeller zu kippen, hatte sie sich mit einem Kommentar zurückgehalten. Was immer sie auch an Einwänden vorgebracht hätte, ihr Vater hätte am Ende so oder so genau das getan, was er für richtig hielt.

»Dass es schon wieder so weit für neue Kohlen ist. Wie die Zeit doch vergeht …«, sagte ihre Mutter vom Beifahrersitz des Asconas neben Karin aus.

Sabine beugte sich von der Hinterbank zu ihnen nach vorne. »War nicht mal die Rede davon, dass ihr eine Heizung mit Fernwärme bekommen sollt?«

Ihre Mutter drehte den Kopf zu ihr und lachte nüchtern auf. »Das glaube ich erst, wenn ich es sehe. Was soll diese Fernwärme eigentlich sein?«

Karin blickte kurz zur Seite, während sie im langsamen Tempo die Straße entlangfuhr. »Keine Ahnung. Ich kenne nur Kohleöfen, Öl und Gas. Mit was heizt ihr denn in Sankt Peter-Ording?« Sie blickte in den Rückspiegel zu Sabine.

»Wir haben im Hotel eine Ölheizung. Im Winter ist es deshalb im ganzen Gebäude muckelig warm. Das wäre mit Kohleöfen gar nicht machbar.«

»Ah, da vorne steht euer Vater.« Mit einem Lächeln deutete ihre Mutter zum Kohlehaufen vor ihrem Weg zum Hauseingang. »Ach, Rolf ist auch da?«, fragte sie dann überrascht. »Muss er denn nicht arbeiten?«

»Ich habe ihn gestern angerufen und ihm gesagt, dass du heute entlassen wirst«, erklärte Karin. Sie fuhr den Wagen schräg auf den Bordstein und stellte ihn hinter Rolfs orangerotem Passat ab. »Er meinte, dass er heute früher in der Bäckerei Schluss machen kann, um dich zu empfangen. Als Meister hat er mehr Freiheiten als ein Geselle.«

Karin stieg aus und öffnete die Beifahrertür. Nachdem ihre Mutter ausgestiegen war, klappte Karin den Sitz nach vorn, sodass Sabine ebenfalls aus dem Wagen klettern konnte. Anschließend holte Karin die Tasche ihrer Mutter aus dem Kofferraum.

Erleichtert stellte Sabine fest, dass ihr Bruder Arbeitshandschuhe trug und eifrig Kohle in die Schubkarre schaufelte, während ihr Vater in einem grauen Kittel und

Hut auf dem Kopf bloß daneben stand und ihm Anweisungen gab und erklärte, wie so etwas am besten getan wurde.

»Da bist du ja wieder, Käthe«, stellte er nüchtern fest, als er sich zu ihnen umgewandt hatte. Sein Gesichtsausdruck spiegelte Freude und Erleichterung wider. »Komm, ich nehme die Tasche.«

Karin hob eine Hand und schüttelte den Kopf. »Lass mal, Papa. Sie ist nicht schwer.«

»Lasst uns reingehen. Was bin ich froh, endlich wieder zu Hause zu sein.«

Rolf umarmte sie vorsichtig zur Begrüßung. »Ich komme gleich nach, wenn ich mit den Kohlen fertig bin.«

Sabine hakte sich bei ihrem Vater unter und lächelte ihn an. »Wollen wir?«

»Geht ruhig schon mal vor.« Er zog aus einer Kitteltasche einen Schlüsselbund und drückte ihn Sabine in die Hand. »Ich komme mit Rolf nach, wenn wir mit der Arbeit fertig sind.«

Als Erstes setzte sich ihre Mutter im Wohnzimmer in ihren Sessel, in dem sie gerne Kreuzworträtsel löste oder Handarbeiten nachging, und schloss kurz die Augen. Sie seufzte leise. »Was habe ich das vermisst. Jetzt fehlen nur noch meine bequemen Hausschuhe.«

»Warte, ich hole sie dir.« Karin ging zum Schuhschrank in dem kleinen Flur.

»Nun kannst du dich erst mal ausruhen.« Sabine setzte sich auf einen Hocker neben sie.

»Ach, zum Ausruhen habe ich keine Zeit. Es ist schon nach zwölf.« Sie deutete auf die Wanduhr, die über dem Fernseher hing. »Das Mittagessen muss gekocht werden.

Hoffentlich ist noch was im Kühlschrank und im Vorratsschrank.«

Als ihre Mutter sich schon wieder erheben wollte, legte Sabine ihr eine Hand auf den Arm. »Darum habe mich längst gekümmert. Auf dem Herd steht ein großer Topf mit selbst gekochter Hühnersuppe. Brot ist auch noch da, und eingekauft habe ich gestern erst.«

Karin kehrte mit den Hausschuhen zu ihnen zurück und stellte sie neben dem Sessel ab.

»Danke, Karin.« Ihre Mutter versuchte, sich nach vorne zu beugen und mit den Händen an ihre Schuhe zu gelangen. Seufzend ließ sie sich wieder zurück in den Sessel fallen. »Oh, das Krankenhaus steckt mir in den Knochen. Ich fühle mich etwas schlapp.«

Sabine warf Karin einen vielsagenden Blick zu. »Das macht doch nichts«, beeilte sie sich zu sagen. »Komm, ich ziehe dir die Hausschuhe an.« Sie kniete sich vor ihre Mutter und zögerte nicht länger, ihre Schuhe zu wechseln. »Karin, kannst du die Suppe auf dem Herd warm machen?«

»Mache ich sofort.« Ihre Schwester verschwand sogleich in Richtung Küche.

Es stellte sich heraus, dass Rolf frisches Brot und Brötchen aus der Bäckerei mitgebracht hatte. Nachdem sie alle gemeinsam gegessen hatten, ließen sie die Eltern allein im Wohnzimmer. Unter dem Vorwand, draußen Kohlenstaub fegen zu wollen, traten die Geschwister nach draußen, wo sie auf dem Weg neben dem Ascheplatz stehen blieben.

Karin runzelte die Stirn, während sie den Gehweg fegte. »Mutti ist ziemlich schwach.«

»Kein Wunder! Du würdest kurz nach einer Herz-OP auch keine Bäume ausreißen«, entgegnete Rolf.

»Karin hat recht«, schaltete sich Sabine ein. »Seit ich hier bin, habe ich festgestellt, dass unsere Eltern älter geworden sind, als mir bewusst war. Natürlich gibt es andere in ihrem Alter, die noch sehr rüstig sind, aber Mama und Papa sind arg eingeschränkt.«

»Das stimmt«, pflichtete Karin bei. »Papa durch sein Beinleiden, und Mutti hat Last mit ihrem Herzen.«

»Ich helfe beiden wirklich gern und werde auch erst abreisen, wenn Mutti sich besser fühlt«, erklärte Sabine. »Doch was passiert, wenn ich nicht mehr da bin?«, sprach sie ihre größte Sorge Karin und Rolf gegenüber aus. »Ich würde sie liebend gern mit nach Sankt Peter-Ording nehmen. Im Hotel haben wir Platz genug, und es wäre immer jemand da, der sich ihrer annehmen würde. Die medizinische Versorgung ist allerdings nicht so komfortabel wie im Ruhrgebiet. Wir müssen oft längere Wege in Kauf nehmen, um zu Fachärzten zu kommen.«

»Das musst du nicht, Sabine! Wir werden uns gut um sie kümmern«, versprach Karin. »Rolf und ich kommen jeden Tag her und schauen, ob sie was brauchen.«

»Genau«, stimmte Rolf seiner jüngeren Schwester zu. »Die Einkäufe organisiere ich. Und sollte mal handwerklich was anliegen, dann übernehme ich das auch. Zu zweit werden wir das mit links schaffen.«

Karin hielt im Fegen inne und sah ihre Schwester fest an. »Du kannst dich auf uns verlassen, Sabine. Es ist ja gut, dass Volker und ich auch jederzeit telefonisch im Reisebüro oder zu Hause erreichbar sind. Sollte etwas passieren oder unsere Hilfe gebraucht werden, wären wir schnell zur Stelle. Wir werden uns während deiner Abwesenheit gut um Mutti und Papa kümmern.«

Sabine nickte, dann kehrte sie mit einem Handfeger den

Kohlenstaub auf eine Müllschippe. »Das beruhigt mich wirklich. Manchmal wünschte ich nur, Sankt Peter-Ording wäre nicht so weit entfernt.«

Die Straßenbahn der Linie 1 ruckelte über die Schienen und hielt kurz darauf vor den Zoo-Terrassen des Ruhr-Zoos. Sabine hatte gezögert und mit dem Gedanken gespielt, die Verabredung mit Rita abzusagen. Ihre Mutter war erst seit zwei Tagen wieder zu Hause und hatte natürlich noch nicht zu ihrer alten Form zurückgefunden. Sie wirkte gebrechlicher und war spürbar weniger belastbar als zuvor. Doch ihre Eltern hatten darauf bestanden, dass sie Rita traf.

»Du musst dir ab und an auch mal was gönnen«, hatte ihre Mutter gesagt. »Außerdem bin ich kein Pflegefall und komme gut ohne deine Hilfe aus. Das muss ich ja eh. Spätestens dann, wenn du wieder nach Sankt Peter-Ording zurückfährst. Und nun geh, so viel Zeit hast du ja auch nicht für deine Freundin.«

Sabine wusste, dass ihre Mutter recht hatte, und nahm sich vor, ihre Sorgen auf ein ausgewogenes Maß zu reduzieren – wenngleich ihr das nicht leichtfiel.

Rita drückte auf den Halteknopf, wenig später hielt die Straßenbahn, und die Tür schwang auf.

»Warte, ich gehe vor.« Sabine beeilte sich, aus der Bahn zu gelangen, um Rita beim Aussteigen zu helfen. Sie bot ihr die Hand an, die sie auch tatsächlich ergriff.

»Ich freue mich schon auf den Tag, wenn ich mal wieder meine Füße sehen kann«, sagte sie, als sie auf dem Gehsteig standen.

»Der wird schon bald kommen«, versprach Sabine ihrer Freundin und konnte nicht anders, als hinzuzufügen: »Doch dann wirst du dich nach dem Tag sehnen, an dem du endlich mal ausgeschlafen aufwachst. Meine Zwillinge haben mich im ersten halben Jahr ordentlich auf Trab gehalten. Zwei Stunden Schlaf am Stück waren Luxus.«

Rita seufzte. »Na, du machst mir Mut.«

Sie gingen langsam auf das weiße Gebäude zu, auf dessen Fassade verschiedene Zootiere aufgemalt waren. Eine Treppe führte von zwei Seiten zum Eingang des Lokals, der von der Straße aus erreichbar war. Ein zweiter Eingang befand sich auf der Zooseite. Die Gastronomie war bei den Zoo-Besuchern und Nicht-Zoo-Besuchern gleichermaßen beliebt. Im Sommer erfreute sich der Biergarten großer Beliebtheit, und es kam durchaus vor, dass Gäste eine Weile auf freie Tische warten mussten.

Sabine und Rita hatten an diesem Tag Glück. Sie fanden einen freien überdachten Tisch, wo sie vor der direkten Sonneneinstrahlung geschützt waren. Als eine junge Frau in Kellnerinnengarderobe zu ihnen kam, bestellten sie zwei Stücke Kuchen und Kaffee.

Rita faltete die Hände über ihrem Bauch. »Manchmal denke ich, meine Schwangerschaft ist nur ein Traum.«

»Bereust du es, bald Mutter zu werden?«, wagte Sabine einen Vorstoß.

»Bereuen … Ach, was heißt das schon?« Rita blickte zu einem kleinen Jungen an einem Nachbartisch, der eine Kugel Eis aß und dabei vor sich hin sang.

»Also, ich habe mich damals gefreut und konnte es kaum erwarten.« Schon wurde ihnen der Kaffee serviert, und Sabine trank vorsichtig von dem heißen Getränk. »Bis heute gab es keinen einzigen Augenblick, auf den ich hätte verzichten wollen.«

»Mein Leben wird sich auf einen Schlag komplett ändern«, platzte es aus Rita heraus. »Nichts wird mehr so sein, wie es mal war.« Sie knetete nervös die Hände und wirkte mit einem Mal unsicher.

»Das stimmt natürlich. Aber das bedeutet ja nicht automatisch etwas Schlechtes. Es wird alles anders mit Kindern, aber es wird auch alles schöner. Glaub mir, ich spreche aus Erfahrung.« Aufmunternd drückte Sabine ihrer Freundin die Hand.

»Ich glaube, bei mir ist der Fall anders.« Rita senkte kurz den Blick auf den Kuchen, der ihnen nun gebracht wurde, rührte ihn jedoch nicht an. Sie sah Sabine an. »Fiete und ich streiten in letzter Zeit viel. Er will einfach nicht einsehen, dass ich nicht nur Mutter sein, sondern auch weiter in meinem Beruf arbeiten möchte. Doch er besteht darauf, dass ich mich in den ersten drei Jahren ausschließlich um das Kind kümmere – quasi den Salon nicht betrete.« Sie verdrehte die Augen, bevor sie aufgebracht fortfuhr: »Und meine Eltern sind sogar auf seiner Seite, stell dir das mal vor. Wie eine verschworene Gemeinschaft treten sie mir gegenüber auf.« Rita schüttelte den Kopf. »Drei Jahre! Weißt du, wie lange das ist?«

Sabine lächelte mitfühlend. »Mit Kindern sind drei Jahre nichts. Die Zeit vergeht so schnell, dass man hinterher glaubt, es war bloß ein Augenblick.« Sie schnipste mit den Fingern. »Als Mutter hast du gar keine Zeit, dir über solche Dinge Gedanken zu machen. Die Tage verfliegen im Nu, und ehe du dichs versiehst, steht auch schon der erste Geburtstag deines Kindes an.«

Als Rita schwieg, drückte Sabine ihr aufmunternd den Arm. »Wenn ich könnte, würde ich die Zeit gern zurückdrehen. Die ersten Jahre mit Julia und Achim waren unbeschreiblich schön. Ich habe mich davor noch nie so ganz gefühlt. Mutter zu sein ist ein großes Geschenk.«

Langsam aß Rita ein Stück ihres Kuchens, bevor sie erwiderte: »Vielleicht trifft das nicht auf jede Frau zu.« Sie strich mit zweiflerischer Miene über ihren Bauch. »Vielleicht bin ich einfach nicht dazu geschaffen, Mutter zu sein.«

»Blödsinn! Natürlich bist du das! Jede Frau ist das. Das ist die weibliche Natur, und die steckt auch in dir. Ich glaube eher, dass du Lampenfieber hast und dir deswegen solche Gedanken machst. Und ehrlich gesagt war ich auch sehr nervös, bevor die Zwillinge auf die Welt gekommen sind.«

»Ich weiß gar nicht mehr, was ich denken soll«, gab Rita schließlich zu. »Ich bin hin- und hergerissen. Vielleicht werde ich ja wirklich eine gute Mutter, auch wenn ich eine mit eigenem Beruf bin, oder am Ende versage ich völlig und werde nichts gerecht.«

»Das ist sicher der Respekt vor dem Ungewissen«, versuchte Sabine, die Gefühle ihrer Freundin einzuordnen. »Aber du wirst drei Jahre Zeit haben, um dich ganz in die neue Situation einzufinden. Überleg mal, andere machen in der Zeit eine ganze Berufsausbildung!«

Rita lachte trocken auf. »Du meinst, das kann man auf das Muttersein übertragen?«

»Absolut!«

»Dann wäre es wohl wirklich besser, ausschließlich Mutter zu sein und beruflich kürzerzutreten.«

»Meine Rede!«

Rita lächelte zaghaft. »Ich hoffe, dass ich tatsächlich erfolgreich sein werde.«

»Das wirst du! Daran besteht kein Zweifel«, sagte Sabine mit Nachdruck.

Ritas Gesichtszüge entspannten sich zusehends. Als sie den Kuchen gegessen und den Kaffee ausgetrunken hatten, bezahlten sie.

Auf dem Rückweg zur Straßenbahnhaltestelle wirkte Rita sogar fast heiter. »Ach, ich bin wirklich froh, dass du in Gelsenkirchen bist. Es hat gutgetan, mit dir über alles zu reden. Fast wie früher.«

»Dafür sind Freundinnen doch da, oder? Manchmal muss man sich nur aussprechen, und danach sieht die Welt ganz anders aus. Und wir müssen wirklich wieder mehr telefonieren, wenn wir können. Du findest bei mir immer ein offenes Ohr, versprochen.«

»Kannst du schon ungefähr sagen, wie lange du bleibst?«, erkundigte Rita sich.

»Mal sehen.« Sabine zuckte die Schultern. Sie hatten die Haltestelle erreicht, und sie suchte die nächste Abfahrtzeit auf dem Fahrplan. »Es kommt darauf an, wie schnell sich meine Mutter erholt. Ein paar Tage werde ich bestimmt noch hier sein. Vielleicht auch länger als eine Woche, das wird sich zeigen.« Sie kniff die Augen zusammen und las, während sie murmelte: »Ich wäre zu gerne dabei, wenn dein Baby kommt.«

»Das könnte hinkommen«, sagte Rita hinter ihr, sie klang mit einem Mal sehr aufgeregt.

Sabine drehte sich zu ihrer Freundin um und riss überrascht die Augen auf. »O mein Gott!« Auf Ritas Kleid zeichneten sich Flecken ab, unter ihr hatte sich eine Pfütze gebildet.

Rita nickte nur, ohne sich zu rühren. »Ich glaube, die Fruchtblase ist geplatzt!«

# KAPITEL 9

*Juli 1978, nachmittags im Strandhotel in Sankt Peter-Ording*

Julia drehte sich vor dem Spiegelschrank in ihrem Zimmer und betrachtete ihr Ebenbild kritisch. Sie trug ein tailliertes, weites Sommerkleid mit Ananas-Aufdruck, das ihr bis zu den Knien reichte. Auf ihrem Bett stapelten sich bereits allerhand Kleidungsstücke. In einer guten halben Stunde war sie mit Björn verabredet. Sie konnte es noch immer nicht fassen, dass sie ihn tatsächlich wiedergetroffen und er sie gefragt hatte, ob er Fotos von ihr machen durfte.

Die Verabredung hatte ihr eine nahezu schlaflose Nacht beschert. Nein, in dem Kleid sah sie unmöglich aus – wie ein kleines Schulmädchen, das höchstens siebzehn war, aber nie und nimmer volljährig. Sie brauchte eine erwachsenere Kombination. Mit dem Ananaskleid würde ihre Bewerbung bei der Lufthansa auch bestenfalls im Papierkorb landen, aber zu keiner Einladung für einen Vorsprechtermin in Hamburg führen. Julia schnitt ihrem Spiegelbild eine Grimasse und zog den seitlichen Reißverschluss herunter. Als Nächstes flog das Kleid auf den Klamottenstapel auf ihrem Bett.

Sie öffnete den Kleiderschrank wieder und entnahm ihm eine olivgrüne Wickelhose und ihre dunkle Liftboyjacke.

Dazu kombinierte sie ein enges, kurzes Top und schlüpfte in ihre roten Sandalen mit Keilabsatz.

Zufrieden begutachtete sie sich im Spiegel. Das sah schon besser aus. Gegebenenfalls konnte sie die Jacke ausziehen und etwas mehr von ihrer schlanken Figur preisgeben. Sie wollte hübsch sein. Nicht nur für die Bewerbungsfotos, sondern auch für Björn. Vor allem wollte sie fraulicher wirken. Deswegen ging sie zu ihrem Frisiertisch und öffnete eine Schublade. Im Schminken war sie geschickt und hatte sich einiges aus Modemagazinen abgeschaut.

Allzu viele Anlässe, sich zu schminken, gab es in Sankt Peter-Ording nicht. Doch ihr Vorhaben bot Julia die perfekte Gelegenheit, all ihr Können unter Beweis zu stellen.

Als sie fertig war, packte sie Pinsel, Mascara, Lidschatten und Puder sowie Lipgloss zurück in ihr kleines Kosmetiketui. Lächelnd begutachtete sie ihr Werk. Durch die gezielte Betonung ihrer Augen und Wangenknochen wirkte sie nun älter und hätte sich selbst auf mindestens neunzehn Jahre geschätzt. Mit diesem Aussehen konnte es was bei der Fluggesellschaft und vielleicht auch mit Björn werden.

Je näher sie der Seebrücke kam, desto nervöser wurde Julia. Innerlich freute sie sich unbändig darauf, Björn wiederzusehen, doch gleichzeitig hatte sie auch Respekt davor. Was, wenn er ihre Flunkerei durchschaute und sie als junges Schulmädchen aufflog? Zwar wusste sie nicht, wie alt er war, schätzte ihn aber auf mindestens zwanzig Jahre. Und noch schlimmer: Was wäre, wenn er erst gar nicht erschien?

Sie hätte sich ganz umsonst vorbereitet und sich in jedem Fall zu früh gefreut. Diese Möglichkeit hatte Julia zuvor gar nicht in Betracht gezogen, nun erschien es ihr durchaus möglich, dass er sie vergebens warten ließ.

Sie verlangsamte ihre Schritte und fühlte sich mit einem Mal unsicherer, als ihr lieb war und als sie sich selbst kannte. Zu allem Überfluss kam ihr der Tadel ihres Vaters in den Sinn. »Du überschätzt dich maßlos!«, hatte er ihr vorgehalten.

Ihre Anspannung nahm zu, und ihr Atem wurde flacher.

Sie wünschte, sie wäre innerlich gefestigter und könnte darüberstehen – aber er war ihr Vater, und seine Worte hatten Gewicht. Ob sie es wollte oder nicht.

Vor dem Eingang zu einem Hotel blieb sie kurz stehen und schaute sich um, als könnte sie hier in der verlassenen Straße irgendetwas entdecken, das ihr Halt geben könnte.

Unwillkürlich musste sie nun an ihre Tante Amelie und ihre aufmunternde Art denken. Wäre sie hier, würde sie dafür sorgen, dass sich alle Bedenken genauso schnell in Wohlgefallen auflösten, wie sie gekommen waren. Allein der Gedanke an ihre Tante half, dass Julia neuen Mut schöpfte. Sie nahm ihre Schultern weiter zurück und setzte sich wieder in Bewegung.

Aufrecht und stolz ging sie zur Promenade. Hier wehten Fahnen knatternd an Masten, und das Geschrei der Möwen schwoll an. Julia ließ den Blick über den gut besuchten Seebrückenvorplatz gleiten. Mehrere Menschen kamen gerade vom Strand über die Brücke zurück oder machten sich in die entgegengesetzte Richtung auf den Weg zum Wasser. Andere wiederum hatten Badetaschen dabei und wollten offensichtlich ins Meerwellenbad, und manche machten Erinnerungsschnappschüsse, genossen das sonnige Wetter auf einer der Sitzbänke an den Seiten oder fuhren mit Fahrrädern an der Deichlinie entlang.

Julia reckte den Hals, um besser Ausschau nach Björn halten zu können. In der Erwartung, ihn jederzeit auszumachen, blickte sie geradeaus, dann nach links und rechts, konnte ihn aber nirgends entdecken. Obwohl sie es nicht wollte, gewann ihre Unsicherheit wieder die Oberhand.

Innerlich schalt sie sich. Verdammter Mist! Dafür hatte sie so einen Aufwand betrieben, den halben Inhalt ihres Kleiderschranks anprobiert und sich mit Schminke aufgedonnert. Nun kam sie sich tatsächlich bloß wie ein Schulmädchen vor, das versetzt wurde.

Wahrscheinlich hatte sie es nicht anders verdient. Sie war mit ihren Träumereien viel zu hoch geflogen und hatte sich deswegen mit ihrem Vater und Achim gestritten. Und die beiden hatten es doch nur gut mit ihr gemeint.

Hochmut kam vor den Fall, sagte man doch. Wie sehr das stimmte.

Voller Enttäuschung ging Julia weiter und blieb an der Brüstung der Seebrücke stehen. Das Tageslicht schien ihr optimal für gute Fotos zu sein. Es wäre auch zu schön gewesen, wenn es geklappt und sich ihr keine Widerstände in den Weg gestellt hätten.

Betroffen beobachtete sie zwei Krabben, die in einem vollgelaufenen Priel schwammen, und tröstete sich mit dem Gedanken, dass sie immer noch Manuel fragen oder einen Termin im Fotostudio Klixmüller ausmachen konnte. Ihren Traum würde sie nicht so schnell abschreiben, nein. Es musste einen anderen Weg geben.

Von der Seite blendete sie ein Lichtstrahl, deshalb drehte sie den Kopf weg. Sicher ein Tourist mit Fotoapparat, dessen Objektiv die Sonne reflektierte, dachte sie mürrisch.

Sie blinzelte, schaute nach einer Weile wieder in die Richtung, aus der das helle Licht gekommen war – und stieß einen erleichterten Seufzer aus.

Keine zehn Meter entfernt stand Björn und fotografierte die Salzwiesen. Mit klopfendem Herzen ging sie auf ihn zu. Aber bevor sie bei ihm ankam, hatte auch er sie bemerkt. Ohne zu zögern, fotografierte er drauflos, während sie sich ihm näherte.

»Bitte recht freundlich, das Fräulein!«, forderte er sie beschwingt auf, und schon drückte er auf den Auslöser.

Julia musste lachen und warf sich vor ihm in Pose. »Ist es so recht, der Herr?«

»Wunderbar!« Grinsend ließ er die Kamera sinken. »Ich denke, da sind jetzt schon ein paar gute Aufnahmen im Kasten.«

»Wirklich? Das ging ja fix.« Julia versuchte, ihm nicht direkt in die Augen zu blicken. Das hätte nur dazu geführt, dass sie sich in ihnen verloren hätte. Stattdessen musterte sie seine schlanken Händen, mit denen er die Kamera hielt.

»Keine Sorge, wir machen noch ganz viele Aufnahmen. Ich dachte, dass wir vielleicht vor einem Pfahlbau ein paar Fotos schießen könnten«, schlug er vor.

»Oder auf dem Deich.« Fragend sah sie ihn an.

»Genau. Für ein paar Stunden werden wir noch bestmögliches Licht haben, das sollten wir nutzen.«

»Okay. Ich bin bereit!«

Björn hielt die Kamera vor sein Gesicht. »Und bitte noch einmal recht freundlich!«

Julia blickte über ihre rechte Schulter und zeigte ihr schönstes Lächeln. Seit fast zwei Stunden fotografierte er sie nun schon. Erst waren sie zu einem der Pfahlbauten gegangen, dann an die Wasserkante. Danach hatten sie auf einer Düne Aufnahmen gemacht, und schließlich waren sie zurück zum Deich gelaufen. Nebenbei hatten sie sich unterhalten, und Julia wusste nun, dass Björn einundzwanzig Jahre alt war. Er besuchte in Sankt Peter-Ording Verwandte, was für ihn eine gute Gelegenheit war, seiner Leidenschaft der Naturfotografie nachzugehen.

Björn drückte abermals auf den Auslöser und ließ dann den Fotoapparat sinken. »So, das dürfte fürs Erste reichen.«

Julia drehte sich zu ihm und lächelte abermals. Sie hatte es wirklich genossen, im Zentrum seiner Aufmerksamkeit zu stehen und dabei den Sonnenschein am Strand zu genießen. »Es hat mir unglaublichen Spaß gemacht. Ich hätte noch Stunden weitermachen können.«

»Dann hätte die Sonne aber eine Extraschicht einlegen müssen. Guck mal, sie steht schon ziemlich tief.« Er deutete über die Salzwiesen zum Horizont.

Überrascht blinzelte sie. »Die Zeit ist wie im Flug vergangen.«

»Das ist immer so, wenn man das macht, was man liebt.« Er verstaute seinen Fotoapparat in einer kleinen Ledertasche und schulterte sie. »Möchtest du vielleicht mitkommen zur Pension meiner Tante und meines Onkels? Ich könnte dann schon die ersten Fotos entwickeln und dir welche von gestern mitgeben.«

»Wirklich? Ich wusste nicht, dass das Entwickeln so schnell geht.« Allein schon am Ende des Tages brauchbare Fotos in Händen zu halten, würde die Mühe doch wert gewesen sein. Abgesehen davon, dass sie Björn sehr interessant fand.

»Mit der passenden Ausrüstung ist das kein Problem.

Ich habe das kleine Bad an meinem Zimmer in eine Dunkelkammer umfunktioniert.« Er grinste stolz.

Bewundernd sah sie ihn an. »Ich komme gerne mit, wenn es deine Tante und deinen Onkel nicht stört.«

Er winkte ab. »Bestimmt nicht. Sie sind bei schönem Wetter auch meistens im Garten oder mit Gästen beschäftigt. Wir müssten allerdings ein gutes Stück zu Fuß laufen. Die Pension ist in Sankt Peter-Dorf. Ich hoffe, das macht dir nichts aus.«

»Machst du Witze? Wir in Sankt Peter sind daran gewöhnt, zu Fuß unterwegs zu sein«, behauptete Julia kurzerhand, auch wenn sie eigentlich öfter Fahrrad fuhr.

»Alles klar! Ich nehme dich beim Wort«, sagte er froh und zwinkerte ihr zu.

Als sein Blick sie traf, rieselte Julia wieder ein warmer Schauer den Rücken hinunter.

Eine Stunde später saß Julia auf einem Bett und schaute sich in dem kleinen Dachzimmer der Pension um. Viel zu sehen gab es nicht, die Einrichtung war schlicht gehalten. Außer dem Bett befanden sich noch ein Kleiderschrank, ein Stuhl mit einem Tisch und eine schmale Kommode im Raum. Vor dem Fenster hingen keine Gardinen, nur orangefarbene Vorhänge.

Björn hatte es geöffnet, sobald sie das Zimmer betreten hatten, um frische Luft hereinzulassen. Trotz allem war es etwas stickig.

Um keine Zeit zu verlieren, war Björn schnell in dem kleinen Bad verschwunden, wo er die ersten Fotos entwickelte. Wie lange er nun schon dort drin war, konnte sie nicht genau einschätzen. Ihre Armbanduhr hatte Julia im Hotel vergessen.

Die Pension lag an der Straße Südstrand, unweit vom Dorf-Zentrum. Björns Tante hatte ihnen Gläser und eine Karaffe mit Wasser mitgegeben, bevor sie die Treppe zum Dachzimmer hinaufgestiegen waren. Scheinbar hatten weder sie noch sein Onkel sich darüber gewundert, dass ihr Neffe in weiblicher Begleitung aufkreuzte.

Julia trank einen Schluck Wasser und überlegte, ob er öfter Mädchen hierher einlud. Wenn sie sich umsah, deutete nichts darauf hin. Andererseits lagen kaum persönliche Gegenstände im Zimmer.

Plötzlich öffnete sich die Tür zum Bad einen Spaltbreit. Björn streckte den Kopf heraus. »Möchtest du zu mir in die Dunkelkammer kommen?«

»Klaro! Wenn das geht?« Sie hatte keine Vorstellung, was eine Dunkelkammer genau war.

Er winkte sie zu sich. Julia erhob sich, stellte das Glas auf die Kommode und fand sich wenige Augenblicke später mit Björn in dem klitzekleinen Bad wieder, das mit einem schummerigen roten Licht ausgeleuchtet war. Etliche Filmstreifen hingen an Wäscheklammern an einer Leine. In einer anderen Ecke entdeckte sie bereits fertige Aufnahmen.

»Eigentlich dachte ich, dass es in einer Dunkelkammer auch dunkel ist«, bemerkte sie.

»Ist es doch. Bis auf das Rotlicht.« Er schraubte einen Plastikbehälter zu, der offenbar eine Chemikalie enthielt, und stellte ihn auf dem Toilettendeckel ab.

»Und wie lange dauert es, bis die Fotos fertig sind?«, wollte sie wissen.

»Morgen dürften die von heute fertig sein. Die Negative müssen vier Stunden an der Leine trocknen.« Er deutete auf die betreffenden Filmstreifen. »Aber schau mal hier, die

Aufnahmen von dir auf der Rollschuhbahn sind schon fertig.« Er beugte sich vor und griff nach einem Stapel Fotos neben ihr. »Ich finde, sie sind sehr gut geworden. Du bist wirklich fotogen, Julia Hansen.«

Lächelnd lehnte sie sich näher zu ihm, um eine bessere Sicht auf die Fotos zu haben. »Oh!«, entfuhr es ihr verblüfft, als sie die erste Aufnahme sah. »Bin das wirklich ich?«

»Mit an Sicherheit grenzender Wahrscheinlichkeit bist du es«, antwortete er und konnte seine Belustigung nicht verbergen.

»Du hast wirklich Talent«, staunte Julia.

»Na ja, ich habe den Beruf drei Jahre lang gelernt. Danach sollte man in der Lage sein, einigermaßen gute Fotos zu machen. Aber es kommt auch immer auf die Person an, die man fotografiert, und du hast wirklich ein bezauberndes Lächeln.«

»Danke schön.« Julia spürte, wie sie errötete. Ein Glück, dass es im Licht der Dunkelkammer nicht weiter auffallen konnte. Sie schaute sich ein weiteres Foto an, auf dem sie lachend ihr Haar nach hinten warf. An die Situation konnte sie sich gar nicht mehr erinnern. »Hast du denn zu Hause ein eigenes Fotostudio?«

»Habe ich. Es ist zwar nur ein kleines Studio auf einem Dachboden, aber immerhin. Ich nutze es eher für private Zwecke«, erklärte er.

Verwundert schaute Julia ihn an. »Arbeitest du denn nicht als Fotograf?«

»Doch, doch. Aber nicht jeder Fotograf hat ein eigenes Fotostudio, in dem er Kunden empfängt. Ich mache hauptsächlich Fotos für Zeitungen und Magazine. Bei der WAZ im Ruhrgebiet bin ich so eine Art Stammfotograf und komme viel rum. Sie schicken mich zu allerhand Veranstaltungen. Im letzten Winter habe ich zum Beispiel die Autogrammstunde von Norbert Schramm in einer WAZ-Lokalredaktion fotografiert, und kürzlich war Ilja Richter der Stargast in einem Plaza-Supermarkt. Ich bin aber auch oft bei Fußballspielen oder auf Galopp- und Trabrennbahnen unterwegs. Eigentlich bin ich immer da zu finden, wo viel los ist.«

Julia blinzelte verblüfft. »Das ist aber ein Zufall. Meine Mutter kommt ursprünglich aus dem Ruhrgebiet. Jetzt gerade ist sie wieder dort und besucht meine Großeltern.«

Björn hob überrascht die Augenbrauen. »Ach, wirklich? Aus welcher Stadt kommt sie denn?«

»Aus Gelsenkirchen.«

Er nickte wissend. »Gelsenkirchen liegt gleich neben Herne. Da komme ich her.«

»Wirklich ein lustiger Zufall«, meinte Julia. Sie wusste nicht, ob sie sich wirklich darüber freuen sollte. Denn es bedeutete, dass Björn weit von ihr entfernt sein würde, wenn er aus Sankt Peter-Ording abreiste. Dann könnten sie sich nicht so leicht wieder über den Weg laufen.

Er nahm ihr ein Foto aus der Hand. Beim Betrachten der Aufnahme huschte ein Lächeln über sein Gesicht. »Das ist mein Lieblingsfoto von dir.«

»Weil ich so ein bezauberndes Lächeln habe oder weil ich wie diese mir nicht bekannte Uschi Oberdingens aussehe?«, neckte sie ihn.

»Uschi Obermeier heißt sie«, gab er lachend zurück und wurde dann ernst. »Nein, nicht weil du aussiehst wie irgendwer anders, sondern weil du du bist. Julia Hansen eben.«

Als er ihren Namen sagte, blickte er ihr fest in die Augen und hob dann mit einer Hand ihr Kinn. Sie standen so eng beieinander, dass er ihr nicht noch näher kommen musste. Als seine Lippen ihre sanft berührten, hatte sie das Gefühl zu schweben. Sie merkte kaum, dass ihr die Fotos aus den Händen glitten.

# KAPITEL 10

*Ende Juli 1978, um die Mittagszeit in Ritas und Fietes Wohnung über dem Salon Inge in Gelsenkirchen*

Sabine wiegte das schlafende Neugeborene sanft in ihren Armen und betrachtete es verzückt. Schließlich zog sie die weiche Decke, in die es eingewickelt war, noch ein Stück höher, damit es nicht fror.

»Sie ist wirklich wunderschön, einfach bezaubernd«, flüsterte sie lächelnd. »Und die kleine Stupsnase hat sie übrigens von dir.«

Rita saß auf einem Stuhl und rührte sich nicht. Sie blickte starr aus dem Fenster.

»Rita! Mit dir wird gesprochen«, sagte ihre Mutter in einem mahnenden Ton vom Sofa aus.

Langsam drehte sie den Kopf. »Ja?«

»Sabine redet mit dir, und du reagierst nicht.« Frau Brosch hob erbost eine Augenbraue und stand auf.

»Ich war gerade in Gedanken«, brachte Rita eine lustlose Entschuldigung hervor.

»In Gedanken, in Gedanken! Wenn ich das schon höre!« Ihre Mutter stellte sich neben Rita und schüttelte verärgert den Kopf. »Konzentriere dich mal ein bisschen. Du hast jetzt eine Tochter, um die du dich zu kümmern hast. Da kannst du nicht in Gedanken sein.«

Ritas Miene versteinerte sich. »Ja.«

Frau Brosch fasste sie mit beiden Händen an den Schultern, als wollte sie sie schütteln. »Reiß dich am Riemen, Kind! Ich werde nicht dulden, dass du deine mütterlichen Pflichten vernachlässigst. Hörst du?«

Rita senkte den Blick und nickte. »Ja, Mutti.«

»Gut.« Frau Brosch richtete sich wieder auf und fuhr mit einer Hand über ihre Bluse. Wie immer war sie perfekt frisiert und modisch gekleidet – so wie man es auch von Rita gewohnt war. Doch seit der Geburt der kleinen Meike ließ sich Rita gehen. Statt wie sonst ihre Haare zu einer schicken Föhnfrisur zu frisieren und modische Kombinationen zu tragen, schien sie kein Interesse mehr an ihrem Aussehen zu haben. Ihr Haar hatte sie mit einem Haargummi nachlässig zusammengebunden, und über einer Jeans trug sie ein viel zu großes T-Shirt.

Frau Brosch wandte sich seufzend an Sabine. »Am besten legen wir die kleine Meike für eine Weile in ihr Bettchen, bis sie wieder ihr Fläschchen bekommt.« Mit einem Blick bedeutete Ritas Mutter Sabine, ihr zu folgen.

Als sie den schmalen Flur betraten, schloss Frau Brosch leise die Wohnzimmertür hinter sich. »Womit habe ich das nur verdient?«, fragte sie und seufzte schwer. »Ich erkenne meine eigene Tochter nicht wieder.«

»Es wird bestimmt bald besser, wenn Rita sich von der Geburt erholt hat.« Sabine ging mit dem Baby auf dem Arm ins Schlafzimmer, in dem das Babybett stand. Vorsichtig legte sie das Neugeborene hin.

Ritas Mutter hielt den Kopf schräg und betrachtete liebevoll ihre Enkelin. »Es muss besser werden. Die kleine Meike hat doch eine fürsorgliche und liebevolle Mutter verdient.« Sie warf Sabine einen verzweifelten Blick zu. »Ich verstehe nicht, was in Rita gefahren ist. Noch nicht einmal stillen will sie. Lieber rührt sie so ein Pulver aus der Drogerie an und füttert ihr Kind damit. Das macht doch eine gute Mutter nicht.«

»Auf mich macht Rita den Eindruck, als hätte sie vielleicht eine Wochenbettdepression«, wagte Sabine einen vorsichtigen Vorstoß. »Davon hat mir mal eine Frau erzählt, die bei uns im Strandhotel zu Gast war. Sie konnte sich das erste halbe Jahr nicht selbstständig um ihren Sohn kümmern, war wie gelähmt und die ganze Zeit auf die Hilfe ihrer Mutter angewiesen.«

Frau Brosch setzte sich auf einen Hocker neben dem Bettchen. »Wochenbettdepression«, wiederholte sie in verächtlichem Unterton. »Was ist das schon wieder für eine neue Erfindung. Das klingt für mich nach einer Mode, mit der man sich vor der Verantwortung drücken kann. Solche abstrusen Befindlichkeiten hat es früher nicht gegeben. Ha! So einen Blödsinn hätten wir uns gar nicht leisten können. Und bestimmt hatten wir es als Kriegsmütter nicht gerade leicht.«

»Bestimmt hatten Sie das nicht«, pflichtete Sabine ihr bei. »Meine Mutter hat mir oft davon erzählt, welche Mühen sie in der damaligen Zeit auf sich nehmen musste, um für Rolf und mich Nahrung zu beschaffen. Als meine jüngere Schwester auf die Welt gekommen ist, sah die Lage schon deutlich besser aus.«

Wieder stieß die ältere Frau ein schweres Seufzen aus. »In meinen Augen ist Rita undankbar. Statt sich darüber zu freuen, eine kerngesunde Tochter auf die Welt gebracht zu haben, der es an nichts fehlen wird, ergeht sie sich in irgendwelchen herbeifantasierten Befindlichkeiten. Als gäbe es nichts Wichtigeres.« Sie schüttelte den Kopf. »Hast du dich nach der Geburt deiner Kinder auch so unmöglich aufgeführt?«

Lächelnd verneinte Sabine. »Ich war genau das glatte Gegenteil von Rita. So glücklich wie damals war ich nie wieder in meinem Leben, wenn man das so sagen kann. Ich hätte vor Freude am liebsten jeden umarmt und wollte meine Kinder keine Sekunde aus den Augen lassen. Vielleicht habe ich es sogar mit meiner Fürsorge etwas übertrieben …«

»Ach, das glaube ich nicht. Für mich hört es sich so an, als hättest du mit den Zwillingen alles richtig gemacht.«

»Hm, mag sein.« Sabine dachte an Julia und die Schwierigkeiten, die zu Hause auf sie warteten, wollte das jedoch nicht mit Ritas Mutter besprechen. Sie schaute noch einmal in das Babybett, wo Meike bereits friedlich schlief. »Ich muss nun leider wieder aufbrechen, Frau Brosch. Fiete wollte auch noch mit mir sprechen, bevor ich gehe.«

Sie nickte. »Ach, der gute Fiete. Er ist so ein fantastischer Vater, kümmert sich in seiner freien Zeit so liebevoll um die kleine Meike. Er versteht die Welt auch nicht mehr.« Ritas Mutter wirkte ratlos.

»Sorgen Sie sich nicht so arg. Ich bin mir sicher, dass die Phase bald ausgestanden ist und Rita die Kurve bekommt«, versuchte sie, Frau Brosch Mut zu machen. Danach verabschiedete sie sich von ihr, ging noch kurz zu Rita, um ihr Kommen für den nächsten Tag anzukündigen. Danach steuerte sie zielstrebig auf die Wohnungstür zu und stieg wenig später die Treppe zum Friseurladen hinunter.

Im Salon wartete Fiete bereits auf Sabine. Mittags hatte er geschlossen und kehrte jetzt ein paar Haare zusammen, bevor er eines der Haarwaschbecken mit einem Lappen auswischte.

»Wenn du möchtest, können wir auch ein anderes Mal reden«, sagte Sabine. »Du möchtest bestimmt Mittagspause machen und zu deiner Tochter gehen.«

»Das mache ich gleich. Aber vorher muss ich dringend mit dir sprechen.« Er wirkte müder und auch blasser als sonst, als er nun vor ihr stand. »Was soll ich nur mit Rita machen? Ich habe bereits alles versucht, um sie aufzuheitern, aber sie hat scheinbar an nichts Interesse – noch nicht mal an unserer Tochter. Schreit Meike nachts, dann stehe ich auf und gebe ihr das Fläschchen. Rita verhält sich, als hätte sie mit all dem nichts zu tun.« Betroffen senkte er den Blick, bevor er zugab: »Ohne meine Schwiegereltern würde gar nichts mehr gehen.«

Sabine nickte schweigend und sagte dann: »Ritas Mutter passt gerade auf Meike auf. Wir haben sie ins Bett gelegt.«

»Wo ist Rita?«

»Sie sitzt im Wohnzimmer und schaut aus dem Fenster.«

Fiete strich sich frustriert übers Kinn. »Das macht sie den ganzen Tag. Ich kenne die Frau nicht mehr wieder, mit der ich verheiratet bin. Was soll ich nur tun? Ich habe das Gefühl, je mehr ich auf sie zugehe, desto mehr zieht sie sich in ihr Schneckenhaus zurück.«

Sabine sah ihn fest an. »Ich habe leider auch kein Patentrezept, was Ritas Verstimmung anbelangt, aber ich könnte mich stundenweise um Meike kümmern, um euch etwas Luft zu verschaffen. Vielleicht taut Rita in meiner Gegenwart etwas auf.«

»Das würdest du machen?« Auf Fietes Gesicht zeichnete sich ein leichter Hoffnungsschimmer ab.

Sie lächelte. »Aber sicher. Dafür sind Freunde doch da. Ich könnte morgen früh nach dem Frühstück gleich vorbeikommen, das habe ich ihr schon angekündigt, bevor ich gegangen bin. Vielleicht kann ich Rita zu einem Spaziergang mit dem Baby im Kinderwagen überreden. Frische Luft tut ja bekanntlich gut.«

»Das ist eine wunderbare Idee.« Fiete schloss die Ladentür auf und ließ Sabine aus dem Salon. »Ich weiß, du musst wieder zu deinen Eltern. Ich wollte dir nur noch sagen: Ich bin froh, dass du Ritas Freundin bist«, sagte er zum Abschied.

»Deine doch auch.« Sabine lächelte ihn aufmunternd an und winkte zum Abschied. »Dann bis morgen früh!«

Am Nachmittag stand Käthe Kurowski auf einer Leiter im Schlafzimmer und hängte Gardinen auf. In einer orangefarbenen Wäschewanne lag eine weitere frisch gewaschene Gardine. Sabine beäugte das Unterfangen mit kritischem Blick. »Also wirklich, Mutti! Meinst du nicht, dass du es übertreibst?«

»Wir könnten das für dich erledigen«, schaltete sich Karin ein, die neben Sabine stand und sich genauso wenig begeistert vom Aktionismus ihrer Mutter zeigte.

Ihre Mutter drehte sich zu ihnen um. »Aber warum denn? Das schaffe ich auch ohne eure Hilfe.«

»Wir wollen doch nur nicht, dass du dich übernimmst und am Ende auf der Nase liegst.« Sabine ging zu der Wäschewanne, die am Fuße der Leiter stand, und reichte sie ihrer Mutter an.

Sie lachte auf. »Ach, ihr seid ein bisschen übervorsichtig. Seit ich den Herzschrittmacher habe, geht es mir viel besser als vorher. Mein Schwindel ist weg, und ich habe wieder mehr Energie. Außerdem ist das Herzstolpern verschwunden. Den Chirurgen im Marienhospital werde ich beizeiten noch einmal persönlich danken.«

Sabine zuckte mit den Schultern und schaute zu ihrer Schwester. »Dann stören wir dich mal nicht weiter beim Gardinenaufhängen.«

Kopfschüttelnd gingen sie aus dem Schlafzimmer. »Da kann man nicht viel mehr machen«, sagte Sabine.

»Wohl kaum«, stimmte Karin ihr zu und griff nach einem Beutel voller Muscheln, die sie für die neue Dekoration des Schaufensters benötigte und weswegen sie eigentlich vorbeigekommen war. Lächelnd schaute sie hinein. »Ich war mir so sicher, dass ich sie damals beim Auszug mitgenommen hatte. Gut, dass unsere Eltern nichts wegwerfen.«

»In der Tat. Ich hätte Julia höchstens welche mitbringen lassen können, wenn sie ihr Praktikum bei euch antritt. Aber da hättest du dich noch ein paar Tage gedulden müssen.«

Karin packte den Beutel in eine Korbtasche. »Ich hoffe, du bleibst noch eine Weile in Gelsenkirchen.«

»Wenn es Mutti weiterhin gut geht, könnte ich theoretisch bald wieder zurück nach Sankt Peter-Ording fahren. Ich bin sehr erleichtert darüber, dass sie sich so gut erholt hat.«

»Das sind wir doch alle. Aber was soll das bedeuten, theoretisch?«

Sie setzten sich auf das ockerfarbene Cordsofa im Wohnzimmer. »Theoretisch sage ich, weil ich mir Sorgen um Rita mache. Sie steht völlig neben sich. Ich hätte kein gutes Gefühl, wenn ich jetzt abreisen würde.«

»Wieso das denn? Sollte sie als frischgebackene Mutter nicht obenauf sein? Oder hat sie starken Schlafmangel, weil das Baby sie auf Trab hält?«

Sabine verschränkte die Arme vor der Brust und atmete einmal tief durch. »Also, genau genommen ist es Rita, die alle auf Trab hält. Sie zeigt kein Interesse an Meike oder an irgendwas. In gewisser Weise wirkte sie heute sogar fast apathisch auf mich.«

Ungläubig zog Karin die Augenbrauchen hoch. »Reden wir von der gleichen Rita? Der Rita, die stets für jeden Spaß zu haben ist und immer am lautesten lacht? Rita, die vor Ideen nur so sprüht und das Leben tatkräftig anpackt?«

»Ich fürchte, ja«, erwiderte Sabine traurig. »Seit der Geburt hat sie wohl eine ausgewachsene Wochenbettdepression. Mir ist ihr Verhalten schon vor der Geburt merkwürdig erschienen. Sie hat alles darangesetzt, zu ignorieren, dass sie in anderen Umständen war. Und kurz bevor ihre Fruchtblase geplatzt ist, hat sie mir noch davon erzählt, dass sie keine Arbeitspause einlegen will, wenn das Baby auf der Welt ist. Ich habe mich zwar über ihr Verhalten gewundert, hätte aber im Leben nicht damit gerechnet, dass sich ihre Stimmung so gravierend verschlechtern würde. Fiete und ihre Eltern sind mit ihrem Latein am Ende.«

»Puh!«

»Du sagst es. Und was wäre ich für eine Freundin, wenn ich Rita nicht beistehen würde.«

Karin nickte. »Dann verschiebt sich deine Abreise also bis auf Weiteres.«

»Um ein paar Tage auf jeden Fall. Ich kann nicht zurück nach Sankt Peter-Ording fahren, solange es ihr nicht besser geht. Ach, am Ende geben Julia und ich uns noch die Klinke in die Hand, wenn sie hier ankommt.«

»Wäre doch auch lustig«, stimmte Karin ihr zu. »Hm, und vielleicht … Vielleicht braucht Rita auch einfach mal Urlaub, um sich von dem ganzen Stress der letzten Monate zu erholen? So eine Schwangerschaft ist schließlich kein Pappenstiel.«

Sabine lachte sie an. »Falls dem so sein sollte, dann werde ich sie und Fiete vertrauensvoll zu dir ins Reisebüro schicken. Das wolltest du doch hören, oder?«

»Rita und Fiete sind immer willkommen im Reisebüro am Markt.« Sie erhob sich von der Couch und griff nach der Korbtasche mit den Muscheln. »Ich mache mich dann wieder langsam auf die Socken. Das Schaufenster dekorieren wir heute nach Feierabend um. Volker hat sogar Vogelsand besorgt, damit es möglichst nach Strand aussieht.«

Sabine war erstaunt gewesen, als das Telefon ihrer Eltern am frühen Abend geklingelt hatte und Fiete nach ihr verlangt hatte. Im ersten Moment war sie nur überrascht gewesen, dann hatte die Sorge um Rita überwogen. Doch Fiete hatte sie schnell beruhigen können. Statt eine weitere Hiobsbotschaft zu verkünden, hatte er sie um ein vertrauliches Gespräch gebeten.

Sabine hatte sogleich zugestimmt und sich um zwanzig vor sieben auf den Weg zur Gaststätte Metropol auf der Bismarckstraße gemacht, wo sie sich treffen wollten.

»Danke, dass du gekommen bist«, begann Fiete das Gespräch, nachdem Sabine Platz genommen und der Wirt ein Glas Zitronenlimonade vor sie hingestellt hatte.

Sie saßen an einem ruhigeren Tisch in einer Ecke des Lokals.

»Natürlich.« Seine Stimmte hatte am Telefon sehr ernst geklungen. »Für Rita würde ich doch alles tun.«

»Dann sind wir schon zu zweit.« Fiete trank einen großen Schluck aus einem Schultheiss-Krug.

»Ein bisschen gewundert habe ich mich natürlich schon, dass du mich unbedingt noch heute Abend sehen wolltest. Morgen früh wäre ich ja ohnehin zu euch gekommen«, setzte Sabine an.

Er nickte. »Ich habe in den letzten Stunden viel nachgedacht. Hältst du es für möglich, dass Rita etwas Seeluft guttun würde?«

»Du meinst Urlaub?« Sabine lachte. »Den Gedanken hatte Karin vorhin auch schon. Soweit ich weiß, hat sie tolle Angebote für Ferien auf den Kanaren.«

Langsam schüttelte er den Kopf. »Ich spreche nicht von gemeinsamen Ferien auf den Kanaren, sondern dachte mehr an die gute Seeluft in Sankt Peter-Ording.«

Sabines Gesichtsausdruck hellte sich auf. »Ja, natürlich. Das halte ich sogar für eine sehr gute Idee!«

»Da bin ich aber froh«, sagte Fiete erleichtert. »Vorhin habe ich nämlich mit meinen Eltern telefoniert. Rita könnte mit dem Baby auf unserem Hof in Brösum unterkommen. Dort wäre immer jemand für sie und Meike da.«

»Wunderbar! Rita und Meike könnten ja zusammen mit mir nach Sankt Peter-Ording fahren. Dann ist die Reise weniger anstrengend für sie.«

Fiete hob den Zeigefinger. »Genau darum wollte ich dich bitten.«

»Das machen wir so«, stimmte Sabine zu. »Wann hast du denn vor, Rita von deinen Plänen zu unterrichten?«

Fiete zog die Nase kraus. »Am liebsten so schnell wie möglich, bevor sie sich mit ihrer Mutter noch mehr in die Wolle bekommt. Und ehrlich gesagt habe ich ein bisschen darauf spekuliert, dass wir es ihr zusammen sagen können.«

»Von mir aus gerne.« Sabine trank den Rest ihrer Zitronenlimonade in einem Zug aus. »Dann am besten gleich.«

Rita blickte argwöhnisch zwischen Sabine und Fiete hin und her. »Ich will nicht mit Meike bei deinen Eltern unterkommen«, sagte sie schließlich.

»Sie würden sich so sehr freuen, wenn du sie mit ihrem Enkelkind besuchst«, redete Fiete mit Engelszungen auf sie ein. »Meine Mutter würde dir gewiss zur Hand mit Meike gehen, und du könntest dich erholen.«

Rita verschränkte die Arme vor der Brust. »Das ist für mich aber keine Erholung. Außerdem möchte ich ihnen mit dem Baby nicht zur Last fallen.«

»Überleg es dir bitte noch einmal. Frische Seeluft täten dir und Meike bestimmt gut.« Fiete gab zwar nicht sofort auf, wirkte allerdings ein wenig entmutigt.

»Und was ist, wenn ich ein schönes Zimmer für dich und das Baby im Strandhotel organisiere?«, fragte Sabine hoffnungsvoll. Sie war überzeugt, dass der Plan perfekt für ihre Freundin war. Und so leicht wollte sie sich nicht geschlagen geben.

»Würde das denn gehen im Strandhotel?« Rita löste ihre Arme aus der Verschränkung und zeigte sich das erste Mal interessiert an dem Vorhaben.

»Bestimmt geht das. Du könntest es dir bei uns mit Meike richtig gut gehen lassen. Außerdem würdest du als Gast mit einem Baby niemandem zur Last fallen. Bei uns machen häufiger frischgebackene Mütter mit ihren Kindern Urlaub. Und ich wäre auch immer für dich da.« Sabine lächelte Rita bittend an und meinte, auch ein leichtes Lächeln auf ihrem Gesicht zu erkennen.

»Ihr habt mich mit dieser Idee wirklich überrumpelt«, stellte sie zögernd fest.

»Du kannst ja eine Nacht drüber schlafen«, schlug Fiete vor.

Sabine sah ihm an, dass er fürchtete, Rita könnte die Reise nach Sankt Peter-Ording wieder verwerfen. »Wir würden zusammen mit dem Zug fahren. So wie damals, als wir noch jung waren. Das wird bestimmt lustig«, bemühte sie sich um positive Stimmung.

Rita schwieg und schaute wieder aus dem Wohnzimmerfenster. Fiete warf Sabine einen flehenden Blick zu.

»Tom hat vor Kurzem noch zu mir gesagt, dass ihm nie jemand die Haare so gut geschnitten hat wie du, und er hofft, dass du uns mal besuchen kommst«, zog Sabine ihren letzten Trumpf aus dem Ärmel.

Rita drehte ihren Kopf langsam zu ihr. »Das hat er wirklich gesagt?« Ihr Blick wirkte ein wenig lebendiger.

»O ja. Sogar mehrmals«, bestätigte Sabine.

Rita schaute zu Fiete. »Wenn das so ist … Also gut. Aber ich bestehe darauf, dass Meike und ich im Strandhotel unterkommen. Nicht in Brösum bei deinen Eltern.«

Fiete hob entwaffnet die Hände. »Alles, was du willst.«

»Mir wäre es ganz lieb, wenn wir bald fahren könnten.« Sie stand von ihrem Stuhl auf und wirkte mit einem Mal viel agiler. »Ich verkrache mich jeden Tag immer mehr mit meiner Mutter. Und wenn das so weitergeht, reden wir irgendwann gar nicht mehr miteinander.«

»Damit rennst du offene Türen ein«, freute sich Sabine. »Meiner Mutter geht es inzwischen besser, und ich fürchte, dass wir uns auch verkrachen, wenn ich noch länger hierbleibe und sie mit meiner Übervorsicht nerve.«

»Na, dann haben wir ja was gemeinsam.« Rita lächelte schwach.

In dem Moment meinte Sabine, wieder die alte Rita zu erkennen.

# KAPITEL 11

*Ende Juli 1978, auf der Außenterrasse des Strandhotels in Sankt Peter-Ording*

Die Sonne schien besonders kräftig an diesem Tag, sodass die hellblauen Markisen des Strandhotels bereits vor dem Frühstück ausgefahren worden waren, um den Gästen Schutz zu spenden. Obwohl es inzwischen auf den Abend zuging, brannte die Sonne noch immer vom wolkenlosen Himmel. Julia und Conny waren nach getaner Arbeit im Strandcafé zum Hotel geradelt und entspannten dort nun auf der Terrasse bei ein paar kühlen Getränken, die Julia aus der Küche geholt hatte.

»Das sind seine Lieblingsfotos.« Sie schob Conny eine Aufnahme von dem Abend auf der Rollschuhbahn zu und eine, die sie auf dem Deich zeigte. Seit dem Kuss in der Dunkelkammer fühlte sie sich wie berauscht. Seither war nichts mehr wie vorher. Sie konnte an kaum etwas anderes außer an Björn denken. Er war ihr erster Gedanke am Morgen und der letzte, bevor sie abends zu Bett ging. Julia war davon überzeugt, dass er die große Liebe ihres Lebens war. Oder war das nur ein Überschwang der Gefühle, der bald vergehen würde?

»Das sind auch wirklich schöne Fotos von dir«, fand Conny. »Wie aus einem Magazin.«

»Hm, ja. Björn ist ein sehr guter Fotograf. Er hat noch

mehr Fotos von mir geschossen, aber die müssen erst entwickelt werden.«

Conny gab ihr die Aufnahmen zurück und griff nach ihrem Colaglas. »Wann bekommst du denn die restlichen Fotos?«, fragte sie, nachdem sie getrunken hatte, und rührte gedankenverloren mit dem gestreiften Plastikstrohhalm im Glas.

Julia zuckte mit den Schultern. »Demnächst. Ich werde ihn bei unserem nächsten Treffen fragen.«

»Es trifft sich ja wirklich gut, dass du ein Praktikum bei deiner Tante machen kannst, wo er doch auch im Ruhrgebiet wohnt. Oder bleibt er länger in Sankt Peter?«

»Das weiß er nicht genau. Er wohnt doch in einer Pension bei Verwandten im Dorf«, sagte sie leichthin und lehnte sich zurück. »Und selbst wenn er morgen abreisen würde, würde ich mich davon nicht abschrecken lassen. Wir würden garantiert eine Möglichkeit finden, uns wiederzusehen. Wahre Liebe findet doch immer einen Weg.«

Conny lachte auf. »Hast du den letzten Satz aus einem Arztroman?«

Julia stimmte in das Lachen ihrer Freundin mit ein. »Kann gut sein, dass ich diese Weisheit mal in so einem Heftchen gelesen habe.«

In diesem Moment kam Achim zu ihnen und ließ sich auf einen Stuhl neben Julia plumpsen. »Na, was macht ihr beide?«

Julia streckte ihr Gesicht der Sonne entgegen. »Wir genießen den Feierabend. Heute war wieder die Hölle los im Strandcafé. Könnten meine Füße sprechen, würden sie dir sagen, dass sie mindestens fünfundzwanzig Kilometer gelaufen sind, um hundertfünfzig Kuchenstücke zu servieren.«

»Tja, Schwesterherz, warum soll es dir auch besser gehen als mir?« Achim drehte sein Gesicht ebenfalls dem Sonnenlicht zu.

»Wieso? Was hast du denn gemacht, dass du so viel laufen musstest?«, fragte Julia überrascht.

Scheinbar entsetzt über die Unwissenheit seiner Schwester, schüttelte Achim den Kopf. »Wir richten doch ein neues Zimmer für mich und Biggi her. Ich habe heute ganz schön viel geschleppt. Ich möchte spätestens übermorgen fertig sein.«

»Ein bisschen Bewegung hat noch keinem geschadet«, frotzelte Julia.

»Sagt die, die sich bald den Hintern im Reisebüro platt sitzen wird«, konterte Achim.

»O ja!« Julia nickte. »Und danach werde ich über den Wolken schweben.«

»Ja, genau.« Achim verdrehte die Augen und schaute zu Conny. »Kannst du meiner Schwester bitte sagen, dass ihre Pläne bloß Traumtänzereien sind? Vielleicht hört sie ja mehr auf dich als auf alle anderen.«

»Das sehe ich nicht so«, ergriff Conny Partei für sie. »Hast du schon die Bewerbungsfotos deiner Schwester gesehen?«

»Von welchen Bewerbungsfotos sprichst du?«, fragte Achim und setzte sich auf.

»Hier.« Conny reichte ihm den Stapel Fotos. »Wenn du mich fragst, sind sie spitze geworden.«

Mit gerunzelter Stirn begutachtete er die Aufnahmen. Ihm stand ins Gesicht geschrieben, was er von der Sache hielt. Deshalb überraschte es Julia nicht, als er sagte: »Das ist doch Unfug.«

Mittlerweile hatte sie sich damit abgefunden, ihren Bruder nicht für ihre beruflichen Pläne begeistern zu können. »Wenn du meinst.«

Sie hatten gerade das Thema gewechselt, als ihr Vater die Terrasse betrat. Er unterhielt sich zunächst mit ein paar Gästen, dann blieb er bei seinen Kindern und Conny stehen.

»Na, genießt ihr den herrlichen Abend?«, fragte er und legte jedem Zwilling eine Hand auf die Schulter.

»Wie man's nimmt«, antwortete Achim. »Im Hotel wartet noch eine Menge Arbeit auf mich, bevor das Zimmer fertig hergerichtet ist.« Er stand auf und schob den Stuhl an den Tisch. »Hast du schon Julias Bewerbungsfotos gesehen?«

»Bewerbungsfotos?« Sofort flog sein Blick zu seiner Tochter. »Davon höre ich ja zum ersten Mal.«

»Ich wusste bis vorhin auch nichts davon. Dann noch einen schönen Abend.« Schon wandte sich Achim ab, um zurück ins Hotel zu gehen, und spürte hoffentlich trotzdem Julias zornigen Blick auf seinem Rücken.

»Sind das hier die Fotos, die er meint?« Ihr Vater deutete auf den Stapel neben Connys Glas.

»Hm.« Julia nickte und machte sich innerlich schon auf ein Donnerwetter gefasst.

Doch zunächst setzte ihr Vater sich an den Tisch und besah sich die Bilder schweigend. »Das sind sehr schöne Aufnahmen. Auf dem Foto hier bist du besonders gut getroffen.« Er drehte eines von denen um, die am Abend auf der Rollschuhbahn entstanden waren. Auf der Aufnahme lachte Julia, während sie auf einem Bein fuhr und beide Arme zur Seite ausgestreckt hatte.

»Danke«, sagte sie überrascht und beobachtete, wie ihr Vater weitere Fotos begutachtete.

»Bist du denn gar nicht böse auf mich?«, fragte sie ihn schließlich.

Er schaute von den Bildern auf. »Böse? Nein, wieso sollte ich böse auf dich sein?« Er legte den Fotostapel zurück und sah Julia ernst an. »Ich finde es ja gut, dass du dich für Touristik interessierst. Immerhin verdienen wir mit dem Hotel und dem Café unsere Brötchen. Und ich bin auch bereit, dich bei deinen Plänen zu unterstützen. Das Praktikum bei Karin und Volker im Reisebüro halte ich für durchaus sinnvoll. Es ist immer gut, nicht nur eine Seite der Medaille zu kennen.«

Julia lächelte und konnte nicht umhin festzustellen, dass sie erleichtert war. »Dann hat Mutti bei dir ein gutes Wort für mich eingelegt?«

»Das hat sie getan und mich auch davon überzeugt, dich deine eigenen Erfahrungen machen zu lassen.« Er hob einen Zeigefinger. »Auch wenn es mir zugegebenermaßen schwerfällt.«

»Danke, Papa.« Ihr fiel regelrecht ein Stein vom Herzen. »Wann kommt Mutti eigentlich zurück?«

Liebevoll betrachtete ihr Vater sie. »Übermorgen im Laufe des Tages. Und stell dir vor, sie bringt ihre Freundin Rita mit dem Baby mit.«

»Oh, toll! Dann kann Rita gleich meine Spitzen schneiden. Ich wollte eh bald zum Friseur.« Sie zwirbelte eine ihrer dunklen Haarsträhnen.

»Moment!« Ihr Vater machte eine beschwichtigende Handbewegung. »Muttis Freundin kommt nicht zu uns, um Haare zu schneiden. Sie und ihr Baby sollen in Sankt Peter-Ording vor allem eins, und zwar sich erholen. Kann ich mich darauf verlassen, dass du sie erst mal nicht mit deinen Frisurwünschen behelligst?«

Julia nickte. »Versprochen.«

»Dann ist es ja gut.« Ihr Vater erhob sich. »Ich werde zurück ins Restaurant gehen und nach dem Rechten sehen.«

»Ich habe schon gefürchtet, dass du dich mit ihm wegen der Fotos streiten wirst«, flüsterte Conny ihr zu, als Julias Vater die Tür zum Innenraum aufzog.

»Das dachte ich auch. Wahrscheinlich wäre er sogar an die Decke gegangen, wenn meine Mutter nicht mit ihm gesprochen hätte. Auf sie hört er immer.«

»Genau wie bei meinen Eltern. Sobald meine Mutter ein Machtwort spricht, wird mein Vater ganz zahm«, sagte Conny belustigt. »Und wie geht es jetzt weiter mit den Fotos?«

»Na, die stecke ich zu meiner Bewerbung in den Umschlag und dann ab die Post nach Frankfurt.«

»Ich wusste gar nicht, dass du schon alles vorbereitet hast.« Conny riss die Augen auf. »Hast du auch schon die Zeugniskopie?«

Julia rückte näher an ihre Freundin heran und senkte die Stimme, sodass niemand außer Conny sie verstehen konnte. »So gut wie. Ich treffe mich nachher mit Manuel. Er hat es fertig.«

»Wenn das mal gut geht …«

»Wird schon. Was soll auch groß geschehen? Mehr als eine Absage bekommen kann ich doch nicht. Und«, sie sah Conny fest an, »wenn ich es nicht wenigstens versuche, dann ist das doch automatisch eine Absage.«

Es dämmerte schon, als Julia mit ihrem Fahrrad am alten Wanlik-Hüs im Ortsteil Dorf ankam. Die Dorfstraße war tagsüber ein beliebter Ort bei Touristen und Kurgästen.

Beim Bäcker konnte man frische Brötchen kaufen, in einem Café selbst gebackenen Kuchen genießen oder auch ins Wanlik-Hüs einkehren und leckeren Fisch nach original friesischen Rezepten essen. Jetzt waren nicht mehr so viele Menschen unterwegs.

Manuel war gerade dabei, Stühle übereinanderzustapeln, um sie besser ins Restaurant tragen zu können. »Moin, Julia! Ich bin gleich so weit.«

»Moin, Manu.« Sie stieg vom Rad und schloss es neben dem Restauranteingang an einem Zaun an. »Warte, ich helfe dir. Zu zweit geht es schneller.«

»Ach ja. Viel ist aber nicht mehr zu tun.« Schon schleppte er einen Stapel Stühle ins Haus.

Julia ließ sich von seinem Einwand nicht beirren, sondern wollte sich zumindest so ein wenig erkenntlich zeigen. Schnell nahm sie einen Eimer mit einem Tuch zur Hand und wischte die Tischoberflächen ab. Dadurch, dass sie von klein auf in der Gastronomie ihrer Eltern mitgeholfen hatte, wusste sie genau, was zu tun war. Sie mochte das urige friesische Gasthaus mit dem Reetdach, das Manuels Eltern bewirtschafteten. Laut den Erzählungen ihrer Großeltern und anderer betagter Sankt Peteraner war das Wanlik-Hüs das älteste Gebäude im Dorfkern.

»Das hättest du wirklich nicht machen müssen«, sagte Manuel, als er aus dem Restaurant zurückkam.

»Ich wollte es aber«, entgegnete Julia. »Außerdem breche ich mir dabei keinen Zacken aus der Krone, wenn ich ein paar Tische mehr als sonst abwische. Was meinst du, wie oft ich das jeden Tag im Strandcafé mache?«

»Schon gut. Trotzdem danke.«

»Konntest du denn auch was machen?«, fragte sie in geheimnisvollen Ton.

»Ich denke, ja. Es liegt in meiner Schreibtischschublade. Kommst du mit? Ich bin hier für heute fertig.«

»Klaro.« Sie stellte den Eimer neben der Restauranttür ab.

Sie liefen nebeneinander zu einem Haus im Dünenweg, das Manuels Familie bewohnte. Julia schob ihr Fahrrad, während Manuel ihr empört von einem Gast erzählte, der an diesem Tag die Zeche geprellt hatte. Vor dem Gartentor stellte sie es ab.

Sobald sie das Haus seiner Eltern betreten hatten, führte Manuel sie in sein Zimmer und zog ein Blatt Papier aus seiner Schreibtischschublade. »Bitte sehr! Ich hoffe, das geht so durch.« Er schaltete die kleine Tischlampe ein, damit Julia besser sehen konnte.

Eingehend begutachtete sie das Zeugnis im Schein der Lampe. Manuel hatte tatsächlich dafür gesorgt, dass ihr Geburtsjahr auf dem Duplikat des Zeugnisses mit einer 0 statt mit einer 1 endete. »Das ist spitze!«, sagte sie begeistert. »Es sieht absolut echt aus. Als wäre 1960 mein richtiges Geburtsjahr. Wie hast du das nur gemacht?«

Er schloss die Schublade und setzte sich auf die Schreibtischkante. »Dazu gebe ich lieber keine Auskunft. Ist eine Art Geheimnis. Außerdem musst du nicht alles wissen. Ich freue mich, wenn es als echt durchgeht und ich dir damit helfen konnte.«

»Danke, Manu.« Spontan sprang sie auf und umarmte ihn kurz.

»Oh!«, entfuhr es ihm überrascht. Er erwiderte ihre Umarmung.

»Wie kann ich mich dafür nur jemals bei dir revanchieren?«, fragte sie.

Manuel wirkte ein wenig verlegen, als er erwiderte: »Na ja, vielleicht können wir mal zusammen ins Kino gehen.«

»Klaro. Warum nicht? Schließlich sind wir doch schon so lange befreundet. Und ich bin wirklich froh, dass du mein Freund bist.«

»Hab ich dir eigentlich schon mal erzählt, dass sich meine Eltern auch von klein auf kennen?«

»Sogar ziemlich oft.« Sie nickte lachend.

Er stand vor ihr und hatte seine Hände in den Hosentaschen vergraben. »Bei ihnen ist irgendwann aus Freundschaft Liebe geworden.«

Julia war sich dessen bewusst, dass Manuels Gefühle für sie auf einer anderen Ebene als ihre für ihn lagen. Sie nahm sich vor, besonders nett zu ihm zu sein und seine Hilfsbereitschaft gebührend zu honorieren. Das hatte er sich redlich verdient. Aber sie wollte auch ehrlich sein und die unausgesprochenen Fragen zwischen ihnen nicht ungeklärt stehen lassen. Deswegen legte sie das präparierte Zeugnis auf dem Schreibtisch ab und griff nach seinen Händen.

»Ich weiß wirklich zu schätzen, was du für mich getan hast. Einen besseren besten Freund als dich gibt es auf der ganzen Welt nicht. Meinst du, wir können weiter beste Freunde bleiben?«

# KAPITEL 12

*Ende Juli 1978, kurz nach Sonnenaufgang im Strandhotel in Sankt Peter-Ording*

*Rumms!* Julia setzte sich erschrocken auf. Sie brauchte einen Moment, um zu begreifen, wo sie war.

Das Licht des anbrechenden Tages fiel gedämpft durch die geblümten Vorhänge. Was war das eben für ein Krach gewesen? Verschlafen rieb sie sich die Augen und langte nach einer hellen Strickjacke, die auf dem Stuhl neben ihrem Bett lag.

Sie warf sich das Kleidungsstück über ihr Nachthemd und zog dann die Vorhänge zur Seite. Gleißendes Sonnenlicht blendete sie. Reflexartig verengte sie die Augen zu Schlitzen.

Als sich ihre Augen an das Tageslicht gewöhnt hatten, öffnete Julia das Sprossenfenster weit und lehnte sich hinaus. Eine kühle Brise strich über ihre Haut. Die Sonne stand noch tief über der Küstenlandschaft. Ihre Strahlen tasteten sich behutsam über die mit Morgentau bedeckten Wiesen.

Julia schloss die Augen und atmete tief ein. Die Luft roch herrlich frisch und belebte allmählich ihre Geister. Eigentlich hatte sie ausschlafen wollen, denn heute war ihr freier Tag. Außerdem kam ihre Mutter in Begleitung von Rita und dem Baby zurück nach Sankt Peter-Ording.

Sie blickte vom zweiten Stock nach unten, konnte jedoch nichts entdecken, was für den Lärm verantwortlich gewesen sein könnte. Schließlich schloss sie das Fenster wieder und tappte barfuß zu ihrer Zimmertür.

Sie drückte die Klinke hinunter und zog sie einen Spaltbreit auf, um vorsichtig hinauszuspähen.

Der Flur wirkte wie ausgestorben, alle schienen noch zu schlafen. Im nächsten Moment schrak sie abermals zusammen. Da war es wieder, dieses laute Geräusch. Eine Art Knall, als wenn jemand etwas fallen ließ – und sie war sicher, dass es aus einem der Nachbarräume gekommen war.

Auf Zehenspitzen schlich sie über den roten, weichen Flurteppich und blieb schließlich vor einer offenen Tür stehen, die zu dem Zimmer gehörte, das ihr Bruder mit Biggi beziehen wollte. Neugierig steckte sie den Kopf in den Raum und entdeckte ihren Bruder, der mit knallrotem Kopf versuchte, zwei Holzteile miteinander zu verbinden.

»Verflucht!«

»Was machst du denn da?«, fragte sie und verschränkte die Arme vor der Brust.

Achims Kopf schnellte herum. »Wonach sieht es denn aus?«, fragte er missmutig zurück.

Julia ging zu ihm und begutachtete stirnrunzelnd das Werk ihres Bruders. Zwischen Pappe und Schaumstoff lagen unzählige Holzteile auf dem Boden verstreut. »Das sieht für mich nach einem ziemlichen Schlachtfeld aus.«

»Das ist kein Schlachtfeld«, entgegnete er und ließ dann von zwei Holzteilen ab. »Was geisterst du eigentlich so früh durch die Gegend? Solltest du nicht noch tief und fest schlafen?«

»Das Gleiche könnte ich dich fragen. Aber um dir eine Antwort auf deine Frage zu geben: Ich bin von dem Spektakel wach geworden, das du hier veranstaltest. Du machst so viel Krach wie eine Elefantenherde beim Trampolinspringen.« Fröstelnd zog sie sich die Strickjacke enger um den Oberkörper. »Du kannst wirklich von Glück sagen, dass in diesem Trakt keine Gäste untergebracht sind, denn die wären jetzt auch wach – zumindest die ohne Hörschaden.«

Achim warf ihr einen unwirschen Blick zu. »Jetzt halt mal keine Volksreden, sondern hilf mir lieber, das Babybett aufzubauen. Oder willst du dich noch mal aufs Ohr hauen?«

»Wohl kaum. Jetzt bin ich wach.« Julia verdrehte die Augen. »Ein Bitte erwarte ich ja gar nicht von dir, aber es wäre hilfreich, wenn ich wüsste, wie das Bett am Ende aussehen soll.«

Achim griff nach einem Pappkarton und zog eine Bauanleitung mit Zeichnungen heraus. »Bitte schön. Bist du nun zufrieden?«

Julia entfaltete die Anleitung und studierte sie eine Weile. Dann schaute sie auf die Teile, die ihr Bruder vergeblich versuchte zusammenzusetzen. »Gehe ich recht in der Annahme, dass du noch keinen Blick in die Beschreibung geworfen hast?«, fragte Julia langsam.

»Wozu? Ich brauche keine Anleitung für Dinge, die selbsterklärend sind.«

»Ah ja. Deswegen kommst du auch nicht weiter und versuchst, Dinge miteinander zu verbinden, die einfach nicht zusammengehören«, bemerkte Julia nüchtern und steckte die ersten zwei Teile so zusammen, wie es in der Anleitung erklärt war. »Gib mir mal das lange Teil da hinten. Ich glaube, das muss hier festgeschraubt werden.«

»Meine Schwester, die Handwerkerin.« Achim reichte ihr widerwillig eine der längeren Latten.

Erst als Julia nach dem Schraubenzieher greifen wollte, bemerkte sie, dass jemand an der Tür stand. »Moin, Biggi! Bist du auch aus dem Bett gefallen?«

»Nein, das Baby hat mich geweckt. Seine Tritte sind ganz schön kräftig.« Sie fasste sich mit einer Hand an den Bauch und kam zu ihnen ins Zimmer. »Kann ich euch bei irgendwas helfen?« Schon beugte sie sich vor und griff nach einem Gitterteil aus Eichenholz.

Achim war sofort aufgesprungen und zu ihr geeilt. »Biggi, du sollst dich doch schonen und nicht schwer heben. Denk daran, was der Arzt beim letzten Mal gesagt hat.« Er nahm ihr das Gitter ab. »Geh ruhig wieder zurück ins Schlafzimmer.«

»Ich würde euch wirklich gerne helfen«, protestierte sie schwach.

»Das schaffen wir auch ohne deine Hilfe.« Achim hakte sie unter und führte sie behutsam zum Flur. »Oder geh doch schon mal runter in den Frühstücksraum. Die Eier sind bestimmt schon fertig.« Er warf einen Blick auf seine Armbanduhr. »Die frischen Brötchen von Bäcker Siercks müssten auch gleich gebracht werden.«

»Also gut. Dann gehe ich halt frühstücken.« Bevor sie verschwand, gab sie Achim einen zarten Kuss.

»Biggi hätte sich doch auf einen Stuhl setzen und uns Gesellschaft leisten können«, merkte Julia an, als ihr Bruder wieder neben ihr stand.

Achim winkte ab. »Das ist doch viel zu unbequem. Im Speisesaal kann sie auf dick gepolsterten Stühlen sitzen. Außerdem habe ich Ulla und Inka angewiesen, Biggi jeden Wunsch von den Lippen abzulesen.«

»Deine Fürsorge in allen Ehren, aber meinst du nicht, dass deine Gluckerei etwas übertrieben ist? Ich hatte den

Eindruck, dass Biggi einfach etwas Gesellschaft gesucht hat.« Julia runzelte die Stirn.

»Gesellschaft hat sie auch im Speisezimmer. Opa Christian ist doch meist der Erste beim Frühstück, weil er da in Ruhe die Tageszeitung lesen kann.«

»Ja, genau. Und dabei will Opa nicht gestört werden. Auch nicht von Biggi«, entgegnete sie kopfschüttelnd.

»Was du immer zu wissen meinst.« Achim verband ein Gitterteil mit einem weiteren Element. »Außerdem glucke ich nicht, ich möchte nur, dass die Schwangerschaft für Biggi und das Baby bestmöglich verläuft«, nahm er den Gesprächsfaden wieder auf.

»Schon gut.« Julia schraubte das noch fehlende Element an den Rahmen.

»Sag mir lieber, wann unsere Mutter mit der Bahn ankommt. Ich möchte natürlich da sein, um sie zu begrüßen.«

»Der Zug soll am Nachmittag gegen halb vier ankommen. Papa holt sie und Rita mit dem Baby ab. Wir können uns also gemütlich um andere Dinge kümmern.« Damit stellte sie den Rahmen vor Achim ab. »So, das wäre fertig. Womit geht es weiter?«

»Ach, wie schön es ist, wieder in Sankt Peter-Ording zu sein. Nach einer Weile im Ruhrgebiet merkt man erst richtig, wie geruhsam das Leben hier vonstattengeht.« Sabine hob ihr Glas.

Die ganze Familie saß am Nachmittag um den runden Tisch im Speisesaal und feierte mit Getränken und Kuchen Wiedersehen.

»Wir freuen uns auch, dass du endlich wieder da bist, Mutti«, sagte Julia, die neben ihr saß.

Auf der anderen Seite thronte ihr Vater. Achim und seine zukünftige Frau hatten Rita in ihre Mitte genommen. Biggi hielt schon die ganze Zeit die kleine Meike im Arm und schien sich an dem Baby nicht sattsehen zu können.

»Und natürlich freuen wir uns auch besonders, dass du uns mal wieder beehrst, Rita«, fügte ihr Vater hinzu. »Dann noch mit so einer bezaubernden Begleitung.«

»Sie ist ein kleines Wunder. Bestimmt sind Sie wahnsinnig stolz auf Ihre Tochter«, sprach Biggi Rita an.

»Ja, sicher«, beeilte sich Rita, ihr zu versichern. »Geht es nicht allen Müttern so?«

»Also, mir wird es bestimmt so gehen.« Biggi lächelte das Baby versonnen an, das ihren Zeigefinger mit seinem kleinen Fäustchen umschlang. »Sie müssen furchtbar glücklich sein.«

»Sag doch einfach Rita zu mir«, bot sie Biggi das Du an und ersparte sich so eine direkte Antwort.

»Sehr gerne, Rita. Falls du mal jemanden brauchst, um auf Meike aufzupassen, ich bin gerne bereit dazu.«

»Vielen Dank, Biggi. Da fällt mir ein, ich habe ganz vergessen, genügend Milchnahrung für Meike einzupacken. Bekomme ich in Sankt Peter-Ording auch Babynahrung?«, fragte Rita mit betroffener Miene.

»Ja, die kannst du garantiert im Lebensmittelgeschäft in Sankt Peter-Dorf kaufen. Dort gibt es auch Schnuller und Windeln«, antwortete Julia. »Der Laden hat noch auf. Wenn du möchtest, begleite ich dich dorthin. Ich wollte eh noch was im Dorf erledigen.«

»Das wäre wunderbar.« Rita nickte. »In Sankt Peter scheint sich seit meinem letzten Besuch eine Menge verändert zu haben. Ich wäre dir sehr dankbar, wenn du mich dorthin bringst.«

Julia stand von ihrem Platz auf. »Am besten, wir machen uns gleich auf den Weg. Dann sind wir noch vor Ladenschluss da.«

Nachdem Biggi und Julias Mutter versprochen hatten, sich um die kleine Meike zu kümmern, verabschiedeten sie sich von den anderen und versprachen, zum Essen zurück zu sein.

Eine Frau in weißem Kittel schob einen Rollständer mit Obstkörben an ihnen vorbei, als Julia und Rita den Lebensmittelladen mit vollen Tüten verließen. Sie gingen zu einem Fahrradständer, an dem sie ihre Räder abgestellt hatten. Julia war mit ihrem Rad gefahren, und Rita hatte sich eins von den hoteleigenen geliehen.

»Das war wirklich eine gute Idee von dir, mich zu begleiten. Ich weiß wirklich nicht, ob ich das Geschäft allein beziehungsweise vor Ladenschluss gefunden hätte.« Rita hängte je eine Plastiktüte an beide Seiten des Lenkers, in denen sich Babynahrung und Windeln befanden. »Sankt Peter-Ording sieht anders aus, als ich es in Erinnerung hatte. War da vorne nicht mal ein Sportplatz?« Sie deutete auf einen asphaltierten Platz, hinter dem die St. Peter-Kirche lag.

Julia nickte. »Soweit ich weiß, schon. Ich kenne allerdings nur den Marktplatz an der Stelle.«

»Ja, vieles verändert sich«, sagte Rita, mehr zu sich selbst als zu Julia. Sie fuhren langsam mit den Rädern los. »Als ich das erste Mal mit deiner Mutter in Sankt Peter gewesen bin, gab es hier noch kein fließendes Wasser. Stell dir das mal vor. Deine Mutter musste für deine Großtante Ebba mit Eimern Wasser vom Brunnen holen. Und das mehrmals täglich! Sonst hätten die Gäste morgens keinen Kaffee bekommen und hätten sich auch nicht waschen können«, erinnerte sie sich.

»Davon hat sie mir mal erzählt. Tante Ebba ist leider gestorben, als ich zwölf war. Ich mochte sie sehr. Sie hat Achim und mir immer schaurige Geschichten erzählt, wenn wir bei ihr waren.« Julia lachte. »Das war unser Geheimnis, meine Eltern durften davon nichts wissen. Und ich konnte nächtelang nicht schlafen, weil ich mich so vor dem Klabautermann gegruselt habe! Sogar unters Bett habe ich geguckt, bevor ich das Licht ausgemacht habe.«

Rita lächelte ihr kurz zu und konzentrierte sich dann auf die Straße. »Deine Tante Ebba war wirklich eine tolle Frau. So mutig und tapfer. Was sie alles nach dem Tod ihres Mannes geschafft hat!«

Als sie an eine Kreuzung gelangten, blieb Rita stehen. »Danke dir nochmals für deine spontane Begleitung. Nun möchte ich dich aber wirklich nicht länger in Beschlag nehmen. Du wolltest doch noch etwas erledigen.«

»Findest du denn allein den Weg zurück zum Strandhotel? Ich fahre sonst auch gern mit dir zurück, bevor ich meine Sachen erledige«, bot Julia an. »Das würde mir nichts ausmachen.«

»Nein, das ist nicht nötig«, winkte Rita ab. »Ich halte mich mit dem Rad einfach nordwärts und komme dann irgendwann automatisch am Hotel an. Die Himmelsrichtungen haben sich in Sankt Peter-Ording ja nicht geändert.«

»Alles klar. Dann grüß mir die kleine Meike und gib ihr einen dicken Kuss von mir. Sie ist wirklich herzallerliebst!«

Nachdem Julia sich von Rita verabschiedet hatte, radelte sie geradewegs zum Seedamm, um nach Björn Ausschau zu halten. Die letzten zwei Tage hatten sie sich nicht gesehen.

Sie wusste, dass er die Salzwiesen mit all den Vögeln als Motiv besonders liebte. Deswegen verbrachte er dort die meiste Zeit. Suchend sah sie sich um, während sie langsam den Weg entlangradelte.

Auf der Höhe eines Pferdehofs blieb sie auf dem Deich stehen und ließ den Blick über das weite Marschland gleiten, das teilweise golden in der Sonne leuchtete. Außer unzähligen Vögeln und einigen Spaziergängern konnte sie niemanden entdecken, der Björn ähnlich sah.

Nach dem letzten Treffen waren sie so verblieben, dass sie sich wieder über den Weg laufen würden. Julia war damit einverstanden gewesen, denn Björn wusste ja, wo er sie antreffen konnte, und umgekehrt genauso.

Kurz entschlossen machte sie wieder kehrt und fuhr zum Haus von Connys Eltern im Heideweg. Sie hatte für Frau Schütt einige Illustrierte aus dem Hotel dabei, über die sie sich sicher freuen würde. Connys Mutter las gerne die Klatsch-und-Tratsch-Blätter, doch waren sie ihr zu teuer, um sie selbst zu kaufen.

Conny begrüßte sie erfreut. Sie bat sie hinein und führte sie in die Küche.

»Da wird sich meine Mutter freuen. Leider ist sie mit meinem Vater gerade bei meinen Großeltern in Tating. Deswegen sage ich für sie schon mal Danke.«

Julia holte die Hefte aus ihrer Umhängetasche und legte sie auf den Küchentisch. »Heute scheint nicht der richtige Tag für mich zu sein, um bestimmte Leute anzutreffen.«

»Aha? Wen hast du denn außer meiner Mutter nicht erwischt? Lass mich raten …«, erwiderte Conny.

»Björn«, antwortete Julia, bevor ihre Freundin den Namen aussprechen konnte. »Vorhin war ich auf dem Deich und habe Ausschau nach ihm gehalten. Er meinte, dass er tagsüber meistens in den Salzwiesen beim Vogelkiek sei. Doch ich konnte ihn nirgends entdecken. Er scheint mal wieder wie vom Erdboden verschluckt zu sein.« Sie zuckte die Schultern.

»Die Salzwiesen sind schon groß. Vielleicht hast du ihn auch übersehen, oder er ist Richtung Bad oder Böhl unterwegs.« Conny stützte das Kinn in die Hand. »Oder er war halt wirklich nicht da. Hast du nicht erwähnt, dass noch einige Fotos entwickelt werden müssen und Björn versprochen hat, sich darum zu kümmern? Er wollte sie dir doch bald geben …«

»Ja, das hat er gesagt«, bestätigte Julia. »Na und?«

»Dann besteht doch die Möglichkeit, dass er gar nicht in den Salzwiesen auf Motivjagd ist, sondern in der Dunkelkammer Fotos entwickelt.«

Julia schlug sich mit der Hand gegen die Stirn. »Stimmt. Daran habe ich gar nicht gedacht.«

»Siehst du! Lass uns doch bei der Pension vorbeifahren und nachsehen, ob er da ist«, schlug Conny vor. »Ich wollte bei dem schönen Wetter eh noch raus.«

Sie zögerte. »Ich weiß nicht … Nachher stört es seine Verwandten, wenn ich einfach so unangemeldet aufkreuze.«

»Blödsinn! Seine Tante und sein Onkel haben eine Pension. Da schlagen öfter Gäste auf, ohne sich angekündigt zu haben. Oder kommen bei euch im Hotel nur Leute mit Voranmeldung vorbei?«

Eine halbe Stunde später machten Julia und Conny mit ihren Rädern vor der Pension am Südstrand halt. Sie lehnten die Fahrräder gegen den weißen Zaun und gingen durch den Vorgarten, in dem es bunt blühte und süßlich duftete, bis sie vor der Haustür der Pension standen.

»Wollt ihr zu mir?«, fragte eine Frauenstimme, bevor Julia überhaupt klingeln konnte.

Björns Tante stand halb verdeckt von einer Rosenhecke unweit von ihnen und hielt eine Gartenschere in der Hand.

»Moin!«, rief Julia. »Wir wollten eigentlich zu Björn, ist er da?«

Die Frau kam auf sie zu und putzte sich die Hände an ihrer Gartenschütze ab. »Leider nein. Björn ist gestern früh aus beruflichen Gründen abgereist.«

Julia schaute ihre Freundin überrascht an. »Das wusste ich nicht.«

Stolz erzählte seine Tante: »Die Zeitung hat angerufen, weil sie ihn kurzfristig als Fotografen brauchen.«

»Ach, wie schade. Er wollte noch Fotos für mich entwickeln«, erwiderte Julia. »Aber da kann man wohl nichts machen.«

»Dann bist du sicherlich Julia?«, fragte Björns Tante.

Sie nickte. »Ich bin Julia Hansen.«

»Oh, dann wartet mal einen Augenblick.« Sie ging mit schnellen Schritten ins Haus und kehrte kurz darauf mit einem großen Umschlag zurück. »Das hat Björn für dich dagelassen.« Sie hielt Julia das Kuvert hin, auf dem in seiner Handschrift ihr Name stand.

»Danke schön. Wissen Sie vielleicht, wann er wieder nach Sankt Peter-Ording kommt?«

Seine Tante hob bloß die Schultern. »Das weiß man bei Björn nie so genau. Meistens taucht er plötzlich auf und ist dann genauso plötzlich wieder verschwunden.«

Julia bedankte sich noch einmal, dann verabschiedeten sie sich.

»Jetzt bist du bestimmt enttäuscht, weil er abgereist ist, ohne sich von dir zu verabschieden, oder?«, fragte Conny, als sie wieder bei ihren Rädern angekommen waren.

Julia seufzte und zog eine Schulter hoch. »Irgendwie schon, aber ich kann es auch verstehen, dass er Hals über Kopf abgefahren ist, wenn sein Arbeitgeber ihn so dringend braucht. Da kann man wohl nichts machen.« Sie öffnete den Umschlag und zog den Inhalt heraus. Es waren wie versprochen die Fotos. »Aber wenigstens eine Adresse oder eine Telefonnummer hätte er mir schon hinterlassen können. Findest du nicht?«

Tröstend legte Conny ihr einen Arm um die Schultern. »Ärgere dich nicht. Er kommt bestimmt bald wieder nach Sankt Peter, und dann kannst du ihn nach seiner Telefonnummer fragen.«

Julia schob die Fotos zurück in den Umschlag und sah Conny entschlossen an. »Übermorgen fahre ich nach Gelsenkirchen, von da ist Herne bloß einen Katzensprung entfernt. Es wäre doch gelacht, wenn ich ihn nicht ausfindig machen könnte.«

# Teil 2

# KAPITEL 13

## *Anfang August 1978, an einem Bahnsteig am Gelsenkirchener Hauptbahnhof*

Als sich die Türen des Zuges öffneten, drängten unzählige Reisende auf den Bahnsteig des Hauptbahnhofs. Stimmengewirr umgab Julia, durch knisternde Lautsprecher wurden Bahnverbindungen angesagt, die kaum jemand verstand. Es roch staubig, und eine schwüle Wärme schien an diesem Nachmittag die Stadt einzuhüllen.

Julia machte einen großen Schritt und trat mit ihrem Koffer in der Hand auf den Bahnsteig. Sie reckte ihren Hals und versuchte, Karin unter den vielen Menschen auszumachen.

Da sie sie nicht sofort entdeckte, folgte sie langsam dem Menschenstrom bis zu den Treppen, die von den Gleisen wegführten. Noch einmal schaute sie sich um, aber von Karin war weit und breit nichts zu sehen.

Eventuell verspätete sie sich, oder sie hatte eine falsche Uhrzeit im Kopf? Julia beschloss, eine Weile auf ihre Tante zu warten, und setzte sich auf eine Bank.

Züge kamen an, Menschen stiegen ein und aus, Züge fuhren wieder ab. Doch Karin ließ sich immer noch nicht blicken. Julia überlegte, was sie tun sollte. Im Grunde genommen war sie fremd in Gelsenkirchen. Natürlich war sie einige Male mit ihren Eltern und Achim zu Besuch bei ihren Großeltern gewesen, doch sie kannte sich überhaupt nicht aus in der Stadt.

Die Telefonnummer von Oma Käthe und Opa Alfred konnte sie allerdings auswendig, seit sie sich vor drei Jahren ein Telefon zugelegt hatten. Mit vierzehn war Telefonieren Julias Lieblingsbeschäftigung gewesen. Da sie ihre Großeltern immer hatte anrufen dürfen, hatte sie es häufig getan. Aber könnten sie ihr jetzt helfen?

Das Reisebüro am Markt sollte irgendwo in der Innenstadt sein, hatte ihre Mutter erzählt. Theoretisch könnte sie versuchen, sich dorthin durchzufragen ... Falls sie sich verlief, konnte sie immer noch Oma und Opa anrufen.

Julia stand von der Bank auf und ging die Treppen hinunter. Wenig später verließ sie das Bahnhofsgebäude und stand auf dem geschäftigen Vorplatz.

Hier pulsierte das Leben. Busse kamen an und fuhren davon. Menschenmassen liefen bei Grün über die Straße, Autos fuhren zügig an ihr vorbei. Jeder schien zu tun zu haben. Für einen kurzen Moment rutschte ihr förmlich das Herz in die Hose. Ob es die richtige Entscheidung war, auf eigene Faust durch Gelsenkirchen zu laufen – durch eine Großstadt, in der sie sich nicht auskannte? Julia nahm allen Mut zusammen und ging bei der nächsten Grünphase mit den anderen Fußgängern über die Ampel.

Sie marschierte weiter, bis sie zu einem großen Haus kam, vor dem sie staunend stehen blieb. In der ersten und zweiten Etage befand sich eine Schaufensterfront. Dort trugen insgesamt zwölf Schaufensterpuppen die neueste Mode, und auf dem Dach war in riesigen Buchstaben der Name Boecker zu lesen.

Sie riss sich von dem ungewohnten Anblick los und stellte ihren Koffer auf dem Boden ab. Unsicher blickte sie sich um. Die Energie der Stadt schien jeden mitzuziehen. Menschen liefen mit vollen Tragetaschen an ihr vorbei, auf denen die Namen verschiedener Warenhäuser und Geschäfte zu lesen waren: Kaufhof, WeKa, Sinn, Fragola, Mensing, Kaufhalle, C & A, Woolworth, Kamphaus, Wahl … Einen Augenblick lang ließ Julia das bunte Treiben auf sich wirken.

Als gerade eine Frau mit einem langen Zopf und einem Instrumentenkoffer in der Hand an ihr vorbeigehen wollte, sprach sie sie an: »Entschuldigung?«

»Ja?« Die Frau blieb stehen.

»Wissen Sie vielleicht, wie ich zum Reisebüro am Markt komme? Ich kenne mich leider nicht aus.«

Die Fremde lächelte. »Das ist nicht schwer. Den Marktplatz kennt hier jeder. Ich muss zum Musiktheater und kann Sie bis zum Hans-Sachs-Haus mitnehmen. Von da aus ist das Reisebüro nicht mehr weit entfernt und leicht zu finden.«

Erleichtert lächelte Julia. »Danke, das ist wirklich sehr nett von Ihnen.«

»Wir müssten allerdings zügig gehen, sonst komme ich zu spät zur Orchesterprobe.«

Strammen Schrittes liefen sie über die Bahnhofstraße mit ihren unzähligen Geschäften. Es stellte sich heraus, dass die Frau im Orchester des Theaters Querflöte spielte. Am Hans-Sachs-Haus angekommen, beschrieb sie ihr den Rest des Wegs, bevor sie sich verabschiedete. »Gehen Sie nach rechts, bis Sie den Marktplatz erreichen. An der Ecke ist das Reisebüro. Sie können es gar nicht verfehlen! Viel Glück!«

Keine fünf Minuten später hatte Julia tatsächlich das Reisebüro am Markt gefunden. Zunächst linste sie vorsichtig durchs Fenster, um sich zu vergewissern, dass sie richtig war. Sie sah die Hinteransicht von vier Leuten, die auf Stühlen vor zwei Schreibtischen saßen. Wenig später erkannte Julia das Gesicht ihrer Tante auf der anderen Seite des Tischs. In einer Hand hielt sie einen Telefonhörer, in der anderen einen Stift.

Julia atmete erleichtert auf. Sie hatte es geschafft!

Vorsichtig drückte sie die Tür auf und betrat das Reisebüro.

Karin entdeckte sie sofort. »Einen Moment bitte«, sagte sie zu den Kunden an ihrem Tisch. »Ich bin sofort wieder für Sie da.« Sie ging auf Julia zu und umarmte sie fest. »Es tut mir so leid! Es ist heute so viel los, dass ich nicht auf die Uhrzeit geachtet habe.«

»Nicht so schlimm«, winkte Julia ab. »Ich habe mich ja durchgefragt.«

»Du hast vielleicht eine tolle Familie!« Volker war ebenfalls zu ihr gekommen und drückte sie zur Begrüßung. »Das werden wir wiedergutmachen«, versprach er.

»Aber jetzt komm erst mal an. Deinen Koffer kannst du hinten abstellen. Nimm dir aus dem Kühlschrank ruhig Getränke. Ich kümmere mich noch um meine Kunden, dann bist du dran.«

»Darf ich kurz zu Hause anrufen und Bescheid sagen, dass ich angekommen bin?«

»Selbstverständlich. In dem Zimmer ist auch ein privates Telefon.« Karin zwinkerte ihr zu.

Julia tat, wie ihr geheißen, und brachte den Koffer ins Hinterzimmer. Dort setzte sie sich an einen Tisch, auf dem ein grünes Telefon mit Wählscheibe stand. Einen Moment verschnaufte sie. Dann wählte sie die Nummer des Strandhotels in Sankt Peter-Ording.

Weiter als bis zur Rezeption kam sie jedoch nicht, da ihr Vater in einer geschäftlichen Besprechung war und ihre Mutter gerade im Strandcafé arbeitete. »Ist denn wenigstens mein Bruder zu sprechen?«

»Leider nein. Er begleitet Biggi zu einem Arzttermin«, lautete Ullas Antwort, die heute offensichtlich Dienst am Empfang hatte. Ulla versprach, Julias Eltern auszurichten, dass sie angerufen hatte und gut in Gelsenkirchen angekommen war.

Nachdem sie ein Glas Sprudelwasser getrunken hatte, ging Julia wieder zurück ins Büro. Karin begleitete gerade die Kundschaft nach draußen. Inzwischen hatte auch Volker sein Verkaufsgespräch beendet.

»Wenn meine Schwester erfährt, dass wir dich auf dem Bahnsteig haben stehen lassen, dann dreht sie mir den Hals um.« Karin wirkte ernsthaft zerknirscht.

Mahnend hob ihr Verlobter den Zeigefinger. »Und das völlig zu Recht.«

»Hör doch auf! Du hast doch auch die Uhrzeit nicht im Blick gehabt«, beschwerte Karin sich.

»So schlimm war das gar nicht«, versuchte Julia, die Gemüter zu beruhigen. Sie wollte nicht, dass Karin und Volker sich ihretwegen stritten. »Ich habe mich durchgefragt und auf diesem Weg etwas von der Stadt gesehen. War eigentlich ganz praktisch. Jetzt kenne ich mich schon besser aus.«

»Gut, dass du so selbstständig bist.« Karin strich ihr liebevoll über die Wange. »Wir hatten kürzlich eine Werbeanzeige in der Tageszeitung, und seitdem rennen uns die Leute die Bude ein.«

»Das ist doch gut!« Julia lächelte.

»Na ja, wie man's nimmt. Wenn man darüber die Nichte

am Bahnhof vergisst, dann ist der Ansturm offenbar doch zu groß«, meinte Karin mit schlechtem Gewissen.

Volkers Telefon klingelte wieder. »Du siehst ja, was hier los ist.«

»Womit kann ich denn helfen?«, fragte Julia und hob tatendurstig die Hände.

»Willst du dich denn nicht erst mal von der Reise erholen? Die lange Fahrt war doch bestimmt anstrengend.«

»Ach, überhaupt nicht, Karin. Die Bahnfahrt war eher spannend, aber müde bin ich nicht.«

»Wenn das so ist … Ich muss gleich noch ein paar Briefe zum Postamt bringen. Möchtest du mitkommen und dir gleich den Weg ansehen? Die Post ist bloß einen Steinwurf vom Hauptbahnhof entfernt.«

»Klaro. Bestimmt kann ich die Briefe demnächst für dich aufgeben.« Julia war motiviert. Im Reisebüro gab es viel für sie zu tun, das erkannte sie auf einen Blick. Und wenn sie Stewardess werden wollte, konnte das hier ihr erster Schritt zur Erfüllung ihres Traums werden.

»Hier bin ich doch vorhin schon vorbeigelaufen«, sagte Julia lachend, als sie vor dem Postamt standen.

»Ich sagte ja, es liegt ganz in der Nähe des Bahnhofs.«

Sie gingen in das Gebäude und reihten sich in die Warteschlange ein. Julia blickte zur Seite und entdeckte Telefonkabinen. Daneben hingen Telefonbücher. Sofort musste sie an Björn denken, und ihr kam eine Idee …

»Karin, mir ist gerade eingefallen, dass ich nach einer Telefonnummer suchen wollte. Ich habe im Sommer ein Mädchen aus Herne am Strand kennengelernt, aber leider habe ich vergessen, sie nach ihrer Telefonnummer zu fragen«, flunkerte sie. »Vielleicht kann ich sie ausfindig machen. Und dann könnte ich mich mit ihr treffen, wo ich schon mal hier bin …« Auch wenn Karin eher wie eine große Schwester für sie war, konnte sie ihr unmöglich die Wahrheit sagen.

Denn sie würde ihr bestimmt niemals erlauben, dass sie sich mit einem 21-Jährigen traf, der sie für volljährig hielt und glaubte, dass sie bald als Stewardess bei der Lufthansa arbeitete.

»Geh nur«, erwiderte Karin verständnisvoll. »Ich drücke die Daumen, dass du sie im Telefonbuch findest.«

Julia begab sich zu einem der Ständer, in dem die Telefonverzeichnisse verschiedener Städte hingen. Als sie das Telefonbuch von Herne fand, drehte sie es um und schlug es auf. Einen Augenblick überlegte sie, wo sie nach Björns Telefonnummer suchen sollte. Ihr wurde blitzartig bewusst, dass sie nicht einmal seinen Nachnamen kannte. Wieso hatte sie ihn nie danach gefragt?

Seufzend versuchte sie, sich zu konzentrieren, und rief sich die Situation von vor zwei Tagen ins Gedächtnis, als sie zum Eingang der Pension gelaufen war. Ihre Fingerspitze hatte bereits den Klingelknopf berührt, unter dem ein Nachname gestanden hatte – aber welcher? Er war kurz gewesen, nichts Kompliziertes.

Plötzlich fiel es ihr wieder ein: Brak hatte auf dem Schild gestanden. Erleichtert begann Julia, in dem Verzeichnis zu blättern. Brak war bestimmt auch Björns Nachname. Ihr Finger wanderte von oben nach unten, damit sie keinen der Nachnamen übersprang. Einen Eintrag unter dem Familiennamen Brak suchte sie dennoch vergeblich. Als Karin zu ihr kam, klappte sie ernüchtert das Telefonbuch wieder zu.

»Na, konntest du das Mädchen ausfindig machen?«, fragte sie.

Julia schüttelte enttäuscht den Kopf. »Der Nachname ist in Herne nicht eingetragen.«

»Vielleicht kommt sie gar nicht aus Herne, sondern aus Herten«, überlegte Karin. »Das wäre dann ein anderes Telefonbuch.«

Julia war sich zwar ziemlich sicher, dass Björn Herne gesagt hatte, aber sie warf trotzdem zusammen mit ihrer Tante einen Blick in ein weiteres Telefonbuch.

»Hm, das ist wirklich schade. Bist du dir denn sicher, dass du nach dem richtigen Nachnamen gesucht hast?«

Julia zögerte. »Ich denke schon.«

»Aber sicher bist du nicht?«

Ehrlich schüttelte den Kopf. »Nicht ganz.«

»Weißt du was?« Karin legte einen Arm um sie. »Ich finde, wir haben uns eine Belohnung verdient. Wie wäre es mit einem Eis? Danach sieht die Welt schon ganz anders aus. Und wer weiß, möglicherweise fällt dir ja noch ein anderer Nachname ein. Du bist jetzt drei Wochen hier, da kann noch eine Menge passieren.«

Julia nickte. Wüsste Karin nur, wie sehr sie ihr damit aus dem Herzen gesprochen hatte. Es war viel zu früh, um die Flinte ins Korn zu werfen. Immerhin war sie gerade erst angekommen. Da fiel ihr etwas ein: Was hatte Björn noch mal gesagt, wie die Zeitung hieß, für die er arbeitete?

»In welcher Zeitung war eigentlich eure Anzeige?«, fragte sie Karin, als sie das Postamt verlassen hatten.

»In der WAZ. *Westdeutsche Allgemeine*. Hast du schon mal von der Zeitung gehört?«

Julia lächelte und antwortete wahrheitsgemäß: »Davon hat mir mal jemand erzählt, der im Ruhrgebiet wohnt.«

# KAPITEL 14

*Anfang August 1978, am späten Vormittag auf der Außenterrasse des Strandhotels in St. Peter-Ording*

Sabine schob den Schirmhalter ein Stück zur Seite. Dann kippte sie den Sonnenschutz in einen anderen Winkel. »So! Nun dürfte es für euch wieder angenehm schattig sein. Die Sonnenstrahlen brennen ja richtig auf der Haut.« Sie strich mit einer Hand über ihren warmen Unterarm.

Biggi beugte sich über den Kinderwagen und zog das Mützchen des Babys zurecht. »Dank des Verdecks kann Meike keinen Sonnenbrand bekommen.«

Sabine lächelte die junge Frau an. Seit Ritas Ankunft wich Biggi kaum von ihrer Seite. Sie war hin und weg von der kleinen Meike und schien es nicht erwarten zu können, selbst endlich Mutter zu werden. »So einen schicken Kinderwagen müssen wir unbedingt auch noch besorgen.«

Biggi zog einen Stuhl neben den Wagen und setzte sich vorsichtig. »Achim und ich haben eine Liste geschrieben mit allem, was wir für das Baby benötigen. Wenigstens steht schon mal das Kinderbett. Den passenden Wickeltisch holen wir nächste Woche im Geschäft ab.«

Sabine lächelte und wollte gerade ihre Unterstützung anbieten, da sah sie Rita aus dem Hotel kommen.

»So, ich wäre dann so weit«, erklärte Rita und rang sich ein halbwegs gut gelauntes Lächeln ab.

»Wunderbar!« Sabine konnte es zwar nicht beschwören, aber Rita wirkte auf sie, als kämpfe sie mit Unbehagen. Sie wirkte fahrig, fast als wäre sie auf der Flucht.

»Ich würde ja gerne mit zum Strandcafé kommen, aber ich bin schon nach ein paar Metern aus der Puste«, entschuldigte Biggi sich.

»Genieß in unserer Abwesenheit ruhig die Sonne.« Sabine tätschelte ihr die Schulter. »Wir werden in Zukunft noch oft genug mit dem Kinderwagen Richtung Strand unterwegs sein.«

Biggi nickte und strich sich über den Bauch. »Ich kann es kaum erwarten.«

Nachdem Sabine und Rita sich verabschiedet hatten, schob Rita den Kinderwagen zügig über eine Straße.

Sabine hatte Mühe, mit ihr Schritt zu halten. »Du legst ein ganz schönes Tempo vor.«

Erschrocken hielt ihre Freundin inne und verlangsamte ihre Schritte. »Entschuldige bitte. Das ist mir gar nicht aufgefallen.«

Sie schlugen den Weg Richtung Meer ein, und Sabine begann zu plaudern. Sie erzählte von ihrem letzten Telefonat mit ihrer Mutter: »Am liebsten hätte ich meine Eltern hier. Zwar scheint es Mutti mit ihrem Herzschrittmacher gut zu gehen, aber ein paar Zweifel bleiben trotzdem. Es ist wie verhext! Du kennst sie ja, selbst wenn sie sich schlecht fühlen würde, würde sie es nie am Telefon zugeben. Ich könnte mir ja sonst Sorgen machen.«

»Sie meint es bestimmt nur gut. Welche Mutter möchte denn, dass sich ihr Kind Gedanken macht?«

»Wenigstens kann ich mich bei Karin und Rolf nach ihrem wahren Befinden erkundigen. Jeden Tag schaut einer von beiden nach dem Rechten bei meinen Eltern. Eigentlich müsste mich das beruhigen.« Seufzend ging Sabine weiter und genoss es, den Nordseewind in den Haaren zu spüren.

»Tut es das nicht?«, hakte Rita nach.

Sie ließ den Blick über die Salzwiesen bis zu den Dünen gleiten. »Nicht richtig. Ich glaube, es wäre besser, wenn ich mich persönlich davon überzeugen könnte, dass wirklich alles in Ordnung ist.«

Rita nickte. »Deswegen hättest du deine Eltern am liebsten in Sankt Peter-Ording.«

»So ist es.« Sabine hakte sich bei Rita unter und schlenderte mit ihr weiter. »Lass uns durch das Wäldchen nach Ording gehen.«

Rita stimmte zu. Auf der Höhe des Wellenbads blieb sie unvermittelt stehen.

»Ist was mit Meike?«, fragte Sabine und schaute in den Kinderwagen.

»Nein, mit Meike ist alles in Ordnung.« Rita warf ihr einen verzweifelten Blick zu.

»Was ist denn mit dir los?«, fragte Sabine besorgt. Sie spürte, dass sich ihre Freundin in tiefster Not befand.

»Findest du, dass ich eine schlechte Mutter bin?«, platzte es aus Rita heraus. »Bitte sei ehrlich!«

»Nein, wieso denn?« Sie deutete auf den Kinderwagen. »Du gehst mit deiner Tochter bei herrlichem Sommerwetter und guter Nordseeluft spazieren. Wie könntest du da eine schlechte Mutter sein?«

Rita blickte auf ihre Tochter, ihre Augen füllten sich mit Tränen. »Biggi geht so gut und liebevoll mit Meike um. Die Gäste im Hotel denken doch bestimmt, dass sie ihre Mutter ist und nicht ich.« Sie drehte ihren Kopf Sabine zu.

»Ach, Rita! Was machst du dir denn für Gedanken? Biggi ist hochschwanger. Da ist es doch normal, dass sie sich besonders für andere Babys interessiert. Komm, wir setzen uns mal für einen Moment.« Sie lotste ihre Freundin zu einer Bank am Wegesrand.

»Ich glaube, dass ich eine schlechte Mutter bin«, gestand Rita mit leiser Stimme. »Meine Eltern denken es auch, und Fiete vermutlich ebenso. Und ich kann es ihnen nicht mal verdenken. Jeder hat sich seit der Geburt mehr um Meike gekümmert als ich.«

Mitfühlend strich Sabine ihr über den Arm. »Mach dir doch nicht solche Vorwürfe. Du bist nicht die einzige Frau, die sich erst in die Mutterrolle einfinden muss. Das dauert nun mal eine Weile«, redete sie ihr gut zu. »Und außerdem ist die perfekte Mutter auch noch nie vom Himmel gefallen. Meinst du, ich habe bei Julia und Achim keine Fehler gemacht?«

Rita blinzelte die Tränen fort. »Du hast Fehler gemacht?«

»O ja! Ich habe die Zwillinge zum Beispiel immer sofort hochgehoben, wenn sie im Bettchen bloß einen Piep von sich gegeben haben, statt sie durch meine Anwesenheit zu beruhigen. Durch das Hochnehmen habe ich sie natürlich jedes Mal munter gemacht. Ich musste erst lernen zu unterscheiden, wann es sinnvoll ist, ein Baby auf den Arm zu nehmen und wann nicht.«

»Bevor wir mit Meike losgegangen sind, habe ich Fietes Vater im Hotel getroffen«, erzählte Rita kummervoll.

Sabine lächelte. »Herr Farmsen arbeitet doch für uns. Hast du ihn seit deiner Ankunft denn gar nicht gesehen?«

»Doch. Mehrmals sogar. Er hat Meike schon auf dem Arm gehabt und sich sichtlich gefreut, endlich Großvater zu sein. Aber vorhin meinte er, meine Schwiegermutter möchte, dass ich mit Meike zum Abendbrot vorbeikomme. Am besten gleich heute.«

»Das ist doch schön. Hast du zugesagt?«

»Ich habe ›vielleicht‹ gesagt. Eigentlich möchte ich nicht zum Hof nach Brösum fahren. Die Vorstellung, dort in der Stube zu sitzen und jede meiner Bewegungen unter Beobachtung zu wissen, macht mir Bauchschmerzen. Fietes Mutter wird doch garantiert nicht lange brauchen, um zu erkennen, dass ihre Schwiegertochter besser Haare schneiden kann, als sich um ein Baby zu kümmern!«

In Ritas Worten schwang echte Furcht mit. Sabine wusste, dass der Versuch, ihr die Bedenken auszureden, keinen Sinn machte. Vielmehr war sie gut beraten, Ritas Kummer ernst zu nehmen und ihr als Freundin bestmöglich beizustehen. »Dann müssen wir uns eine andere Möglichkeit überlegen, wie deine Schwiegermutter ihre Enkelin kennenlernen kann, ohne dass du dich dabei unwohl fühlst. Sagtest du zum Abendbrot?«

Rita nickte mit leidvoller Miene. »Heute Abend.«

»Dann machen wir es auch heute. Herr und Frau Farmsen sollen zum Strandhotel kommen. Ich reserviere einen schönen Tisch für das Familientreffen und werde nicht von deiner Seite weichen. Wenn sie möchten, werden sie von einem Fahrer aus Brösum abgeholt und später wieder zurückgebracht. Komfortabler geht es nicht. Das können sie gar nicht ausschlagen.«

In Ritas Augen flackerte ein Hoffnungsschimmer auf. »Hoffentlich bestehen meine Schwiegereltern nicht darauf, dass ich zu ihnen komme.«

»Ach was!« Sabine winkte ab und griff dann nach Ritas Hand. »Für Meike ist es so doch viel weniger anstrengend. Das wird Fietes Mutter einsehen. Außerdem ist es doch für alle Beteiligten viel angenehmer, sich im Restaurant bedienen zu lassen.«

Ritas Gesichtsausdruck war nun zuversichtlicher. »Das wäre eine gute Lösung. Ich würde mich nicht wie auf dem Präsentierteller fühlen, wenn du bei mir bist. Außerdem war ich bisher nie allein bei den Schwiegereltern.«

Froh, die Situation gelöst zu haben, sah Sabine sie an. »Dann machen wir es so. Lass uns wieder zurück zum Hotel gehen und Fietes Vater von unserem Plan erzählen. Er kann seine Frau vom Hotel aus anrufen, und alles klappt.«

»Und was ist mit dem Strandcafé?«

Sabine zuckte bloß mit den Achseln. »Dort muss man eben eine halbe Stunde länger auf mich warten.«

Herr und Frau Farmsen hatten die Einladung ins Strandhotel dankend angenommen, bestanden jedoch darauf, selbst mit den Fahrrädern zu kommen.

»Bei dem schönen Wetter kriegt mich keiner ins Auto«, hatte Fietes Vater angemerkt.

Sie trafen pünktlich gegen sechs am Hotel ein. Frau Farmsen trug einen grünen Hosenrock mit einer passenden Bluse, deren obersten Knopf sie offen gelassen hatte, und hatte eine goldene Kette umgelegt. Fietes Vater ließ es mit einem kurzärmeligen Hemd und einer beigen Stoffhose ebenfalls sportlich angehen. Tom hatte sie nach ihrer Ankunft in Empfang genommen und zu dem reservierten Tisch im Restaurant gebracht, der mit edlem Geschirr und Stoffservietten eingedeckt war.

»Ach, so ein hübscher Engel«, sagte Frau Farmsen zum wiederholten Mal und konnte ihren Blick kaum vom Kinderwagen lösen, in dem das Baby friedlich schlief.

»Und die kleine niedliche Nase hat sie von dir«, stellte sie fest.

»Das habe ich schon mal gehört«, antwortete Rita und warf Sabine einen vielsagenden Blick zu.

»Dann wird es stimmen.« Fietes Mutter lächelte.

»Nehmen Sie doch Platz«, forderte Sabine die Farmsens auf.

Nachdem alle Platz genommen hatten, reichte Achim ihnen die Speisekarte. »Wir haben leckeres Kabeljaufilet mit Kräuterkruste auf der Karte. Und als Beilage Reis mit Paprikagemüse. Ein Gläschen Riesling dazu rundet es geschmacklich ab. Was meinen Sie?«

»Also, mich hast du überzeugt, Achim«, sagte Herr Farmsen und lächelte väterlich.

»Mich ebenso«, stimmte seine Frau zu.

Sabine zwinkerte Rita zu, die nun schon etwas gelöster wirkte. Sie saß direkt neben ihr, damit sie ihr in brenzligen Situationen zur Seite springen konnte.

Fietes Mutter beugte sich zu ihrer Schwiegertochter. »Du musst das Baby doch bestimmt gleich stillen.«

Mit einem Mal wirkte Rita unsicher. Bevor sie antworten und Fietes Mutter mitteilen konnte, dass sie Meike gar nicht stillte, kam Sabine ihr zu Hilfe. »Das kannst du am besten gleich erledigen, bevor das Essen kommt. Oder was meinst du, Rita?«

»Ja, es wäre schade, wenn der Fisch kalt werden würde.« Rita erhob sich eilig von ihrem Platz.

Sabine stand ebenfalls vom Tisch auf. »Ich müsste auch noch kurz eine Kleinigkeit erledigen.« Sie bedeutete Achim, dass er sich in ihrer Abwesenheit um die Farmsens kümmern sollte.

Rita schob Meike im Wagen aus dem Restaurant. »Du

hast mich gerettet«, raunte sie Sabine zu. »Ich war komplett überrumpelt und hätte beinah verraten, dass ich Meike nicht stille.«

»Das war mir klar, als ich deinen Gesichtsausdruck gesehen habe. Fietes Mutter hätte deswegen bestimmt Fragen gestellt, deshalb dachte ich, wir machen es so. Obwohl es im Übrigen völlig in Ordnung ist, wenn eine Mutter ihr Kind nicht stillt.«

Rita lächelte sie dankbar an. »Gut, dass ich dich als Freundin habe.«

Sabine erwachte aus einem unruhigen Schlaf. In der letzten Nacht war sie Hals über Kopf nach Gelsenkirchen gereist, weil ihre Mutter einen Unfall gehabt hatte. Sie atmete erleichtert auf, als sie realisierte, dass es bloß ein Traum gewesen war. Mit dem Café, dem Hotel, Rita und ihrer Familie hatte sie viel um die Ohren. Sie sollte sich wohl im Allgemeinen weniger Gedanken machen!

Langsam drehte sie ihren Kopf zur Seite und erkannte, dass der Platz neben ihr im Bett leer war. So war es meistens, denn Tom war jeden Tag spätestens um fünf Uhr früh auf den Beinen, weil er um diese Zeit am ungestörtesten arbeiten konnte.

Ihr Wecker zeigte bereits zwanzig nach sieben an. Sabine schlug die Decke zur Seite und schwang ihre Beine aus dem Bett.

Mit einem Ruck zog sie die Vorhänge beiseite und öffnete das Fenster. Ein paar Schleierwolken hingen am Himmel, durch die die hindurchscheinende Sonne fahl wirkte. Dies konnte einen Wetterumschwung ankündigen. Es hatte seit Wochen gar nicht geregnet, und über einen tüchtigen Schauer würden sich die Pflanzen zweifelsfrei freuen.

Das Treffen zwischen Rita und den Farmsens war ohne weitere Zwischenfälle verlaufen. Sie waren so entzückt von ihrer Enkeltochter gewesen, dass alles andere zu Nebensächlichkeiten verblasst war. Von Ritas innerem Konflikt schienen sie nichts mitbekommen zu haben. Gut gemacht, sagte Sabine sich.

Sie wandte sich wieder vom Fenster ab, machte das Bett und rief danach wie jeden Morgen bei ihren Eltern an. Beruhigt legte sie später auf. Ihrer Mutter und ihrem Vater ging es bestens. Nebenbei hatte sie erfahren, dass Julia sich gut im Reisebüro machte. Das erleichterte Sabine, auf einen weiteren Anruf ihrer Tochter hatte sie nämlich bisher vergeblich gewartet. Doch das wertete sie als positives Zeichen. Solange Julia sich nicht meldete, war alles in Ordnung.

Nachdem sie sich gewaschen und angezogen hatte, ging sie die Treppe hinunter in den Frühstückssaal. Dort erwartete sie, Rita und Meike zu treffen. Als sie jedoch den Blick durch den Raum gleiten ließ, konnte sie nur andere Gäste ausmachen.

»Sag mal, Achim, war Rita mit dem Baby schon beim Frühstück?«, erkundigte sie sich bei ihrem Sohn.

Achim schüttelte den Kopf. »Ich habe sie bisher nicht gesehen.«

»Danke.« Sabine verließ das Speisezimmer und stieg die Treppe zur ersten Etage hoch. Dort lief sie den Flur entlang und blieb vor dem Zimmer ihrer Freundin stehen. Einen Augenblick lauschte sie. Als sie keine ungewöhnlichen Geräusche hörte, klopfte sie an die Zimmertür. Kurz darauf wurde von innen aufgeschlossen.

Rita lugte vorsichtig durch den Türspalt. »Ach, du bist es. Komm rein.«

»Guten Morgen.« Sabine tat wie geheißen und schloss die Tür hinter sich. Unschlüssig blieb sie stehen. »Ich habe dich beim Frühstück vermisst.«

Rita war bereits angezogen und nahm Meike aus ihrem Bettchen. Dann griff sie nach einem Fläschchen, um ihre Tochter zu füttern. »Ich muss Meike erst versorgen. Richtigen Appetit habe ich bis jetzt auch nicht.«

Sabine ging zu ihr. »Nicht dass du krank wirst«, sagte sie besorgt.

Gleichmütig zuckte Rita mit den Schultern. »Und wennschon.«

»Na, du bist ja gut.« Vorsichtshalber legte sie eine Hand an die Stirn ihrer Freundin und stellte dann fest: »Fühlt sich normal warm an.«

»Warum fühle ich mich dann alles andere als normal?« Rita schaute sie bedrückt an, während sie Meike das Fläschchen gab. »Wieso würde ich mich am liebsten irgendwo verkriechen, wo mich niemand findet?«

Sabine setzte sich neben sie auf das Bett. »Das hast du doch gar nicht nötig. Überleg mal, wie gut gestern das Treffen mit deinen Schwiegereltern gelaufen ist. Ich bin mir sicher, dass du in ihren Augen eine wundervolle Mutter und ebenso wundervolle Schwiegertochter bist.«

Wortlos stellte Rita das leere Fläschchen auf einem Nachttisch ab, ließ Meike ein Bäuerchen machen und legte ihre Tochter anschließend zurück ins Bettchen.

»Wenn ich in den Spiegel blicke, sehe ich bloß eine Versagerin. Alle Menschen um mich herum haben ihr Leben im Griff. Ich scheitere schon daran, eine glückliche Mutter zu sein, wobei das die beste Zeit in meinem Leben sein sollte. Ich will es ja ändern, aber ich fühle mich nur noch unendlich traurig und kann keine Freude mehr empfinden.« Sie sah Sabine verzweifelt an. »Sag mir bitte, was mit mir nicht stimmt!«

Sabine erhob sich und griff nach den Händen ihrer Freundin. »Mit dir stimmt alles!«, sagte sie eindringlich. »Schau, wie zufrieden Meike aussieht. Sie fühlt sich satt, umsorgt und geliebt. Du bist ihre Mutter, und ich bin mir sicher, sie würde keine andere haben wollen, wenn wir sie fragen könnten«, versuchte sie, Rita aufzubauen. »Du darfst dich nicht so unter Druck setzen, dann kommt das Glück von ganz allein.«

»Kannst du mir das versprechen?«

»Aber ja! Du darfst die Zuversicht nur nicht verlieren.«

Rita schluchzte einmal auf, nickte dann aber tapfer. »Ich werde es versuchen.« Sie rieb mit einer Hand über ihre Augen.

»Das ist gut so!« Sabine schenkte ihr ein aufmunterndes Lächeln. »Na, dann lass uns zusammen mit Meike frühstücken gehen. Nach einer starken Tasse Kaffee und einem frischen Brötchen sieht die Welt gleich ganz anders aus.«

Rita nickte wieder und rang sich ein leichtes Lächeln ab. Doch Sabines Sorge wuchs. Wie konnte sie ihrer Freundin bloß helfen?

# KAPITEL 15

## *Anfang August 1978, mittags im Reisebüro am Markt in Gelsenkirchen*

Julia goss frisch gebrühten Kaffee in zwei Tassen und legte anschließend jeweils ein Päckchen Würfelzucker und eine Portion Kaffeesahne auf die Untertassen. Aus einer Blechdose nahm sie ein paar dänische Butter- und Schokoladenkekse, die sie auf einem mittelgroßen Teller appetitlich anrichtete. Zwei Kaffeelöffel dazu, dann stellte sie alles auf ein Tablett. Mit einer angemessenen Bewirtung von Gästen kannte sie sich bestens aus. Zufrieden lächelte sie.

Seit ein paar Tagen half sie nun schon im Reisebüro, und die Arbeit machte ihr großen Spaß. Sie genoss das Vertrauen, das ihr entgegengebracht wurde. Besonders gerne nahm sie Anrufe entgegen, wenn Karin und Volker in Kundengesprächen waren, und notierte den Namen der Anrufer und deren Telefonnummer, unter der sie zurückgerufen werden wollten. Auch die zahlreichen Reisekataloge der verschiedenen Anbieter hatte sie bereits gründlich studiert. Dabei gefiel ihr der aktuelle Prospekt von Neckermann Reisen am besten, in dem bunte Fotos der Reiseziele und Hotels dazu einluden, eine Pauschalreise zu buchen. Palmen, türkisfarbenes Meer und exotische Tiere und Namen weckten wieder das Fernweh in ihr. Für Julia stand fest, eines Tages wollte sie all das mit eigenen Augen sehen.

Routiniert trug sie den Kaffee und die Plätzchen nach vorn ins Reisebüro und servierte sie einem Ehepaar, das bei Volker zwei Wochen Lanzarote für die Winterzeit buchen wollte.

»Bitte sehr!«, sagte sie mit einem freundlichen Lächeln und zog sich anschließend diskret zurück.

Karin winkte sie zu sich. »Julia, sag mal, könntest du neue Briefmarken bei der Post besorgen? Wir haben nur noch zwei Stück.« Sie zeigte Julia eine offene Blechbüchse, in der sich die letzten Marken befanden.

»Klaro. Wie viele denn?«

»Zwanzig Mal Porto für Briefe und zehn Mal für Postkarten.« Karin zückte eine Brieftasche und gab ihr einen Zwanzigmarkschein. »Das dürfte für ein paar Tage reichen. Denk aber bitte an die Quittung.«

»Mach ich.« Julia steckte den Geldschein in ihre Hosentasche. »Soll ich sonst noch irgendwas besorgen?«

»Nein.« Karin schüttelte den Kopf. »Oder doch! Wir haben heute keine Ausgabe der WAZ bekommen, obwohl unsere Anzeige mit den neuen Reiseangeboten erscheinen sollte. Kannst du ein Exemplar aus der Geschäftsstelle mitbringen?«

»Gibt es in der Stadt etwa ein Büro der Zeitung?« Julias Herz schlug schneller. Vielleicht war Björn dort bekannt und sie würde eine Telefonnummer bekommen, unter der sie ihn erreichen konnte.

»Ja. Warte, ich schreibe dir eben eine Wegbeschreibung auf.« Karin kritzelte eine provisorische Straßenkarte auf ein Blatt Papier und schrieb darunter die Adresse der Redaktion. »Die WAZ ist in der Nähe der großen katholischen Kirche auf der Ahstraße, gleich neben Sport Wedding. Du kannst die Geschäftsstelle gar nicht verfehlen«, sagte sie zuversichtlich, als sie ihr die Wegbeschreibung reichte.

Eine Dreiviertelstunde später blickte Julia konzentriert auf den Zettel. An der Stelle, wo sich die Redaktion der Zeitung befand, hatte Karin ein fettes Kreuz gemalt. Sie ging auf das besagte Gebäude zu und fand den Eingang zur Lokalredaktion neben dem besagten Sportgeschäft. Sie musste nicht klingeln oder klopfen, die Tür stand sperrangelweit offen.

Mit klopfendem Herzen betrat sie den Geschäftsraum der Zeitung. Zuvor war sie noch nie in einer Geschäftsstelle einer Tageszeitung gewesen und gespannt, was sie dort erwarten würde.

Vor einem Tresen standen etliche Leute in einer Schlange. Dahinter saßen Mitarbeiter des Blatts, nahmen Anzeigen auf, gaben Zeitungen aus oder verkauften Eintrittskarten für Veranstaltungen.

Julia reihte sich in einer der drei Warteschlangen ein und rückte langsam vor, wenn jemand vor ihr sein Anliegen erledigt hatte. Als sie endlich an der Reihe war, spürte sie wieder ihren Herzschlag.

»Guten Tag, ich komme im Auftrag vom Reisebüro am Markt. Die Inhaber hatten für heute eine Werbeanzeige geschaltet, aber leider keine aktuelle Ausgabe bekommen. Können Sie mir vielleicht eine Zeitung mitgeben?«, brachte sie ihr Anliegen vor.

»Einen Moment, junges Fräulein.« Die Frau hinter dem Tresen ging zu einem Regal und nahm dort eine Zeitung von einem Stapel. »Bitte sehr!« Sie legte die aktuelle Ausgabe auf den Tresen. »Und richten Sie bitte eine Entschuldigung an die Inhaber des Reisebüros aus. Manchmal kommt es vor, dass nicht alle Zeitungen ihre Empfänger erreichen.«

»Das werde ich machen.«

»Haben Sie sonst noch einen Wunsch?«, erkundigte sich die Frau höflich.

»Hm, ja … Es ist eher eine Frage. Ist Ihnen zufällig ein Fotograf bekannt, der Björn heißt?«, fragte sie hoffnungsvoll. »Er kommt aus Herne und macht oft Fotos auf Veranstaltungen für die WAZ.«

»Dazu kann ich Ihnen leider nichts sagen. Es arbeiten so viele Leute für unsere Zeitung«, erwiderte die Frau bedauernd. »Die WAZ ist die größte Regionalzeitung Deutschlands, und es gibt im ganzen Ruhrgebiet Geschäftsstellen. Eigentlich kennen wir nur die Leute unserer Lokalredaktion für Gelsenkirchen. Von einem Fotografen, der Björn heißt, habe ich bisher nichts gehört. Tut mir leid!«

»Ah, schade, aber da kann man wohl nichts machen.« Julia nahm die Zeitung und steckte sie in ihre Tasche. »Danke für die aktuelle Ausgabe und noch einen schönen Tag.«

»Ebenso.«

Als Julia die Geschäftsstelle verließ, fühlte sie sich ernüchtert. Sie musste sich eingestehen, dass sie die Suche nach Björn völlig unterschätzt hatte. In ihrer Vorstellung war es eigentlich klar gewesen, dass jemand in der Geschäftsstelle Björn kannte. Ein völliger Trugschluss.

Julia beobachtete die Menschen, die an ihr vorbeigingen. Allmählich wurde ihr bewusst, wie viele es waren. Unzählige! Sie war auf dem Weg zum Postamt und danach zur Zeitungsgeschäftsstelle viel mehr Menschen begegnet, als sie vermutlich in zwei oder drei Wochen in Sankt Peter-Ording traf.

Das Ruhrgebiet erschien ihr plötzlich größer als angenommen. Vor allem unübersichtlicher. Mit seinen vielen Einwohnern glich es wohl eher einem Ameisenhaufen, der immer in Bewegung war. Wie sollte sie Björn da ausfindig machen?

Als sie auf der Höhe des Neumarkts ankam, begannen die Glocken der beiden Kirchen laut zu läuten. Julia blieb einen Moment stehen und lauschte dem Geläut, das wie ein energetischer Klangteppich über den Platz schallte. Obwohl sie nicht regelmäßig den Gottesdienst in Sankt Peter-Ording besuchte, war sie konfirmiert und in gewisser Weise auch gläubig. Das Glockenläuten ließ sie erneut Mut schöpfen, ihre Suche nach Björn fortzusetzen. Vielleicht war es eine gute Idee, direkt in Herne bei der Zeitungsredaktion nachzufragen. Dort musste ihn doch jemand kennen!

Volker warf ihr über den Rückspiegel einen anerkennenden Blick zu. »Wenn du nächstes Jahr nach dem Abitur nicht weißt, was du beruflich machen willst: Bei uns hättest du eine Ausbildungsstelle im Reisebüro sicher.«

Karin drehte sich zu ihr um. »Stimmt genau! Wir würden uns sehr freuen, wenn du uns im Reisebüro erhalten bleibst. Eine kleine Wohnung würden wir für dich bestimmt auch finden.«

»Ob Papa damit einverstanden sein wird, wenn ich bei euch eine Ausbildung mache? Ich weiß ja nicht …« Julia konnte sich nicht vorstellen, dass ihr Vater das erlauben würde.

»Was sollte er denn dagegen haben?«, fragte Karin. »Du bleibst doch der Familie erhalten!«

»Na ja, als ich ihm gesagt habe, dass ich als Stewardess für die Lufthansa arbeiten möchte, hat er fast einen Herzinfarkt bekommen. Für ihn steht fest, dass ich im Strandcafé arbeite. Aber ich möchte so gerne etwas von der Welt sehen.«

»Reisen könntest du bei uns übrigens auch«, merkte Volker an. »Ein gutes Reisebüro muss schließlich wissen, wo es seine Kundschaft hinschickt.«

Triumphierend hob Karin einen Finger. »Und du hättest bei uns den entscheidenden Vorteil, dass du mitbestimmen könntest, wohin die Reise geht. Das kann dir eine Fluggesellschaft nicht bieten, und deine Eltern in Sankt Peter-Ording schon mal gar nicht.«

»Ich werde es mir durch den Kopf gehen lassen«, erwiderte Julia lachend. »Ihr seid auf jeden Fall jetzt schon in der engeren Auswahl.«

Das war nicht gelogen. Denn seit Julia Björn kennengelernt hatte, hatte sie sich öfter im Stillen gefragt, ob sie wirklich als Stewardess arbeiten wollte. Der Beruf hätte unweigerlich zur Folge, dass sie die Menschen, die ihr am Herzen lagen, nicht so häufig sehen konnte. Ein Ausbildungsplatz in Gelsenkirchen hingegen wäre vielleicht genau passend.

Von der Rückbank des Asconas blickte Julia aus dem Seitenfenster und betrachtete nachdenklich die vorbeiziehende industriell geprägte Landschaft. Nun musste sie ihn nur noch finden.

Nach Feierabend waren sie kurz in Karins und Volkers Wohnung gewesen und hatten sich dann mit dem Auto auf den Weg nach »auf Crange« gemacht. Julia hatte keine Ahnung, wo dieses Crange lag, sie wusste nur, dass dort an diesem Tag eine Kirmes begann. Bisher war sie noch auf keinem größeren Jahrmarktsfest gewesen, stellte es sich aber aufregend vor.

Nachdem Volker durch einige Straßen gekurvt war und schließlich einen freien Parkplatz in einer Sackgasse gefunden hatte, marschierten sie zu dritt zum Kirmesplatz. »Wir müssen ein paar Minuten laufen, bis wir da sind. Der Parkplatz ist nicht so nah an der Kirmes«, erklärte Volker.

»Du scheinst dich hier gut auszukennen«, merkte Julia an. »Bei den vielen Straßen würde ich mich wahrscheinlich verirren.«

»Wir gehen jedes Jahr auf Crange. Zur Eröffnung, zwischendurch und auch am letzten Tag. Das macht man im Ruhrgebiet so«, erklärte Karin. »Hat dir meine Schwester denn nie davon erzählt?«

Julia hob die Schultern. »Nicht dass ich wüsste.«

Volker fügte hinzu: »Die Cranger Kirmes gehört für uns zum Sommer wie das Freibad. Und am ersten und letzten Tag findet sogar ein Feuerwerk statt.«

Je näher sie dem Volksfest kamen, desto mehr Leute schlossen sich ihnen an, die ebenfalls zum Spektakel wollten. Als sie einen Bogen mit dem Schriftzug »Cranger Tor« und zwei Wappen passierten, kam Julia nicht mehr aus dem Staunen heraus. »So viele Menschen habe ich noch nie auf einem Haufen gesehen.«

Karin lachte. »Dann warte mal ab, wie voll es wird, wenn wir mitten auf der Kirmes sind!«

Bald schoben sie sich langsam durch die Straßen des Jahrmarkts, die von bunten Fahrgeschäften, Losbuden und Souvenirständen gesäumt waren. Von überall erklang Musik, von Disco bis Schlager, die die Gespräche der Umstehenden übertönte. Rekommandeure begleiteten mit lockeren Sprüchen das Geschehen bei den Fahrgeschäften und versuchten so, Kirmesbesucher anzulocken. Es roch nach gebrannten Mandeln, Bratwürstchen, Pommes und Backfisch, die aus Imbisswagen verkauft wurden.

An einer Ecke bot Jaqueline Lemoine original französische Crêpes an, ein paar Meter weiter drehten Gondeln an einem Riesenrad ihre Runden.

Normalerweise konnte es Julia gar nicht trubelig genug sein, doch dies war sogar ihr etwas zu viel des Guten. »Können wir irgendwo an den Rand gehen, wo etwas mehr Platz ist? Ich muss dringend mal durchatmen«, wandte sie sich an Karin, die eingehakt mit Volker voranging.

»Da drüben ist das Bayernzelt!« Sie deutete auf eine große blau-weiße Festhalle, zu der es nicht mehr weit war. »Dort können wir eine Pause einlegen, in Ruhe etwas trinken und essen.«

»Das klingt gut. So voll habe ich es mir nicht vorgestellt.«

»Ach, das ist normal!« Karin lachte. Ihr schienen die Menschenmassen überhaupt nichts auszumachen. »Heute ist der Eröffnungstag. Da will jeder die ersten Runden auf Crange drehen und später das Feuerwerk erleben. Deutlich leerer ist es meistens um die Mittagszeit. Aber dann leuchten die Lichter nicht so schön bunt. Nein, für mich muss es genau diese Atmosphäre sein. Nur dann weiß ich, dass ich auf Crange bin.«

Bis zum Bayernzelt brauchten sie noch eine gute Viertelstunde, jedenfalls nach Julias Schätzung. Immer wieder mussten sie warten, weil vor ihnen so viele Menschen standen. Als sie schließlich in das Festzelt gingen, fühlte sich Julia, als wäre sie wirklich in Bayern gelandet. Lange Tische mit karierten Decken und Sitzbänken waren in der Halle aufgebaut. Dazwischen liefen Frauen im Dirndl umher, die den Gästen Maßkrüge Bier und andere Getränke brachten.

Vor Kopf lag eine große Bühne, auf der eine Kapelle in bayerischen Lederhosen und Trachtenhüten mit Gamsbart zünftige Blasmusik spielte. Im Hintergrund war ein Bühnenbild aufgemalt, das ein bayerisches Dorf vor einer Alpenkulisse zeigte. Darüber prangte der Spruch »Ein Prosit der Gemütlichkeit«.

»Da vorn können wir uns noch dazwischenquetschen«, rief Volker über das Stimmengewirr und die laute Musik weg. Er zeigte auf eine Bank, die seitlich der Bühne aufgebaut war.

Wieder mussten sie sich durch Menschengruppen schieben, bis sie an ihren Plätzen angekommen waren. Julia saß endlich neben einer älteren Dame, die immer wieder aufstand, um zu tanzen. Dabei rauchte sie und trank aus einem Krug Bier. Julia fiel auf, dass sie schon lange keine Zigarette mehr geraucht hatte. Zum Glück fehlte ihr das Rauchen nicht. Dafür gab es viele andere spannende Dinge, die ihre Aufmerksamkeit in Anspruch nahmen.

Volker bestellte bei einer Kellnerin drei Mal Spezi und Brezn. Voller Bewunderung verfolgte Julia, wie die Frauen einen Krug nach dem nächsten durch die Tischreihen schleppten. Manche trugen sogar vier oder mehr auf ihren Tabletts. Sie konnte sich in etwa ausmalen, was das für ein Kraftakt sein musste.

Kurz nachdem sie ihre Getränke und die Brezn bekommen hatten, beendete die bayerische Musikkapelle ihren Auftritt. Ein Mann in einem hellen Anzug und mit Mikrofon in der Hand betrat die Bühne. »Nun kommen wir endlich zu unserem absoluten Stargast des Abends, meine Damen und Herren«, begann er seine Ankündigung. »Sie kennen sie alle. Eine echte Hernerin und aufgehender Stern am Schlagerhimmel. Begrüßen Sie mit großem Applaus: Andrea Jürgens!«

Unter frenetischem Beifall betrat ein junges Mädchen die Festbühne und begann kurz darauf zu singen. Das Lied hatte Julia schon mal irgendwo gehört, aber Schlager waren nicht ihr Geschmack. Sie mochte lieber den Disco-Sound.

»Ich bin mal kurz für kleine Mädchen«, sagte sie Karin ins Ohr und erhob sich. Ihre Nachbarin tanzte wieder und sang das Lied lauthals mit.

Julia schob sich an den Leuten vorbei, musste an der einen oder anderen Stelle erneut warten, kam jedoch langsam voran. Sie atmete auf, als sie einen Pfeil erspähte, auf dem das Wort »Toiletten« in dicken Lettern geschrieben stand. Mit eiligen Schritten folgte sie der angezeigten Richtung. Kurz vor den Männertoiletten machte sie kehrt und lief in die entgegengesetzte Richtung, die zu denen für Frauen führte.

»Julia? Julia Hansen?«, rief jemand plötzlich ihren Namen.

Überrascht schaute sie sich um. Zuerst konnte sie in dem Menschengewusel nicht ausmachen, wer sie gerufen hatte. Oder vielleicht gab es noch eine Frau, die so hieß wie sie?

Dann sah sie ihn. Er stand neben einem mit einer blau-weißen Girlande umwickelten Pfosten und grinste sie frech an. Seine braunen Augen leuchteten, und um seinen Hals hing ein Fotoapparat.

»Björn!«, rief sie fassungslos. Ohne weiter zu überlegen, lief sie auf ihn zu und fiel ihm um den Hals. »Björn!«

»Da laust mich doch der Affe! Was treibst du hier?«, fragte er und schien sich genauso zu freuen wie sie.

Sie trat einen Schritt zurück und stemmte beide Hände in die Hüften. »Na, hör mal! Freust du dich denn gar nicht, mich zu sehen?«

»Natürlich freue ich mich!«, widersprach er. »Aber dass ich dich ausgerechnet im Bayernzelt auf Crange treffe, damit hätte ich ja im Leben nicht gerechnet! Julia, wie schön!«

»Ich habe mein Praktikum im Reisebüro meiner Tante angetreten. Davon habe ich dir doch erzählt«, erinnerte sie ihn.

»Ah, stimmt!« Er nickte und zog sie dann an die Seite. »Hör zu. Es tut mir wirklich leid, dass ich so Hals über Kopf aus Sankt Peter abgereist bin, aber ich habe einen dringenden Auftrag bekommen, den ich nicht ablehnen konnte. Ich musste sofort losfahren.«

»Weiß ich alles von deiner Tante«, erwiderte Julia und winkte ab. »Sie hat mir die Fotos gegeben. Du hättest mir allerdings wenigstens einen Zettel mit deiner Telefonnummer hinterlassen können.«

»Hätte ich«, stimmte er zu und verzog schuldbewusst das Gesicht. »Allerdings hätte ich dir dann die Telefonnummer meiner Eltern geben müssen. Allzu lange wollte ich auch nicht wegbleiben. Ich wäre bald wieder nach Sankt Peter gefahren und hätte dir alles erklärt.«

»Das hat sich ja nun erledigt.« Sie konnte nicht böse auf ihn sein. Stattdessen strahlte sie ihn an und konnte es immer noch nicht fassen, dass sie sich wiedergetroffen hatten. Das Glück schien auf ihrer Seite zu sein.

# KAPITEL 16

*August 1978, zwei Tage später an einer Haltestelle in Gelsenkirchen-Bismarck*

Aufgeregt drehte Julia den Bierdeckel in ihren Händen und betrachtete wiederholt die Stelle, auf die zwei Tage zuvor Björn seinen Namen und seine Adresse in leserlicher Druckstift geschrieben hatte. Zusätzlich hatte er vermerkt, mit welchem Bus und bis zu welcher Haltestelle sie fahren konnte, um ihn zu besuchen.

Björn Hegerland. Welch wohlklingender Nachname, dachte sie sehnsuchtsvoll. Julia Hegerland hörte sich auch um Längen besser an als Julia Hansen. Hegerland klang für sie nach einer angesehenen Familie. Hansen hingegen konnte nach ihrem Empfinden jeder heißen.

Sie hockte auf dem harten Sitz eines überdachten Häuschens und wartete auf den Omnibus, der nach Wanne-Eickel fuhr. Auf dem Platz neben ihr stand ein Teller voll selbst gebackenem Kuchen, den sie mit Alufolie abgedeckt hatte. Sie wollte Björn mit einem Besuch überraschen und nicht mit leeren Händen erscheinen. Den Kuchen hatte sie am Vortag zusammen mit Karin gebacken. Apfelkuchen – den mochte sie besonders gern und hoffte, dass es Björn ebenso ging.

Bei der Gelegenheit hatte sie Karin erzählt, dass sie im Bayernzelt zufällig dem Mädchen begegnet war, das sie im

Sommer in Sankt Peter-Ording kennengelernt hatte. »Wirklich ein toller Zufall!«, hatte Karin gefunden und nichts weiter dagegen einzuwenden gehabt, dass ihre Nichte mit dem Bus nach Herne fahren würde, um eben jene Freundin zu besuchen.

Julia konnte es noch immer nicht glauben, dass sie Björn durch diese glückliche Fügung wiedergetroffen hatte. Ihr Herz machte jedes Mal einen freudigen Hüpfer, wenn sie an ihn dachte. An seine schönen Augen und sein charmantes Lächeln, das sie gleich bei der ersten Begegnung gefangen genommen hatte.

Das Ruhrgebiet schien doch nicht so groß zu sein, wie sie angenommen hatte – zumindest nicht auf der Cranger Kirmes. Leider hatte Björn an dem Abend ihres Wiedersehens nicht viel Zeit gehabt, weil er auf dem Volksfest im Auftrag für die WAZ unterwegs gewesen war und noch ein weiterer Fototermin auf seinem Terminplan gestanden hatte.

Davon wollte Julia sich nicht abschrecken lassen. Immerhin hatte sie nun seine Adresse und wusste, dass er in einer kleinen Wohnung über der Wirtschaft seiner Eltern wohnte und auf dem Dachboden ein kleines Fotostudio eingerichtet hatte. Das war schon etwas!

Nach etwa zwanzig Minuten Fahrtzeit stieg sie an einer Haltestelle auf der Unser-Fritz-Straße in Wanne aus. Bei dem Gebäude mit der Nummer 95 handelte es sich um ein Eckhaus auf der Höhe der Emscherstraße. Über dem Eingang hing ein Schild, auf dem in Sütterlinschrift *Wanner Schänke* geschrieben stand. Dies musste die Gastwirtschaft von Björns Eltern sein.

Irgendwo musste es noch einen weiteren Eingang geben, der von den Bewohnern genutzt wurde. Sie ging um die

Ecke und stand bald vor einer Haustür, neben der sie eine Reihe Klingeln mit Namensschildern entdeckte. Auf dem unteren war D. Hegerland angegeben – vermutlich sein Vater –, darüber folgten weitere Familiennamen, die ihr nichts sagten. Auf dem obersten Klingelschild las sie dann endlich: B. Hegerland.

Julia atmete erleichtert auf und drückte schließlich auf den Klingelknopf. Erwartungsvoll legte sie eine Hand auf den Türknauf. Als sich auch nach einer Weile nichts tat, presste sie erneut einen Finger auf den Knopf. Ein wenig fester als beim ersten Mal. Doch auch dieser Versuch blieb erfolglos.

Sie trat ein paar Schritte zurück und blickte zum obersten Stockwerk, in der Hoffnung, irgendeinen Anhaltspunkt darauf zu bekommen, ob Björn zu Hause war. Natürlich, es brannte kein Licht hinter den Fensterscheiben, denn es war ja mitten am Tag, und die Sonne schien hell vom Himmel.

Unschlüssig blickte sie auf den Kuchen in ihrer Hand. Was sollte sie nun tun? Sich stundenlang die Beine vor der Haustür in den Bauch zu stehen, das machte höchstwahrscheinlich keinen Sinn.

Kurz entschlossen ging sie zum Eingang der *Wanner Schänke*. Dort konnte sie genauso gut warten und dabei eine kühle Limonade trinken.

Der Schankraum der Gastwirtschaft war größer, als Julia von außen angenommen hatte. Die Decke und die Wände waren mit dunklem Holz verkleidet und der Boden mit orange-roten Fliesen ausgelegt. In einer Vitrine standen kleine Pokale von einem Bezirksfußballverein, daneben hing ein Vereinswimpel des FC Schalke 04. Im Hintergrund dudelte ein Radio und vermischte sich mit den Geräuschen eines Flipperautomaten, der neben den Sparfächern aufgestellt worden war.

An einem der Holztische saß eine Männergruppe im Rentneralter. Sie spielten Karten, tranken Bier und rauchten dabei.

Julia ging auf die Theke zu. Ein Mann und eine Frau standen hinter der Zapfanlage und füllten gerade Bier in Krüge. Sie mussten ungefähr im gleichen Alter wie ihre Eltern sein, deswegen vermutete sie, dass es sich um Björns Eltern handelte. Neben ihnen spülte eine jüngere Frau Gläser in einer Lauge ab. Mit ihrem langen kupferroten Haar und dem mit Sommersprossen übersäten Gesicht war sie eine auffällige Erscheinung. Noch dazu war sie überaus hübsch, hatte ihre vollen Lippen knallrot geschminkt und ihre grünen Augen dunkel mit einem Kajalstift umrandet. Sie trug ein enges purpurnes Oberteil aus Samt mit einem tiefen Ausschnitt, das ihre ohnehin beachtliche Oberweite zusätzlich betonte.

»Hallo«, sagte Julia. »Ich möchte gerne etwas trinken.«

»Guten Tach, junges Fräulein. Was darf's denn sein?«, fragte der Mann und blickte bloß kurz zu ihr.

»Eine Fanta, bitte.«

Der Mann nickte. »Jawoll. Machen wir gleich fertig. Sonst noch einen Wunsch?«

»Nein, danke. Ich setze mich da vorne an den Tisch.« Julia deutete auf einen Platz am Fenster.

Während sie auf das Getränk wartete, bemerkte sie, dass die jüngere Frau mit den roten Haaren immer wieder zu ihr herüberschaute. Ob es zufällige oder neugierige Blicke waren, konnte sie nicht einschätzen. Dennoch fühlte sie sich von ihr beobachtet, was ein gewisses

Unbehagen in ihr auslöste. Deswegen schaute sie irgendwann einfach aus dem Fenster und zählte die vorbeifahrenden Autos.

Wenig später servierte ihr die Frau, die sie für Björns Mutter hielt, ihr Getränk.

»Bitte sehr, junges Fräulein. Wohl bekomm's!« Sie stellte das Glas mit der Limonade auf dem Tisch ab.

»Danke schön. Entschuldigung, darf ich Sie vielleicht etwas fragen?«, ergriff sie die Chance, bevor die Frau wieder gehen konnte.

Die Frau hob überrascht die Augenbrauen. »Aber sicher. Nur zu!«

»Kennen Sie vielleicht Björn? Wenn ja, wissen Sie, wann er wiederkommt? Ich habe bei ihm geklingelt, doch niemand hat aufgemacht.«

Sie lächelte Julia freundlich an. »Björn ist mein Sohn. Er ist ungefähr vor einer Stunde mit seinem Auto weggefahren. Ich weiß allerdings nicht, wohin er wollte. Sind Sie eine Kundin von ihm?«

»Nein. Eine Bekannte. Ich wollte ihn besuchen.« Sie deutete auf den mit Alufolie abgedeckten Teller. »Ich habe Kuchen mitgebracht.«

»Schade, dass Sie ihn verpasst haben.« Sie drehte sich zur Theke um. »Bina?!«

»Ja?« Die Rothaarige blickte wieder in ihre Richtung.

»Weißt du, wohin Björn gefahren ist und wann er wiederkommt?«

»Er ist bei Ulf in Scherlebeck. Sie wollten zusammen am Käfer schrauben, weil er in letzter Zeit öfter zickt.« Sie zuckte mit den Schultern. »Keine Ahnung, wann er zurückkommt. Dauert aber meistens eine Weile.« Sie widmete sich wieder den zu spülenden Gläsern.

»Es lohnt sich dann vermutlich nicht, hier auf ihn zu warten«, überlegte Julia laut.

»Von mir aus können Sie gerne hier warten. Doch er scheint länger wegzubleiben. Autoreparaturen können sich ziehen.«

»Ja, bestimmt haben Sie recht.« Julia nickte. »Könnte ich vielleicht meine Telefonnummer dalassen, damit er sich bei mir melden kann?«

»Selbstverständlich.« Björns Mutter nahm einen Kugelschreiber und einen schmalen Block vom Tablett und legte ihn vor Julia auf den Tisch.

»Schade, dass deine Freundin keine Zeit hatte. Beim nächsten Mal rufst du lieber vorher an und startest keinen Überraschungsbesuch.« Karin rieb mit altem Zeitungspapier die Fensterscheibe in der Küche trocken. »Hat sie sich wenigstens über den Kuchen gefreut?«

»Ja, hat sie«, flunkerte Julia. Den Teller mit dem Kuchen hatte sie Frau Hegerland zusammen mit ihrer Telefonnummer für Björn dagelassen und dabei nicht vergessen, ihm Grüße ausrichten zu lassen. »Nicole ruft mich an, wenn sie wieder zu Hause ist. Wir machen dann was Neues aus.«

»Was hatte sie denn vor?« Karin schloss das Fenster und kletterte von der kleinen Leiter runter.

»Sie wollte mit ihrem Bruder irgendwohin fahren. Er hat nämlich ein Auto«, sponn Julia die Geschichte um ihre ominöse Freundin ungerührt weiter.

»Willst du eigentlich auch mal den Führerschein machen?« Karin leerte den Wassereimer in der Spüle und ließ danach neues ein.

»Klaro. Den macht doch inzwischen jeder.«

Karin warf ihr einen vielsagenden Blick zu. »Inzwischen schon. Deine Mutter hat allerdings nie einen gemacht. Und ich könnte mir das Leben ohne Fahrerlaubnis gar nicht mehr vorstellen.«

Julia nahm einen grünen Apfel aus der Obstschale auf dem Küchentisch und biss hinein. »Mutti fährt überall und bei jedem Wetter mit dem Fahrrad. Es sei denn, sie muss mal aus Sankt Peter raus. Dann nimmt sie den Bus oder den Zug. Aber meistens kutschiert Papa uns durch die Gegend. Wenn Achim und ich unsere Führerscheine haben, übernehmen wir die Fahrten mit Mutti.«

Karin blickte über Julias Schulter. »Ah!« Von dem kleinen Korridor her ertönte das Klingeln des Telefons. »Vielleicht ist das schon Nicole«, meinte sie und nickte Julia zu. »Willst du rangehen?«

»Natürlich.« Hastig legte sie den angebissenen Apfel auf den Tisch und lief in den Flur. Sie nahm den Hörer des farngrünen Wählscheibentelefons ab. »Bei Kurowski und Schumann«, meldete sie sich korrekt. »Hallo?«, fragte sie, als sich niemand meldete.

»Entschuldigen Sie bitte, aber ich bin mir nicht sicher, ob ich bei Ihnen richtig bin. Ich wollte mit Julia Hansen sprechen.«

Julia kicherte leise. Sie hatte Björns Stimme gleich erkannt. »Ich bin doch dran!«

»Oh, sehr gut!« Er klang erleichtert. »Ich war mir nicht sicher, weil sich Stimmen durch das Telefon meistens anders anhören. Wie schade, dass ich vorhin nicht da gewesen bin, als du vorbeigekommen bist. Meine Mutter hat mir die Telefonnummer gegeben. Danke auch für den Kuchen.«

»Gerne. Ich hoffe, er schmeckt dir. Beim nächsten Mal

melde ich mich vorher telefonisch an.« Allein seine Stimme zu hören beschleunigte ihren Herzschlag.

»Das ist eine gute Idee. Hör mal, weswegen ich mich auch so schnell bei dir melde: Ich muss gleich nach Gelsenkirchen. Beruflich. Auf dem Almaring steigt ein Rennen, von dem ich Fotos mache. Du hast nicht zufällig Lust, dass wir uns dort treffen?«

»Rein zufällig habe ich das schon!«, kam es wie aus der Pistole geschossen. Nichts wollte Julia mehr, als Björn zu sehen.

»Wunderbar! Ich bin in ungefähr einer Stunde da.«

»Ich komme, so schnell ich kann! Wo finde ich dich?« Julia spürte, dass ihre Wangen vor Aufregung glühten.

»Halte einfach an der Rennstrecke Ausschau nach mir. Ich mache dort Fotos von den Fahrzeugen.«

Sie nickte, auch wenn ihr bewusst war, dass er sie nicht sehen konnte. »Kein Problem. Ich werde dich schon finden.«

»Dann bis gleich!«

»Bis gleich!« Julia legte auf und ging beschwingt zurück in die Küche, wo Karin sich inzwischen an die Reinigung des Backofens gemacht hatte.

»Und? War das deine Freundin?«, fragte sie, während sie kniend den Ofen mit einem Lappen auswischte.

»Hm.« Julia nickte und versuchte, ihre Aufregung zu verbergen. »Nicole fährt gleich mit ihrem Bruder zum Almaring. Sie hat mich gefragt, ob wir uns da treffen können.«

»Ach, zum Motodrom.« Karin unterbrach das Putzen und stand auf. »Da sind Volker und ich auch öfter. Bei den Rennen steppt immer der Bär. Dumm nur, dass Volker mit dem Auto unterwegs ist, sonst hätte er dich nach Ückendorf bringen können.«

Julia hob abwehrend die Hände. »Das ist doch gar nicht nötig. Ich fahre einfach mit dem Bus oder mit der Straßenbahn dorthin. Das geht doch, oder?«

»Sicher. Traust du dir das denn zu? Ich meine, so gut kennst du dich in Gelsenkirchen nicht aus. Und ein gutes Stück müsstest du von der Haltestelle bis zur Rennstrecke laufen. Der Bus hält nicht direkt davor.«

Zuversichtlich, das zu bewältigen, winkte Julia ab. »Das macht mir nichts aus. Notfalls habe ich ja einen Mund zum Fragen. So leicht gehe ich schon nicht verloren, und bisher habe ich immer alles gefunden.«

»Also gut. Ich schreibe dir gleich auf, welchen Bus du nehmen kannst.«

# KAPITEL 17

*August 1978, eine halbe Stunde später an einer Haltestelle auf der Ückendorfer Straße*

Der Omnibus hielt, die Türen öffneten sich zischend. Julia stieg aus und folgte mit etwas Abstand einer Gruppe Jugendlicher, die ebenfalls mit dem Bus gefahren waren. Aus ihren Gesprächen hatte sie herausgehört, dass ihr Ziel praktischerweise ebenfalls die Rennstrecke war. So musste sie nicht lange suchen, sondern konnte sich indirekt von ihnen führen lassen.

Auf Höhe einer alten ehemaligen Kokerei in der Almastraße stellte Julia fest, dass noch viel mehr Leute mit ihnen unterwegs zum Motodrom waren. Mehrere kleine Grüppchen gingen vor ihr und auf der anderen Straßenseite. Sie unterhielten sich teilweise so laut über vergangene Rennen, dass sie problemlos einige Wortfetzen aufschnappen konnte. Es fielen Namen von Fahrern, und es wurde über besonders waghalsige Rennszenen diskutiert. Einige von ihnen hatten Getränkedosen in der Hand.

Je näher sie der Autorennstrecke kam, umso mehr Menschen gingen mit ihr in die gleiche Richtung. Julia konnte fühlen, wie ihr Puls langsam stieg. Eine freudige Spannung lag in der Luft, und von Weitem konnte sie erste Motorengeräusche vernehmen.

Nachdem sie am Kassenhäuschen eine Eintrittskarte gekauft hatte, betrat sie schließlich das Areal des Motodroms Gelsenkirchen. Auf dem Brachgelände der ehemaligen Kokerei lag der asphaltierte Almaring. Autos und Wohnwagen parkten dicht nebeneinander am Rand der Rennstrecke, hinter der sich imposant die Industriekulisse des Schalker Vereins aus Hochöfen und Schornsteinen erhob. Davor führten Schienen entlang, auf denen Eisenbahnwaggons standen.

Um den Almaring drängten sich unzählige Schaulustige hinter den Leitplanken und feuerten die Rennfahrer an, die Autos wirbelten bei ihrer rasanten Fahrt hohe Staubwolken auf. Einige Zuschauer saßen entspannt in geblümten Klappstühlen, neben sich Kühlboxen, in denen sie ihren Proviant aufbewahrten.

An einer Seite war ein gelber, provisorischer Sprecherturm errichtet worden, auf dem Werbung für die Diskothek *Flash-Light* aufgepinselt worden war. In der Mitte der Strecke befand sich eine Insel, auf der Goodyear-, Michelin-, ARAL- und schwarz-weiß karierte Fahnen an Masten wehten, während zwei Streckenposten in kastenförmigen Erhöhungen standen und den korrekten Ablauf der Rennen regelten.

Es roch nach verbranntem Benzin und Gummi, das sich mit dem Duft von Holzkohle und Grillfleisch vermischte. Julia rümpfte die Nase und steckte sich Finger in die Ohren, um ihr Gehör vor den lauten Motorengeräuschen zu schützen. Aus einem Lautsprecher erklangen abwechselnd Durchsagen und Heimorgelmusik, die kaum lauter waren als das Dröhnen der Motoren der Rennfahrzeuge.

Und hier sollte sie Björn finden? Unwillkürlich dachte sie an die sprichwörtliche Nadel im Heuhaufen.

Kurz entschlossen entschied sie sich dazu, die gesamte Rennstrecke einmal abzulaufen und dabei nach ihm Ausschau zu halten. Irgendwo musste er sich ja mit seiner Kamera postiert haben.

Es erwies sich als gute Idee. Nachdem Julia etwas mehr als die halbe Strecke des Almarings umrundet hatte, erspähte sie ihn schließlich in der Nähe des Streckenturms. Ihr Herz begann sogleich wild zu klopfen, und sie konnte nicht anders, als zu lächeln.

Er hatte sich tief über eine Leitplanke gebeugt. Wahrscheinlich konnte er auf der Höhe besonders spektakuläre Fotos schießen. Neben ihm stand ein Mann mit Block und Stift in der Hand und machte Notizen. Sie vermutete, dass es sich um einen Journalistenkollegen der Zeitung handelte.

Langsam näherte sie sich und blieb dann ein paar Meter von ihnen entfernt stehen. Sie wollte Björn beim Fotografieren nicht stören und lieber warten, bis er eine Pause machte. Nach einer Weile richtete er sich auf, sprach den Mann neben sich an und drehte sich schließlich um.

Als sich ihre Blicke trafen, fühlte Julia sich wie elektrisiert. Ein wohliger Schauer lief ihr vom Nacken aus den Rücken hinunter. In dem Moment, in dem Björn sie erkannte, breitete sich ein strahlendes Lächeln auf seinem Gesicht aus. Julia war gefangen von diesem Augenblick. Wieder einmal konnte sie den Blick nicht von seinen wunderschönen Augen abwenden, die sie voller Wärme betrachteten.

Er verstaute seinen Fotoapparat in einer dazugehörigen Tasche und kam auf sie zu. »Hast du mich gefunden!«, rief er über das Motorengeräusch hinweg, als er bei ihr angekommen war. Bevor sie etwas erwidern konnte, gab er ihr schon einen Kuss.

»So schwer war es gar nicht, dich zu finden«, sagte sie überwältigt in sein Ohr, als sie sich wieder voneinander lösten.

Er fasste nach ihren Händen und schüttelte den Kopf. »Ich kann es immer noch nicht recht glauben, dass du wirklich hier bist. Wie lange bleibst du eigentlich in Gelsenkirchen?«

Julia zuckte die Schultern. »Ich habe noch keine Bahnfahrkarte für die Rückreise gekauft. Aber zwei Wochen werde ich bestimmt noch hier sein.«

Er drückte sanft ihre Hand. »Gut. In zwei Wochen kann ich dir viel vom Ruhrgebiet zeigen.«

»Von mir aus gerne.« Julia lächelte ihn an.

Der andere Mann trat zu ihnen. »Das ist übrigens Gerd Krüger«, stellte Björn vor. »Er arbeitet als Journalist bei der WAZ. Wir machen zusammen die Story über den heutigen Renntag.«

Während er Julia mit Handschlag begrüßte, stellte Björn sie ebenfalls kurz vor.

»Wie lange dauert denn das Rennen?«, wollte sie wissen. Insgeheim hoffte sie darauf, danach eine Weile mit Björn allein sein zu können.

»Mit Siegerehrung sind wir bestimmt noch ungefähr zwei Stunden beschäftigt. Wenn du willst, kannst du dich zu mir neben die Leitplanke stellen, während ich fotografiere. Ich kann dir dann etwas über die Fahrer und deren Autos erzählen«, schlug Björn vor.

»Von mir aus gern«, stimmte sie zu. »Kennst du die Rennfahrer denn persönlich?«

»Natürlich. Ich bin an jedem Renntag hier, und irgendwann hat man die Fahrer mit ihren Autos intus.« Er nahm wieder die Kamera zur Hand, als sie an der Leitplanke angekommen waren. »Einen Rennfahrer kenne ich zum Beispiel schon seit vielen Jahren und war sogar dabei, als er seinen Altwagen zum Rennwagen umgebaut hat.«

»Das ist nicht zufällig derjenige, bei dem du heute wegen deines Käfers gewesen bist? Ich glaube, er heißt Ulf oder so ähnlich?«, fragte sie.

»Doch! Das ist er. Aber woher weißt du das?«, fragte er überrascht.

»Habe ich in der Gaststätte deiner Eltern am Rande mitbekommen. Es wurde von einem Ulf aus Scherlebeck gesprochen.«

»Ach so. Na, da weißt du ja schon mehr über mich, als ich dachte.« Er zwinkerte Julia zu und schoss spontan ein Foto von ihr.

Mit einer Plastikgabel spießte Julia ein Stück Wurst auf. Kurz darauf verzog sie das Gesicht und griff zu einer Dose Cola. Hastig trank sie mehrere Schlucke. »Puh! Ganz schön scharf!«, sagte sie und fächelte sich mit einer Hand Luft zu.

»So geht es den meisten.« Björn schmunzelte und vertilgte ein weiteres Stück Wurst. Ihm schien die Schärfe der Sauce nichts auszumachen. »Beim ersten Mal schmeckt es scharf. Doch nach und nach gewöhnt man sich daran. Und der Ruf von Ernas Currywurst mit Pommes reicht weit über die Grenzen Gelsenkirchens. Letztens stand jemand am Stehtisch neben mir, der aus Mettmann kam. Er hat mir erzählt, dass er jedes Mal, wenn er beruflich in Gelsenkirchen zu tun hat, extra auf eine Currywurst mit Pommes hierherkommt.«

Nach der Siegerehrung hatte sich Gerd Krüger von ihnen verabschiedet. In Björns Käfer waren sie zu der Pommesbude gefahren, die bloß einen Katzensprung vom

Almaring entfernt lag, wie er zuvor angekündigt hatte. Julia war es recht gewesen, denn mittlerweile hatte sich ihr Magen deutlich bemerkbar gemacht. Sie hatte an diesem Tag bloß gefrühstückt, und inzwischen war es schon früher Abend.

Außerdem genoss sie den Umstand, endlich mit Björn allein sein zu können. »Ich bin da wohl eher Fischfrikadellen gewohnt. Die sind deutlich milder, und meistens gibt es dazu Bratkartoffeln oder Kartoffelsalat.«

»Es muss schön sein, in Sankt Peter-Ording zu leben. Ich beneide meine Verwandten darum, dass sie dort eine Pension betreiben. Ich würde das auch sofort machen.«

»Ach, wirklich?«, fragte Julia überrascht. »Ich habe angenommen, dass du das aufregende Großstadtleben liebst. Wir leben in Sankt Peter doch eher beschaulich.«

»Und gerade das mag ich ja so sehr! Ginge es nach mir, würde ich am liebsten den ganzen Tag die Tiere in den Salzwiesen fotografieren. Das ist so viel interessanter als Autorennen, Fußballspiele oder andere Veranstaltungen. Aber leider kann man mit Tier- und Naturfotografie kaum Geld verdienen.« Er seufzte schwer.

Julia säuberte sich mit einer Papierserviette den Mund und lachte auf. »Bei mir ist es genau andersherum. Ich mag es hier. Immer ist was los, und es gibt so vieles zu entdecken. Ein Autorennen findet man wohl auf ganz Eiderstedt nicht. Wie viele Fotos hast du denn in den Salzwiesen bisher geschossen?«

»Genau weiß ich es nicht. Schätzungsweise ein paar Hundert.« Björn war ebenfalls fertig mit dem Essen und schob den leeren Teller von sich. »Wenn du willst, kann ich dir die Aufnahmen später zeigen. Oder musst du gleich nach Hause zu deiner Familie?«

Julia schüttelte den Kopf. »Das nicht. Aber ich müsste kurz anrufen und Bescheid sagen, dass ich später komme. Schließlich bin ich dort zu Gast, und ich habe keinen Schlüssel.«

»Weißt du was?« Er legte einen Arm um ihre Schultern. »Dann rufst du am besten gleich von einer Telefonzelle aus an, und danach machen wir uns einen richtig schönen Abend.«

»Was hast du vor?«, fragte sie voller Vorfreude.

»Das wirst du schon sehen«, erwiderte er nur und lächelte sie geheimnisvoll an.

Julia hatte für alle Fälle vorgesorgt. Sie hatte Karin erzählt, dass Nicole und sie noch ein neues Gesellschaftsspiel ausprobieren wollten und sie sogar bei ihrer Freundin übernachten könnte, wenn es spät werden würde.

»Von mir aus, bleib ruhig über Nacht bei deiner Freundin«, hatte Karin gesagt. »Aber du hast keine Schlafsachen dabei, oder?«

»Das macht nichts«, hatte Julia lachend abgewunken. »Nicole leiht mir dann was. Eine Zahnbürste hat sie auch für mich«, hatte sie schnell hinzugefügt.

»Wenn das so ist … Wir gehen spätestens gegen Mitternacht schlafen. Falls du bis dahin nicht wieder da bist, gehe ich davon aus, dass wir uns erst morgen sehen.«

Julia hatte Karin zugestimmt und war erleichtert zu Björn ins Auto gestiegen. Nun hatte sie die Freiheit, spät bei Karin und Volker aufzukreuzen oder spontan über Nacht wegzubleiben. Es war besser gelaufen, als sie gehofft hatte. Innerlich jubelte sie.

»Schau mal, das ist der Rhein-Herne-Kanal«, erzählte Björn, als sie über eine Brücke fuhren. »Es ist zwar nicht das Meer, aber man kann dort auch schwimmen. Und Schiffe fahren natürlich auch auf der Wasserstraße.«

»Aha. Der Kanal führt also auch an Herne vorbei, deshalb der Name?«

»An Herne, Gelsenkirchen und weiteren Städten«, bestätigte er und warf ihr ein verschmitztes Lächeln zu.

Julia erwiderte es. »Gehört das jetzt schon zu deiner Fremdenführung durchs Ruhrgebiet?«

Er zuckte die Schulter. »Indirekt schon, würde ich sagen.«

»Du hast immer noch nicht gesagt, wohin wir fahren«, erinnerte sie ihn.

»Wir sind bald da. Kannst du noch ein wenig warten?«

Julia seufzte. »Ich hasse Überraschungen. Aber na gut. Ich kann ja mal eine Ausnahme machen, weil du es bist.« Ein paar Minuten später kam eine große Kinoleinwand in Sichtweite. »Oh, fahren wir etwa ins Autokino?«, fragte sie ungläubig.

»Du hast es erfasst.« Sekundenlang wirkte sein Blick unsicher, doch der Eindruck verflog, sobald sie ihn anstrahlte.

»Toll! Ich war noch nie im Autokino«, sagte sie begeistert. »Welcher Film läuft denn?«

»Das weiß ich gar nicht. Dafür kam mir der Einfall zu spontan. Aber irgendwas wird schon laufen.«

Als sie auf die Einfahrt des Freiluftkinos zufuhren, sahen sie die Programmtafel, auf der der aktuelle Film angeschlagen stand.

»Hm. *ABBA – Der Film*«, sagte Björn bloß mäßig begeistert. »Ich hoffe, du magst wenigstens die Musik.«

Julia unterdrückte einen Juchzer. »Ich liebe die Musik von ABBA!« Tatsächlich hatte sie längst darauf gebrannt, den Film zu sehen, seit sie davon gehört hatte. In keinem

Kino, das sie in Nordfriesland kannte, wurde er gezeigt. Sie konnte ihr Glück kaum fassen, dass es nun endlich so weit sein würde.

Wenig später flackerten Konzertmitschnitte über die riesige Leinwand, die von der Musik von ABBA und dem lauten Gekreische der Fans untermalt wurden. Björn hatte Julia einen Arm um ihre Schultern geschlungen, sie schmiegte den Kopf an seine Halsbeuge.

Sie fühlte sich großartig. Unendlich leicht und bedingungslos glücklich. Sie konnte kaum glauben, dass dies wirklich alles passierte, und wünschte nur, der Augenblick möge niemals enden.

»Das Foto habe ich dieses Jahr gemacht. Das ist das Cranger Tor.« Björn reichte Julia eine Aufnahme.

Nach dem Kino waren sie zu ihm gefahren. Sie saßen nun nebeneinander auf der Couch in seiner kleinen Dachgeschosswohnung, die auch gleichzeitig in etwas abgewandelter Form sein Bett war. Ein kleiner Beistelltisch und eine Schirmlampe standen auf einer Seite. Auf der anderen befand sich eine rustikale Holztruhe, auf der ein kleiner Fernseher mit Antenne thronte, daneben wuchs eine Palme in einem Blumentopf. An den Wänden hingen verschiedene Fotos. Einige, das erkannte Julia sofort, waren in den Salzwiesen von Sankt Peter-Ording entstanden, andere wiederum an Orten, die sie noch nie gesehen hatte.

Julia erkannte das Bildmotiv und nickte lächelnd. »Durch das Tor bin ich auf dem Kirmesplatz auch gelaufen.«

»Wahrscheinlich läuft dort jeder mal durch, der auf Crange geht.« Er zeigte mit einem Finger auf das abgebildete Banner. »Das hier ist unser Stadtwappen. Daneben ist das der Familie von Rump. Ihnen gehörte mal das Haus

Crange, es war nämlich früher mal eine Wasserburg. Heute steht leider nur noch die Ruine.«

»Wie schade. Eine Wasserburg hätte ich gerne mal besichtigt.«

»Bei der Burg kämst du ein paar Hundert Jahre zu spät.« Er griff nach einem anderen Bild. »Schau mal, da bist du drauf. Im Bayernzelt.«

»Was? Du hast mich im Zelt fotografiert?« Ihre Augenbrauen wanderten nach oben. »Zeig her!«

Amüsiert ließ er sich die Aufnahme aus den Händen reißen. »Ich finde dich darauf ungemein hübsch.«

Julia betrachtete das Foto, auf dem sie lachte und in die Richtung der Bühne blickte. »Davon habe ich gar nichts mitbekommen.«

»Ein guter Fotograf fängt die schönsten Momente eben ein, ohne dass jemand davon Notiz nimmt.« Björn war etwas näher zu ihr herangerückt und sah sie nun ernst an. »Wann musst du denn spätestens zu Hause sein? Ich möchte nicht, dass du wegen mir Ärger bekommst …« Mit einer Hand strich er sanft über ihren nackten Arm.

Julia spürte, dass nun etwas Bahnbrechendes bevorstand, und sie wollte unbedingt das nächste Abenteuer erleben. »Ich muss erst morgen früh zu Hause sein«, erklärte sie deshalb sorglos.

Daraufhin lächelte er leicht und schaute sie verträumt an. Dann beugte er sich vor und berührte mit seinen Lippen sacht ihre. »Morgen früh hört sich gut an.«

# KAPITEL 18

*August 1978, ein paar Tage später auf dem Parkplatz hinter dem Strandhotel in Sankt Peter-Ording*

Das Wetter war umgeschlagen. Nach den sommerlichen Tagen war über Nacht ein Anflug von Herbst an die Küste gezogen. Seit den frühen Morgenstunden regnete es förmlich Bindfäden, und vom Meer her zog ein Sturm auf, der in wenigen Stunden das Land erreichen würde.

Sabine hatte sich eine Regenjacke übergezogen und war, einen Einkaufszettel in Händen, hinter Tom und Achim zum Auto gehastet. Sie wollten zu einem Fachgeschäft nach Hamburg fahren, um den bestellten Wickeltisch abzuholen. Am Parkplatz ihres Kombis holte Sabine sie gerade noch rechtzeitig ein. »Wartet!«

Tom kurbelte das Fenster des Autos runter. »Haben wir was vergessen?«

Sabine drückte ihm den Zettel in die Hand. »Bitte bringt für Ritas Baby diese Dinge mit.« Sie deutete auf die Notizen. »Am besten alles in großen Packungen. Das ist billiger. Und vergesst nicht, neue Glühbirnen zu besorgen. Herr Farmsen sagt, dass der Vorrat sich dem Ende neigt. Ach ja, bevor ich es vergesse, die Lutscher für die Kinder sind auch fast aufgebraucht. Waldmeister oder Himbeere mögen die meisten ja am liebsten.«

»Wir besorgen alles, was du aufgeschrieben hast«, sagte

Tom und drehte sich zu seinem Sohn, der auf dem Beifahrersitz saß. »Achim, hast du dir alles gemerkt, ja?«

»Natürlich! Wir sollen Lockenwickler, Nähgarn und Perlonstrümpfe mitbringen«, erwiderte er grinsend.

Sabine hob drohend den Zeigefinger, musste aber lachen. »Wehe, Bürschchen!«

»Babysachen für Rita, Glühbirnen und Lutscher«, wiederholte Achim nun wahrheitsgemäß und zwinkerte ihr zu. »Sonst noch was?«

»Ich glaube nicht.« Sie schirmte ihr Gesicht mit einer Hand ab, da der Regen nun von der Seite kam. »Höchstens noch ein bisschen gute Laune für die Gäste, falls es das zu kaufen gibt. Die Leute ziehen Gesichter, als würde es seit einer Woche ohne Unterlass regnen – und nicht erst seit heute Morgen.«

Tom tätschelte ihren Unterarm und sah sie liebevoll an. »Du sorgst dich zu viel, Sabine. Unsere Gäste werden das norddeutsche Schietwetter schon überleben. Schließlich sind sie hier an der Nordseeküste und nicht in Spanien an der Costa Brava. Das wussten sie ja vorher.«

»Dein Wort in Gottes Ohr.« Sie nickte ihm zu und rieb sich fröstelnd die Hände. »Ich gehe mal lieber zurück ins Hotel. Es ist heute wirklich ungemütlich. Fahrt vorsichtig!«

Nachdem sie sie verabschiedet hatte, blieb Sabine trotz des schlechten Wetters noch eine Weile am Hintereingang stehen und winkte ihnen nach, bis sie vom Parkplatz gefahren waren. Bevor sie wieder zu den anderen in die Hotelhalle zurückkehrte, ging sie in ihre Privaträume und hängte die nasse Regenjacke auf einem Bügel im Bad auf, wo sie trocknen konnte. Bei derart schlechtem Wetter blieb das Strandcafé geschlossen – wenn es stürmisch war, verirrte sich niemand in ein Café am Strand.

Kurz darauf ging sie geschwind die Treppe hinunter. Rita und Biggi wollten mit ihr eine Partie Rommé spielen. Sie warteten bereits an einem Tisch in der Lobby.

»Da bist du ja wieder! Konntest du Tom und Achim noch erwischen?« Hoffnungsvoll sah Rita sie an, während sie mit einer Hand den Kinderwagen bewegte, in dem die kleine Meike offenbar schlief. Ihr gegenüber saß Biggi.

»Konnte ich.« Sabine zog den dritten Stuhl am Tisch zurück und setzte sich zu ihnen. »Von mir aus können wir starten.«

»Ich mische dann mal«, sagte Rita und begann auch sofort damit.

Biggi schwieg, stützte nur die Arme auf die Tischplatte und ließ den Blick missmutig durch die Lobby schweifen.

»Nanu, du schaust ja wie drei Tage Regenwetter aus.« Sabine lächelte sie aufmunternd an. »Hat dir die herbstliche Witterung etwa die Stimmung verhagelt?«

Biggi schüttelte den Kopf. »Nein, nein, das ist es nicht. Ich fühle mich bloß seit ein paar Stunden irgendwie unwohl. Viel unwohler als sonst. Ich habe Unterleibsschmerzen, ziemlich heftige, wenn ich ehrlich bin.«

»Schmerzen hatte ich Gott sei Dank nie während der Schwangerschaft«, erklärte Rita und warf einen prüfenden Blick auf die schlafende Meike.

»Manches Mal wären ein paar Schmerzen für dich gar nicht schlecht gewesen.« Sabine zwinkerte ihrer Freundin zu. »Dann wäre deine Fruchtblase wahrscheinlich nicht an der Haltestelle vom Ruhr-Zoo geplatzt.«

»Ach! Ich weiß gar nicht, was du hast.« Rita winkte ab. »Es ist doch alles gut gegangen. Außerdem hätte ich mich wirklich zu Tode gelangweilt, wenn ich nur untätig herumgesessen hätte.«

»Tut es denn sehr weh?«, erkundigte Sabine sich bei Biggi, die ihren Wortwechsel mit gequälter Miene verfolgt hatte.

»Es ist wirklich unangenehm ...«

»Warte, ich hole dir noch ein Polster, vielleicht wird es dann erträglicher für dich.« Prompt stand Sabine auf und holte von einem der Sessel in Reichweite ein Kissen für Biggi. »So, das legen wir nun hinter deinen Rücken. Dann sitzt du bestimmt bequemer.«

»Vielleicht sind das ja schon die ersten Wehen?« Biggis Blick flackerte unsicher.

Sabine schürzte nachdenklich die Lippen. »Das wäre zwar ein bisschen früh, aber manchmal kommen Babys auch ein paar Wochen eher«, erwiderte sie.

»Oder auch zu spät«, spielte Rita auf die knapp verspätete Geburt von Meike an. »Meine Tochter hatte es nicht eilig. Zwei Tage früher, und sie wäre pünktlich geboren worden.«

»Lass mich mal fühlen.« Sabine wollte Biggi die Sorge nehmen, ging auf ihr Nicken hin neben ihr in die Hocke und tastete vorsichtig ihren Bauch ab. »Ich kann nichts Auffälliges fühlen. Kommen die Schmerzen denn in Wellen, oder sind sie gleichmäßig?«

»Nein, keine Wellen. Eher gleichmäßig.«

»Dein Baby ist auch ganz ruhig. Es scheint zu schlafen. Mach dir nicht so viele Gedanken.« Sabine stand wieder auf und setzte sich, während Rita nun die Karten austeilte.

»Ich werde mich bemühen.« Biggi rang sich ein zaghaftes Lächeln ab.

Eine Windböe peitschte geräuschvoll Regen gegen die Fensterscheiben des Hotels. Sabine schaute verstohlen zu den anderen Gästen, die sich die Zeit ebenfalls mit Gesellschaftsspielen in der Eingangshalle des Hotels vertrieben. Beruhigt stellte sie fest, dass niemand von ihnen allzu verdrießlich wirkte. Die erste Frustrationswelle über das Wetter schien inzwischen abgeebbt zu sein.

»Entschuldigt mich, ich gehe mal eben zur Toilette«, sagte Biggi plötzlich und erhob sich umständlich von ihrem Stuhl. »Vielleicht geht es mir danach ja wieder besser.«

Sabine nickte verständnisvoll. »Natürlich. Lass dir ruhig Zeit. Das Kartenspiel läuft uns nicht weg.«

Sie beobachteten, wie Biggi in einem unsicheren langsamen Gang in Richtung des WCs ging. Jeder Schritt schien beschwerlich für sie zu sein.

»Sie tut mir richtig leid«, sagte Rita mitfühlend.

»Mir auch, aber da muss sie nun durch bis zur Geburt. Huch, was ist denn mit ihr?« Sabine sprang sofort auf, als sie sah, wie Biggi sich mit einer Hand an der Wand abstützte und sich vor Schmerzen krümmte. Sie eilte zu ihr.

»Du lieber Himmel, Biggi! Hast du so starke Schmerzen?«

Sie nickte, und in ihren Augen schimmerten jetzt Tränen. »Mir ist speiübel, und ich bekomme schlecht Luft.«

Sabines Blick fiel auf Biggis nackte Beine, die unter dem Umstandskleid hervorlugten. An einem der Unterschenkel erkannte sie eine Blutspur. Sie erschrak, versuchte aber, sich nichts anmerken zu lassen. »Warte!«

Geistesgegenwärtig zog sie einen Stuhl für sie heran, der neben einem Tisch voller Zeitungen und Illustrierten gestanden hatte. Nun bloß die Ruhe bewahren und die werdende Mutter nicht unnötig weiter verunsichern, sagte sie sich streng. »Darf ich noch mal deinen Bauch abtasten?«, fragte sie, als Biggi saß.

»Ja«, keuchte sie.

Sabine legte beide Hände auf die deutliche Rundung und hielt die Luft an. Konzentriert versuchte sie, Bewegungen des Babys zu erspüren. »Wie lange ist es her, dass du das letzte Mal Tritte oder Drehungen des Babys bemerkt hast?«

»Ich weiß nicht genau ... Gestern war es schon ruhiger als sonst, heute scheint es nur zu schlafen.« Biggi fasste nach ihrem Unterarm. »Meinst du, es ist etwas mit dem Baby?« Angsterfüllt sah sie Sabine an.

»Ich weiß es nicht. Aber ich sehe, dass du Blut verlierst.« Sie zeigte Biggi die Stelle an ihrem Bein. »Wir sollten auf jeden Fall im Krankenhaus nachschauen lassen. Vorsichtshalber.«

Biggis Augen füllten sich wieder mit Tränen. »Ich habe solche Angst«, brachte sie schluchzend hervor.

Rita kam mit dem Kinderwagen zu ihnen. »Ist etwas passiert?«, fragte sie besorgt.

»Das wissen wir noch nicht«, antwortete Sabine und warf ihr einen eindringlichen Blick zu. »Das Baby bewegt sich weniger als sonst, und Biggi hat etwas Blut verloren. Wir müssen ins Krankenhaus, um es abklären zu lassen. Dumm nur, dass Tom und Achim mit dem Auto unterwegs sind. Ich muss meinen Schwiegervater fragen, ob er uns fahren kann.«

»Ich könnte doch fahren, wenn er mir sein Auto leiht«, bot Rita ohne Zögern an.

Mit einem Mal erkannte Sabine wieder die alte Tatkraft ihrer Freundin, die sie seit Meikes Geburt so an ihr vermisst hatte. So kannte sie sie: Im größten Chaos blieb Rita stets ruhig und behielt den Überblick. Diese Charaktereigenschaft war von jetzt auf gleich wieder da. Sabine hoffte, dass es ein Zeichen für Ritas Genesung war, konzentrierte sich jedoch erst einmal ganz auf Biggi, die in einer offensichtlichen medizinischen Notlage steckte. »Das würdest du machen?«

»Natürlich. Du müsstest dann nur mit Meike auf der Rückbank Platz nehmen.«

Eine Dreiviertelstunde später erreichten sie die Klinik in Husum. Nachdem Sabine von ihrem Schwiegervater die Autoschlüssel für seinen Mercedes bekommen hatte und Toms Mutter sich bereit erklärt hatte, sich um Meike zu kümmern, ihr zwischendurch das Fläschchen zu geben und sie bei Bedarf neu zu wickeln, hatte sie vorsorglich kurz im Krankenhaus angerufen und ihr Kommen angekündigt. Dies stellte sich als großes Glück heraus, denn als sie an der Notfallaufnahme ankamen, wurden sie bereits erwartet.

Biggi wurde sofort von einer Schwester in Empfang genommen und gleich in die gynäkologische Abteilung gebracht. Sabine und Rita wurden gebeten, sich während der Untersuchungen in den Warteraum zu setzen.

»Glaubst du, es ist was Schlimmes mit Biggi und dem Baby?«, fragte Rita nach einer Weile.

»Ich hoffe nicht.« Sabine betrachtete sie ernst. »Es ist in jedem Fall nicht normal, dass sich das Baby so lange nicht bewegt und sie zeitgleich Blut verliert. Was genau das aber bedeutet, weiß ich nicht.«

»Die letzten beiden Monate vor der Geburt war Meike sehr aktiv«, erinnerte sich Rita und lächelte dabei. »Sie hat mich nicht zur Ruhe kommen lassen. Mal hat sie geboxt, mal getreten. Und sie hatte in einer Tour Schluckauf.«

Sabine freute sich darüber, ihre Freundin so versonnen lächeln zu sehen. Gleichzeitig machte sie sich große Sorgen um ihre zukünftige Schwiegertochter und das Ungeborene.

Nach einer Weile trat eine Ärztin in weißem Kittel durch die Tür zum Warteraum und kam auf sie zu. »Entschuldigung, gehören Sie zu Brigitte Rissen?«

Sabine war von ihrem Sitz aufgesprungen und lief der Ärztin entgegen. »Sie ist die Verlobte meines Sohns. Wir haben angerufen und sie dann hergefahren. Geht es ihr gut und … dem Baby?«

»Ihr geht es so weit gut. Doch bei dem Baby haben wir Anlass zur Sorge. Wir holen es nun per Kaiserschnitt.«

»Oh nein!« Sabine schlug sich die Hand vor den Mund.

Rita stand plötzlich neben ihr und schlang einen Arm um ihre Hüfte, was ihr Halt gab. »Aber das Baby lebt doch, oder?«

Sachlich erwiderte die Ärztin: »Wir können im Moment leider noch nichts Genaues sagen, deswegen holen wir das Baby jetzt. Seien Sie aber versichert, dass wir alles Mögliche tun werden, damit es der Mutter und auch dem Kind gut gehen wird.« Sie nickte ihnen noch einmal zu, bevor sie wieder davoneilte.

Aus dem Regenschauer mit kräftigen Böen war ein ausgemachter Sturm geworden. In der Nacht rüttelte der Wind ordentlich an den Hotelfenstern, pfiff kreischend um die Gebäudeecken und hatte einen der großen Blumenkübel vor der Terrasse umgeworfen. Doch daran störte sich niemand. Die Ereignisse der vergangenen Stunden überschatteten den größten Sturm.

Die kleine Gemeinschaft saß im Speiseraum beisammen. Das Licht war gedämpft, und es wurde nur im Flüsterton gesprochen. Rita war am stillsten von allen. Mit fast regloser Miene saß sie da und wirkte völlig in sich gekehrt. Manchmal schaute sie zu ihrer Tochter in den Kinderwagen, davon abgesehen zeigte sie keine weitere Regung.

Traurig putzte Sabine sich die Nase. »Die arme Biggi!«, wiederholte sie zum bestimmt tausendsten Mal. »Und der arme Achim! Womit haben sie das nur verdient? Wie soll es nun weitergehen?«

Tom legte einen Arm um sie und runzelte unglücklich die Stirn.

»Es ist eine Tragödie. Das Schlimmste, was Eltern passieren kann«, stimmte ihre Schwiegermutter zu und schnäuzte sich ebenfalls.

»Ich kann es nicht verstehen«, war das Einzige, was Tom sagen konnte.

Nachdem das Baby per Kaiserschnitt auf die Welt geholt worden war, hatte nur noch der Tod des kleinen Jungen festgestellt werden können. Biggi hatte einen seelischen Zusammenbruch erlitten, nachdem die Ärzte ihr die schlimme Nachricht überbracht hatten. Sie musste bis auf Weiteres in der Klinik weiterbehandelt werden. Sabine und Rita war nur die Rückfahrt nach Sankt Peter-Ording geblieben – und die undankbare Aufgabe, die schreckliche Nachricht zu überbringen.

Für Achim war es ein großer Schock. Er wirkte wie erstarrt, schien zunächst gar nicht zu begreifen, was Sabine versucht hatte, ihm beizubringen. Er hatte nicht geweint. Noch nicht einmal geflucht. Er war nur käseweiß im Gesicht gewesen und hatte pflichtbewusst eine Tasche für seine Verlobte gepackt. Schließlich war er zusammen mit Biggis Eltern nach Husum ins Krankenhaus gefahren.

Rita beugte sich zu Sabine. »Es ist Zeit für Meikes Fläschchen«, flüsterte sie fast tonlos.

Sabine nickte, atmete tief durch und blinzelte weitere Tränen fort. »Ich helfe dir dabei.«

Rita schüttelte den Kopf. »Das musst du nicht.«

Sie stand auf und sah ihre Freundin fest an. »Ich will aber. Bitte!«

Rita nickte. »Ist gut.«

»Geh ruhig schon mal mit Meike aufs Zimmer. Ich komme gleich mit dem Fläschchen nach.«

Allein in den hellen Räumen, bereitete Sabine in der Restaurantküche für Meike die Milch zu. Sie war froh, dass sie etwas tun konnte – obwohl sie sich so schrecklich hilflos fühlte. An ihr nagten schreckliche Zweifel, ob sie das Schicksal ihres ungeborenen Enkelsohns hätte beeinflussen können, wenn sie eher reagiert hätte und mit Biggi gleich in die Klinik gefahren wäre. Oder wenn sie sie dazu ermutigt hätte, besser auf Signale zu achten …

Vielleicht hätte sie mehr mit Biggi reden sollen, dann wäre ihr vermutlich eher aufgefallen, dass es dem Baby nicht gut gegangen war. Doch dafür war es zu spät. Sie konnte das Geschehene nicht mehr rückgängig machen, sosehr sie es sich auch wünschte. Ihr Enkel war gestorben, bevor sein Leben hatte beginnen können.

Als sie mit dem Fläschchen in Ritas Zimmer kam, fand Sabine ihre Freundin in Tränen aufgelöst vor. Sie hockte mit hängenden Schultern auf dem Bett und wischte sich mit einem Taschentuch die Tränen aus dem Gesicht.

»Ach, Rita!« Sie setzte sich neben sie und drückte ihrer Freundin die Hand.

»Ich bin so eine dusselige Kuh!«, brachte Rita unter heftigen Schluchzern hervor.

»Warum das denn?«

»Ich habe bis vorhin gar nicht begriffen, was für ein großes Glück ich eigentlich habe.« Sie ging zu dem Babybett und blickte zärtlich hinein. »Meike ist die wunderbarste Tochter, die ich mir jemals hätte wünschen können! Und ich war nicht in der Lage, mein Mutterglück zu schätzen. Wenn ich mir vorstelle, dass sie bei der Geburt gestorben wäre …« Ihr versagte die Stimme. Stattdessen nahm sie das Baby aus dem Bettchen und drückte es vorsichtig an sich.

»An so etwas darfst du nicht einmal denken.« Sabine konnte sehen, mit welchen Gewissensbissen ihre Freundin zu kämpfen hatte. Biggis Totgeburt schien ein wichtiges Schlüsselmoment für sie zu sein.

Sanft drückte sie ihr das Fläschchen in die Hand. »Hier.«

»Danke.« Behutsam gab Rita ihrem Kind die Flasche und schaute dann Sabine an. »Ich muss mich für mein Verhalten entschuldigen. Bei dir, bei Fiete, bei meinen Eltern, einfach bei allen. Der heutige Tag hat alles verändert. Ich bin nun wirklich bereit, eine Mutter zu sein. Und ich werde für Meike die beste Mami sein, die sie sich wünschen kann. Fiete und ich werden alles für unsere Tochter tun, damit sie ein glücklicher Mensch werden kann. Nichts auf der Welt wird uns jemals trennen.«

# KAPITEL 19

*Mitte August 1978, mittags im Reisebüro am Markt in Gelsenkirchen*

Nach einem geschäftigen Vormittag war um die Mittagszeit Ruhe im Reisebüro eingekehrt. Grund genug für Julia und Karin, die Gelegenheit für eine gemeinsame Pause zu nutzen.

»Das ist wirklich höchst professionell. Es könnte glatt ein Foto aus einer Modezeitschrift sein«, sagte Karin bewundernd. »Damit solltest du dich bei der *Brigitte* oder der *Für Sie* bewerben. Bestimmt hättest du gute Chancen!« Sie gab Julia die Aufnahme zurück, die Björn zwei Tage zuvor von ihr in seinem kleinen Fotostudio auf dem Dachboden gemacht hatte.

Dann sah sie Julia ins Gesicht. »Hat Nicoles Bruder denn keins von euch beiden geschossen? Ich hätte deine Freundin zu gern mal gesehen.« Sie betrachtete weitere Fotos, die Julia auf dem Tisch ausgebreitet hatte.

»Nein. Nicole lässt sich nicht so gern fotografieren«, antwortete Julia schnell. »Sie sagt, sie reagiert allergisch auf alles, was mit Kameras zu tun hat. Deswegen flüchtet sie meistens, sobald ihr Bruder seinen Fotoapparat herausholt.«

Karin zuckte mit den Schultern. »Schade, aber solche Leute soll es geben.«

»Weißt du was? Ich habe vorhin noch mal über euer Angebot nachgedacht. Vielleicht mache ich wirklich nach dem Abi eine Ausbildung in eurem Reisebüro«, beeilte Julia sich, das Thema zu wechseln, bevor Karin weitere Fragen stellen konnte und sie am Ende noch in Erklärungsnot geriet.

Seit der gemeinsamen Nacht mit Björn schwebte sie geradezu auf Wolke sieben. Seitdem hatte sich alles für sie geändert. Es war, wie ihre Freundinnen es erzählt hatten: Auf einmal fühlte Julia sich als richtige Frau. Sie hatte sich nach der Nacht mehrmals im Spiegel betrachtet, doch äußerlich schien alles beim Alten geblieben zu sein. Trotzdem fühlte sie sich jetzt ganz anders.

Wie konnte es sein, dass niemand etwas ahnte, wenn sich ihr Leben auf einmal ganz neu anfühlte und sie den Eindruck hatte, zum ersten Mal vollständig zu sein? Julia wusste auf so viele Fragen keine Antwort, aber einer Tatsache war sie sich gewiss: Sie wollte ihre Liebe und die Zweisamkeit mit Björn in vollen Zügen genießen. Dazu malte sie sich in ihrer Fantasie sogar ein Leben im Ruhrgebiet an seiner Seite aus.

Und dabei hatte sie sich tatsächlich auch Gedanken über eine Ausbildung im Reisebüro gemacht. Zumindest der Teil war nicht gelogen. Denn Julia war klar, dass Björn nicht einfach ihretwegen nach Sankt Peter-Ording ziehen konnte. Die Arbeit bei der Zeitung und das damit verbundene Gehalt konnte er unmöglich in den Wind schreiben. Das sah sie ein.

Aber für ihn war sie zu allem bereit – sogar dazu, ihren Traum von der Arbeit als Stewardess bei der Lufthansa zu begraben.

Karin musterte sie kurz und klatschte dann in die Hände. »Das wäre wirklich prima! Volker und ich würden uns sehr freuen, wenn du unser erster Azubi werden würdest. Und eins kann ich dir jetzt schon versprechen: Langweilig wird es dir bei uns nicht.«

»Das glaube ich auch nicht«, stimmte Julia lachend zu.

Karin nickte. »Wie praktisch, dass du schon jetzt eine Freundin hier aus der Gegend gefunden hast. Dann hast du von Anfang an jemanden, mit dem du etwas unternehmen kannst, und musst dich nicht mit mir und Volker herumschlagen. Auf Dauer wäre das bestimmt nervig.«

»Ich bin doch gern mit euch zusammen«, wandte Julia ein. »Aber es stimmt natürlich, dass es gut ist, gleich eine Freundin zu haben. Nicole hat mich übrigens gefragt, ob ich heute Abend zu einer Musikveranstaltung in Gelsenkirchen kommen möchte. Ihr Bruder nimmt sie mit, ich könnte mich einfach anschließen.«

»Na, dann mach das doch. Volker und ich müssen heute Abend ohnehin Papierkram erledigen. Ich finde, wer in den Ferien ein Praktikum ableistet, sollte wenigstens nach Feierabend eine schöne Zeit haben.« Karin grinste ihr verschwörerisch zu.

»Das sehe ich auch so«, schaltete sich Volker vom Nachbartisch ein. »Karin, du müsstest mir mal eben bei der Griechenland-Buchung von den Pohlmanns helfen. Mir scheint da etwas durcheinandergeraten zu sein.«

In der Mittagspause rief Julia in der Kneipe von Björns Eltern an und hatte Glück. Er war zu Hause. Sie freute sich darüber, seine Stimme zu hören, und genoss die Komplimente, die er ihr ins Ohr raunte. Glücklich erzählte sie ihm, dass sie zu der Veranstaltung am Abend kommen würde.

»Soll ich dich mit dem Auto irgendwo abholen?«, fragte er.

»Nein, das ist nicht nötig«, schlug sie das Angebot aus. »Sag mir nur die Uhrzeit und die Adresse, wir können uns dann dort treffen.« Sie wollte um jeden Preis verhindern, dass Karin und Volker mitbekamen, wie sie von Björn abgeholt wurde. Nicht auszudenken, wenn am Ende ihre Flunkerei aufflog, weil keine Nicole dabei war. Sich mit ihm am Veranstaltungsort zu treffen hielt sie deshalb für sicherer. Außerdem entwickelte sie langsam eine gewisse Routine beim Fahren mit Bus und Straßenbahn und genoss die neue Freiheit sehr. Es war schon äußerst praktisch, dass man im Ruhrgebiet überallhin kam, auch wenn man kein eigenes Auto besaß.

»Alles klar!« Er gab ihr die Adresse des Flash-Light durch. »Ich warte dann um halb acht am Eingang auf dich.«

Wie sich herausstellte, war das Flash-Light nicht allzu weit vom Reisebüro am Markt entfernt. »Da kannst du sogar hinlaufen, wenn du nicht mit dem Bus fahren willst«, sagte Karin, als Julia sie fragte, wie sie am besten zur Wanner Straße 110 kam.

Julia war nach Feierabend in die Gaststätte Tigges gegangen, um eine Kleinigkeit zu essen. Karin und Volker blieben wie so oft länger im Reisebüro, um ihre Buchhaltung auf den aktuellen Stand zu bringen.

Nach dem Essen hatte sie sich direkt auf den Weg zur Wanner Straße gemacht. Es stellte sich tatsächlich als nicht sonderlich schwer heraus, das Flash-Light zu finden. Julia musste vom Markt aus nur dem Straßenverlauf immer geradeaus folgen und konnte das Lokal dann gar nicht verfehlen.

Auf dem Bürgersteig hatte sich bereits eine Menschentraube gebildet. Es waren durchweg junge Leute in ihrem

Alter und etwas älter. Sie lachten, einige von ihnen rauchten Zigaretten, und alle schienen auf den Einlass zu warten. Julia schob sich durch die Menschen und entdeckte Björn bald. Er lehnte vor dem Eingang an der Mauer und unterhielt sich gerade mit zwei Männern.

»Björn!«, rief sie, als sie ihn sah.

»Julia!« Er griff nach ihrer Hand und zog sie an sich, um sie zur Begrüßung zu küssen. »Schön, dass du da bist! Dann können wir reingehen.«

»Kommen wir denn überhaupt schon rein?«, fragte sie verwundert. »Ich dachte, es wäre noch kein Einlass.«

»Für uns schon. Ich mache heute Abend die Fotos vom Auftritt«, bemerkte er mit einem Augenzwinkern und zeigte ihr dann seinen Presseausweis.

Kurz darauf öffnete einer der Männer die Tür zum Flash-Light und ließ sie hinein.

»Ganz schön stickig hier drin!«, rief Julia über die Disco-Musik hinweg, die aus großen Lautsprechern dröhnte.

Nach dem offiziellen Einlass hatte sich die Diskothek schnell gefüllt und war nun, kurz vor dem Auftritt der Musikgruppe, rappelvoll. An Tanzen war nicht mehr zu denken.

»Willst du was trinken?«, fragte Björn.

Sie strich sich eine Haarsträhne aus dem Gesicht und nickte. »Ja! Am besten was Eiskaltes!«

»Kein Problem!« Er lehnte sich mit dem Oberkörper halb über die Theke und machte per Handzeichen auf sich aufmerksam. Kurz darauf stellte der Barkeeper zwei Flaschen Afri Cola vor ihnen ab und kritzelte etwas auf Björns Verzehrbon.

Mit einem Mal wurde die Musik leiser, dann meldete sich der Discjockey durch ein Mikrofon zu Wort. »Hallo,

Leute! In wenigen Augenblicken geht es los mit den Red Locks. Sichert euch also noch schnell einen guten Platz in der Nähe der Bühne. Viel Spaß!«

»Oh, ich muss mich dann mal mit meiner Kamera langsam nach vorn bewegen«, sagte Björn bedauernd und ließ die Hand an Julias Arm hinuntergleiten.

»Die Flaschen sind noch zu.« Auffordernd deutete sie auf die Glasflaschen, die mit Kronkorken verschlossen waren.

»Hier!« Sofort griff er in seine Hosentasche und drückte Julia einen Schlüsselbund in die Hand, an dem auch ein Flaschenöffner befestigt war.

»So was habe ich noch nie an einem Schlüsselbund gesehen.« Belustigt deutete sie auf den silbernen Flaschenöffner.

Björn zuckte verschmitzt lächelnd die Schultern und gab ihr einen Kuss. »Was soll ich dazu sagen? Meinen Eltern gehört eine Kneipe. Seit meiner Jugend gehe ich ohne Flaschenöffner nirgendwo hin … Schade, dass wir jetzt so wenig Zeit haben. Wenn du mich suchst, findest du mich vor der Bühne. Bis später!«

»Bis nachher!«, rief sie ihm noch nach, bevor er zwischen den unzähligen Besuchern verschwunden war.

Julia öffnete beide Flaschen mit dem Werkzeug und verstaute dann den Schlüsselbund im Seitenfach ihrer Umhängetasche. Die Flaschen waren nicht sonderlich groß, und so hatte sie die erste bald schon ausgetrunken. Mit der zweiten in der Hand versuchte sie schließlich, etwas näher an die Bühne zu kommen.

Die Band hatte bereits angefangen zu spielen. Eine rauchige Frauenstimme drang durch die Lautsprecher. Sie sang einen Rock-Song, den Julia schon mal gehört hatte.

Nachdem sie sich an unzähligen verschwitzten Körpern vorbeigedrängt hatte, blieb Julia ein paar Meter vor der Bühne stehen. Weiter nach vorn ging es nicht. Die Leute standen zu dicht beieinander.

Sie stellte sich auf die Zehenspitzen, um einen Blick auf das Bühnengeschehen werfen zu können. Im Scheinwerferlicht stand die Sängerin, dahinter ihre Band, so viel konnte sie erkennen. Ihre roten Locken leuchteten wie ein Warnsignal. Julia kombinierte, dass daher wohl der Bandname Red Locks stammte.

Als die Sängerin in ihre Richtung schaute, stutzte Julia. Die Frau kam ihr irgendwie bekannt vor.

Sie bahnte sich einen Weg an die Seite und sicherte sich neben dem Tresen einen gerade frei werdenden Barhocker. Mit beiden Füßen stellte Julia sich auf den metallenen Fußring und hielt sich mit einer Hand an einer Säule fest.

Durch die erhöhte Position konnte sie nun ohne Probleme das Bühnengeschehen verfolgen. Und ihr war schnell klar, dass sie sich nicht getäuscht hatte. Bei der Sängerin handelte es sich zweifelsfrei um Bina, die in der Kneipe von Björns Eltern arbeitete. Ihre Haare waren an diesem Abend extrem lockig. Julia vermutete, dass sie sie vor dem Auftritt auf Wickler gedreht hatte. Ihr enges Oberteil gab noch mehr preis als das, was sie am besagten Tag in der Gaststätte getragen hatte. In der engen Lederhose mit auffälligem Nietengürtel und den hochhackigen roten Stiefeln wirkte Bina wie eine erfahrene Sängerin.

Ihr stark geschminktes Gesicht ließ sie außerdem älter wirken, als Julia sie bei der ersten Begegnung geschätzt hatte.

Endlich entdeckte sie auch Björn, der ohne Unterlass das Geschehen fotografierte. Bina warf sich auffällig vor ihm in Pose. Dabei wackelte sie aufreizend mit dem Po und warf immer wieder verführerische Blicke in seine Richtung.

Julia konnte nicht sagen, ob sie direkt Björn galten oder doch eher den Fotos. Ob sie es wollte oder nicht, das Schauspiel zu beobachten behagte ihr nicht. Dabei war sie eigentlich überhaupt nicht eifersüchtig. Doch Binas Körpersprache signalisierte deutliches Interesse.

Nach dem Auftritt schlenderte Björn auf Julia zu. Im Schlepptau hatte er Bina, die lässig einen Arm um ihn gelegt hat. »Julia, das ist Bina«, stellte er sie vor.

»Hallöchen!« Die Rothaarige deutete ein Winken an und lächelte zuckersüß.

»Hallo«, erwiderte Julia. »Wir haben uns schon in der Kneipe gesehen.«

»Ach, wirklich?«, fragte Björn und schaute Bina an.

Sie zuckte jedoch nur mit den Schultern. »Daran kann ich mich nicht erinnern. Es kommen und gehen jeden Tag so viele Leute ...«

Julia kniff die Augen zusammen. »Ich schon. Du hast hinter dem Tresen Gläser abgespült.«

»Das mache ich öfter«, entgegnete Bina fast ein wenig schnippisch, lächelte dann aber wieder. »Hat dir unser Auftritt denn gefallen?«

»Ja, die Musik war ganz gut.« Julia suchte Björns Blick »Wobei ich sonst lieber Disco-Musik höre«, fügte sie hinzu.

Bina warf ihr einen abschätzigem Blick zu. »Disco ist mir zu seicht – irgendwie nichtssagend.«

»Na ja, so wichtig ist das ja auch nicht. Jeder hat eben seinen eigenen Geschmack«, beendete Björn diplomatisch die Diskussion, woraufhin Bina sich an ihn schmiegte.

Julia beobachtete ihr Verhalten misstrauisch. Doch besonders irritierend fand sie Björns Reaktion darauf. Ihm schien es überhaupt nichts auszumachen, dass diese Rothaarige sich so offensichtlich an ihn heranschmiss. Julia wusste nicht, was sie davon halten sollte. Bina vermittelte ihr das Gefühl, das fünfte Rad am Wagen zu sein. Fast hatte sie den Eindruck, dass sie Björn und Bina störte.

Als sie später am Abend das Flash-Light verließen, war Julia erleichtert. Bina war bei ihren Bandkollegen geblieben und half dabei, die Instrumente abzubauen. Insgeheim hatte Julia befürchtet, dass sie Björn nicht mehr von der Seite weichen und sie keinen Moment mehr mit ihm allein sein würde.

»Das war ein richtig toller Abend, findest du nicht?«, fragte er, als sie in seinem Auto saßen und auf dem Weg zu Karins und Volkers Wohnung waren.

»Es war nicht schlecht«, erwiderte Julia ausweichend. »Ich war nur etwas verwundert darüber, dass eine Mitarbeiterin deiner Eltern dort auftritt. Ihr scheint euch ja sehr gut zu verstehen.«

Björn lachte. »O ja! Bina und ich kennen uns schon immer. Wir sind fast gleich alt, und ihre Eltern haben mit ihr im Haus meiner Eltern gewohnt. Wir sind zusammen in den Kindergarten gegangen und auch später zur gleichen Schule. Ich glaube, ich kenne niemanden so gut wie sie. Ihre Eltern und sie gehören seit vielen Jahren zur Familie.« Er zuckte die Schultern.

Erleichtert atmete sie auf. »Ach, so ist das. Für einen Moment habe ich beinahe gedacht, dass ihr mal ein Paar wart oder so.«

»Nö.« Björn schüttelte den Kopf. »Das denken viele, weil wir so vertraut miteinander sind. Für eine Beziehung kennen wir uns aber viel zu lange. Sie ist meine älteste und beste Freundin. Wir sind fast so was wie Geschwister.«

»Ich verstehe.« Seine Antwort beruhigte sie. Und wenn sie an Manuel dachte, glaubte sie, es zu verstehen. Mit ihm verband sie eine ähnliche Freundschaft, da sie einander von klein auf kannten. Allerdings hatte sie sich bisher noch nie derart an ihn herangeschmissen, auch wenn sie wusste, dass es ihm nicht unangenehm wäre, wenn sie es täte …

Als sie sich ihrem Ziel näherten, waren die Laternen bereits angegangen. Julia achtete darauf, dass Björn nicht direkt vor einem Fenster hielt, durch das Karin oder Volker sie hätten sehen können, sondern ein paar Meter davor. Zwar glaubte sie nicht, dass einer der beiden hinter der Gardine stand und die Straße beobachtete, doch Julia wollte den Zufall in dieser Angelegenheit nicht herausfordern.

Björn beugte sich zu ihr herüber und legte eine Hand auf ihre Schulter. Seine Augen glänzten dunkel, als er fragte: »Und was machen wir morgen?«

Sie gab sich arglos. »Morgen arbeite ich wieder bis abends im Reisebüro. Und was machst du?«

»Mal sehen. Bis jetzt habe ich frei. Und ich hatte gehofft, dass wir bei dem schönen Wetter vielleicht zusammen ins Freibad gehen könnten.« Hoffnungsvoll zog er die Augenbrauen hoch.

»Am Wochenende eventuell. Vorher müsste ich mir auch noch einen neuen Badeanzug kaufen.«

Julia verabschiedete sich mit einem kurzen Kuss und versprach, ihn am nächsten Tag anzurufen.

# KAPITEL 20

*Mitte August 1978, am nächsten Tag in Karins und Volkers Wohnung in Gelsenkirchen*

»Guten Morgen, du Schlafmütze«, begrüßte Karin sie in der modernen roten Küche.

Karin und Volker waren bereits fix und fertig angezogen und machten einen munteren Eindruck.

»Moin!« Julia gähnte hinter vorgehaltener Hand und setzte sich an den Tisch, auf dem eine Tüte mit frischen Brötchen lag, die herrlich dufteten.

»Wir wollten gerade Frühstück machen. Trinkst du auch einen Kaffee mit?«, fragte Volker, der gerade Wasser in die Kaffeemaschine füllte.

Julia nickte. »O ja, gern! Einen Wachmacher könnte ich gut gebrauchen.«

»Wie war es denn? Gestern waren wir ja schon fast im Bett, als du nach Hause gekommen bist.« Karin stellte Teller und passende Tassen auf den Tisch.

»Ganz gut so weit. Zwar war es nicht unbedingt meine Musikrichtung, aber ein Erlebnis war es allemal. So oft war ich ja auch noch nicht bei einem Rockkonzert. In Sankt Peter-Ording tritt höchstens mal ein Shanty-Chor auf oder die Blaskapelle der Feuerwehr.«

»Da sind wir im Ruhrgebiet besser dran. Kulturell ist hier eine Menge los.« Karin nahm Wurst und Käse aus dem

Kühlschrank. »Das nächste Mal, wenn du dich abends mit Nicole triffst, bekommst du auf jeden Fall einen Schlüssel von uns mit. Dann kannst du dich freier bewegen und musst nicht immer auf die Uhr schauen.«

Julia runzelte die Stirn. »Der Schlüssel«, murmelte sie kaum hörbar und sprang dann auf. »Ich muss mal eben was nachsehen.«

Sie lief in den Korridor, wo sie ihre Umhängetasche auf dem Schuhschrank abgelegt hatte. Ein Blick genügte, dann zog sie Björns Schlüsselbund aus dem Seitenfach. »So ein Mist!«, fluchte sie leise.

Aufgrund ihrer Irritation wegen Binas Verhalten hatte sie vergessen, ihm den Schlüssel zurückzugeben. Sie wollte sich gar nicht ausmalen, welche Schwierigkeiten Björn deswegen gehabt hatte. Womöglich hatte er letzte Nacht im Auto schlafen müssen, weil er nicht ins Haus gekommen war ... Am liebsten hätte Julia sich für ihre Unaufmerksamkeit geohrfeigt.

Sie ging zurück in die Küche. »Für mich dann doch keinen Kaffee. Ich habe gerade festgestellt, dass ich den Schlüssel von Nicoles Bruder in meiner Tasche hatte.«

Volker zog die Augenbrauen zusammen. »Wie kommt der denn in deine Tasche?«

In wenigen Worten erzählte sie von dem Flaschenöffner, die Episode mit Bina ließ sie natürlich aus. »Ich muss den Schlüssel so schnell wie möglich zurückgeben. Am besten, ich ziehe mich sofort an und nehme den nächsten Bus nach Herne.«

»Mach das. Aber ich schmiere dir derweil wenigstens ein Brötchen für unterwegs.« Karin nahm eines aus der offenen Tüte und schnitt es mit einem Messer auf. »Wir sehen uns dann später im Reisebüro.«

Dankbar nickte Julia, bevor sie im Bad verschwand. Auf der Busfahrt überkam sie das schlechte Gewissen. Karin war unglaublich nett zu ihr und machte so vieles für sie möglich. Dass sie sie die ganze Zeit belog, war nicht richtig.

Als Julia am Hauseingang von Björns Wohnung ankam, erspähte sie seinen Käfer, der in unmittelbarer Nähe parkte. Mit klopfendem Herzen warf sie einen prüfenden Blick ins Wageninnere, um sich zu vergewissern, dass er nicht dort lag und schlief. Der Käfer war leer.

Einen Augenblick schloss sie erleichtert die Augen. Wenigstens schien er irgendwie ins Haus gekommen zu sein.

Vielleicht hatten seine Eltern ihn hereingelassen, und er hatte bei ihnen übernachtet.

Als sie vor dem Hauseingang stand und die Klingel drückte, machte jedoch niemand auf. Ohne sein Auto konnte Björn doch nicht weit sein.

Vielleicht schlief er noch? Die Wirtschaft war auch noch geschlossen, und bei seinen Eltern wollte Julia nicht unbedingt klingeln.

Kurzerhand steckte sie einen Schlüssel nach dem anderen ins Schloss, bis sie den passenden fand. Sie drehte ihn lächelnd und drückte dann die Tür auf. Die vielen Treppenstufen bis zum Dachgeschoss brachten sie gehörig außer Atem.

Vor seiner Wohnungstür blieb sie stehen und verschnaufte kurz, bevor sie zaghaft anklopfte. Ein schlechtes Gewissen hatte sie durchaus, wenngleich er genauso an seine Schlüssel hätte denken können. Wieder rührte sich nichts.

Einen Moment horchte Julia, doch im Treppenflur war alles still, und aus der Wohnung drang kein Geräusch.

Theoretisch hätte sie einfach die Tür aufschließen und seine Bleibe betreten können, doch das wagte sie nicht.

Dann hörte sie auf einmal leise Musik. Sie legte ein Ohr an die Tür, in Björns Wohnung schien immer noch alles ruhig zu sein.

Sie horchte angestrengt, bis sie meinte, dass die Quelle der Musik über ihr sein musste. Ihre Miene hellte sich auf. Björn war bestimmt oben auf dem Speicher. Vielleicht entwickelte er die Aufnahmen vom letzten Abend und hatte das Radio eingeschaltet. Oder er hatte wegen ihrer Schusseligkeit auf dem Dachboden übernachten müssen.

Julia drückte das schlechte Gewissen, als sie die kleine Holztreppe zum Speicher hochstieg. Mit jedem ihrer Schritte wurde die Musik lauter. Sie legte sich ein paar passende Worte zurecht, um sich für ihre Nachlässigkeit zu entschuldigen.

Als sie den Vorhang ein Stück zur Seite zog, hinter dem Björns Fotostudio lag, verstand sie im ersten Moment nicht, was sie sah. Björn hatte ihr den Rücken zugedreht und fotografierte. Hin und wieder gab er Anweisungen. Seine Stimme klang begeistert, er schien mit Spaß bei der Arbeit zu sein. Julias Blick wanderte weiter.

Vor Schreck setzte ihr Herz für einen Schlag aus. Sie fühlte sich wie erstarrt und bemerkte doch, dass sie zu zittern begann. Ein paar Meter vor ihr saß Bina mit weit gespreizten Beinen auf einem Hocker. Sie trug einen Zylinder auf dem Kopf, um den Hals hatte sie eine knallrote Fliege gebunden. Über der Stuhllehne hatte sie ihre nackten Brüste drapiert, die ohne Bekleidung noch viel eindrucksvoller waren, als Julia sie sich hätte vorstellen können.

Sie fühlte sich unfähig zu reagieren. Sie konnte weder auf Björn zugehen noch weglaufen. Es war, als stünde sie unter einem Schock. Plötzlich neigte sich Bina ein wenig zur Seite und schaute ihr direkt ins Gesicht. Sie lächelte sie genauso süß an wie am Vorabend und winkte ihr dann zu. »Hallöchen!«

Björn drehte sich zu ihr um. In seinem Gesicht stand Verwunderung. »Julia!«

Sie schnappte nach Luft. »Ich habe gestern vergessen, dir deinen Schlüssel wiederzugeben«, stammelte sie und legte den Schlüsselbund hastig auf den nächstgelegenen Tisch, wo Björn sein Fotozubehör abgelegt hatte.

Dann drehte sie sich abrupt um und flüchtete in Windeseile die kleine Stiege hinunter. Sie hörte Björns Stimme, als er ihr nachrief. Aber als sie Schritte hinter sich hörte, lief sie nur noch schneller.

Sobald sie aus dem Haus gestürzt war, hastete Julia auf die Haltestelle zu, wo gerade ein Bus stand. Ohne zu zögern, rannte sie über die Straße und schaffte es rechtzeitig in den Omnibus, bevor er losfuhr.

In dem Moment, in dem sich die Tür zischend schloss, ließ Julia sich auf einen der hinteren Sitzplätze sinken. Aus den Augenwinkeln registrierte sie, dass Björn dem Bus nachlief, doch sie drehte sich nicht zu ihm um.

Voller Entsetzen dachte sie daran, was sie wenige Augenblicke zuvor gesehen hatte. Eine nackte Bina, die sich mit lüsternem Blick vor ihm auf dem Stuhl gerekelt hatte. Und Björn schien es gefallen zu haben. Von wegen Freundschaft!

Tränen stiegen ihr in die Augen, sie wischte sie verstohlen mit einer Hand weg. Sie fühlte sich mit einem Mal so dumm. Wie hatte sie nur glauben können, dass Björn sich ernsthaft für sie interessierte? Mit ihren siebzehn Jahren war sie vermutlich noch viel zu naiv und unreif, um es mit einer Frau wie Bina aufnehmen zu können.

Im Grunde genommen wollte sie das auch gar nicht. Nein, sie wollte nie wieder etwas von Björn hören oder sehen. Er war für sie gestorben. Für immer und ewig!

Julia war mit dem Bus direkt zum Reisebüro gefahren. Bevor sie das Geschäft betrat, schluckte sie erneut ihre Tränen hinunter und tupfte sich das Gesicht ab. Karin und Volker sollten nichts von ihrem Gefühlschaos mitbekommen.

Sie räusperte sich und setzte ein Lächeln auf, dann drückte sie die Tür zum Ladenlokal auf. An Volkers Schreibtisch saßen bereits zwei Kunden. Karin ordnete ein paar Reisekataloge.

»Guten Morgen«, grüßte Julia gespielt gut gelaunt.

Karin lächelte sie zwar an, doch irgendwas an diesem Lächeln war anders als sonst. »Hallo, Julia. Machen wir zusammen neuen Kaffee?«

»Klaro.« Stirnrunzelnd folgte Julia ihr in das hintere Zimmer. Sie legte ihre Tasche auf der Fensterbank ab. »Ist irgendwas mit dir?«, fragte sie direkt.

Karin nickte. Ihr Gesichtsausdruck ließ nichts Gutes erwarten. »Am besten, du setzt dich erst mal.«

»Was ist denn los?«, fragte Julia beunruhigt, als sie saß.

»Ich weiß gar nicht, wie ich dir das sagen soll.« Karin rang die Hände, sie wirkte völlig durch den Wind. »Deine Mutter hat vorhin angerufen.«

»Ist was mit Mama? Oder mit Papa?«, fragte Julia beklommen.

»Nein, nein, ihnen geht es gut. Aber … deinem Bruder nicht. Und Biggi.« Sie setzte sich Julia gegenüber und schwieg eine Weile.

Julia wagte zunächst nichts zu sagen, dann hielt sie es nicht länger aus und fragte angsterfüllt: »Ja? Was ist denn passiert?«

Karin griff nach ihren Händen. »Ach, Julia, es ist alles so furchtbar! Sie mussten Biggis Baby per Kaiserschnitt holen.«

»So früh? Ich meine, wie geht es dem Baby?« Vor ihrem geistigen Auge sah sie ein kleines Wesen im Brutkasten.

Karin schluckte. »Es ist tot.«

»Was? Nein!« Julia fühlte, wie heiße Tränen über ihre Wangen rannen. Plötzlich brachen sich Gefühle in ihr Bahn, die sie kaum erwartet hatte.

»Der arme Achim!«, schluchzte sie. Ihr Herz klopfte mit einem Mal so schnell, als wäre sie kurz zuvor um ihr Leben gerannt. »Wann war das denn?«

Karin hatte den Blick gesenkt und seufzte schwer. »Vor ein paar Tagen schon.«

»Und warum erfahren wir erst jetzt davon?« Julia rang um Fassung.

»Deine Mutter hat es nicht eher geschafft, sich zu melden. Es ist zu viel auf einmal passiert. Sie musste zuerst schauen, dass sie sich um die Dinge vor Ort kümmert, und von hier aus können wir natürlich eh nichts ausrichten«, erklärte Karin und ließ betroffen die Schultern sinken.

»Das geht so nicht!« Julia sprang auf und griff nach ihrer Tasche.

Verwirrt folgte Karin ihr. »Was hast du denn jetzt vor?«

»Ich kann nicht länger hierbleiben.« Sie presste die Lippen zusammen, um die Tränen zurückzuhalten. »Ich muss so schnell es geht zurück nach Sankt Peter-Ording. Mein Bruder braucht mich jetzt! Das verstehst du doch?«

# Teil 3

# KAPITEL 21

*Mitte August 1978, im Geschäftszimmer des Strandhotels in Sankt Peter-Ording*

»Wann wollte Doktor Klok noch mal anrufen?« Tom saß mit gefalteten Händen an seinem Schreibtisch und ließ das Telefon nicht aus den Augen.

Sabine drehte sich zu ihm um. In einer Hand hielt sie ein Tuch, mit dem sie gerade das massive Bücherregal abstaubte. »Gegen zehn, hat er gesagt.«

»Es ist schon nach zehn. Ganze acht Minuten«, merkte Tom an und wippte unruhig mit dem Fuß.

»Sei nicht so ungeduldig«, beschwichtigte Sabine ihn. »Er wird sich schon melden. Immerhin hat er noch andere Patienten, um die er sich kümmern muss.«

»Das ist mir bewusst. Trotzdem möchte ich wissen, wie es mit Biggi weitergeht. Das wollen wir doch alle.« Er trommelte zappelig mit ein paar Fingern auf die Holzplatte seines Schreibtischs.

Sabine ging zu ihm, legte das Tuch auf dem Schreibtisch ab und stellte sich hinter ihn. Mit beiden Händen begann sie, vorsichtig seine Nackenmuskulatur zu lockern. Kurz darauf stellte Tom das Trommeln ein. Sie lächelte milde. »Die letzten Tage waren wirklich für uns alle nicht einfach. Wichtig ist, dass wir die Nerven behalten. Oder willst du so enden wie Biggis Eltern? Den Armen hat der Schicksalsschlag ihrer Tochter ziemlich zugesetzt. Wie ihre Mutter mir berichtete, hat Biggis Vater seit dem Tod des Babys kaum etwas gegessen und schon drei Kilo abgenommen.«

Tom gab einen Grunzlaut von sich. »Ohne uns wäre Biggi hoffnungslos verloren. Wer hätte sich denn sonst um eine Kur für sie gekümmert?«

»Vermutlich erst einmal niemand. Aber kann man es ihnen verdenken, dass sie über die Trauer des verlorenen Enkelkinds erst einmal hinwegkommen müssen?«, entgegnete Sabine verständnisvoll.

Unwirsch schüttelte er den Kopf. »Ich kann mir solche Ausfälle nicht leisten. Unsere Gäste fragen nicht nach meiner persönlichen Befindlichkeit. Sie haben Urlaub gebucht und bekommen Urlaub. Niemand zahlt für einen Hoteldirektor, der sich und seinen Laden nicht im Griff hat.«

»Ist ja gut, nun reg dich mal nicht so auf. Wir wissen doch alle, was wir an dir haben.« Sie beugte sich zu ihm runter und gab ihm einen Kuss auf die Wange. Auch wenn er es nicht sagte, sie kannte ihn gut genug, um zu wissen, dass auch bei ihm der Schmerz tief saß. Tom gestand sich jedoch nicht zu, ihn zu zeigen.

Endlich klingelte das Telefon. Sie griffen gleichzeitig zum Hörer, Sabine war jedoch ein wenig schneller. »Geh du mal eine Runde frische Luft schnappen«, bat sie Tom. »Ich mache das hier schon.«

»Na gut«, brummelte er und verließ das Zimmer.

Nachdem sie einmal tief durchgeatmet hatte, setzte Sabine sich auf den Chefsessel und nahm den Hörer ab. Herr Doktor Klok war persönlich am Apparat und teilte ihr die erfreuliche Nachricht mit, dass er für Biggi einen Platz in einer Kurklinik auf Sylt reservieren konnte.

»Wunderbar! Ich werde ihr gleich die freudige Botschaft überbringen. Vielen Dank, Herr Doktor Klok, dass Sie sich so für uns eingesetzt haben.« Sie legte auf und wollte gerade aufstehen, als das Telefon abermals klingelte. »Hansen?«

»Mutti!«

Überrascht lächelte sie. »Julia! Wie schön, dass du anrufst.«

»Ich wollte nur kurz Bescheid sagen, dass ich morgen nach Hause komme, Mutti. Karin und ich waren am Bahnhof und haben eine Fahrkarte gekauft.«

Sabine nahm ein verdächtiges Beben in der Stimme ihrer Tochter wahr, das ihr verriet, wie aufgewühlt sie sein musste. Normalerweise hätte sie nachgefragt, ob es Karin und Volker überhaupt recht sei, wenn sie das Praktikum früher als geplant beendete. Doch die außergewöhnlichen Umstände machten dies hinfällig. »Wir freuen uns, wenn du nach Hause kommst«, sagte Sabine nun stattdessen und verspürte eine große Erleichterung, ihre Tochter bald wieder bei sich zu haben. »Papa wird dich bestimmt vom Bahnhof abholen.«

Nach dem Telefonat war Sabine zuerst zu ihrem Mann auf die Terrasse gegangen, um ihm die Neuigkeiten zu berichten. »Solche Mediziner wie Doktor Klok sind Gold wert«, schloss sie.

»Da sieht man, was es für einen Unterschied macht, wenn ein Arzt persönlich zum Telefonhörer greift und in einer Kurklinik vorspricht. Dann geht auf einmal eine ganze Menge, und das ruckizucki. Unsereins hätte sich wohl die Finger wund wählen können, und es wäre am Ende nichts dabei herausgekommen.« Tom ließ den Blick über die ordentlich aufgestellten Tische schweifen, die im Sonnenlicht glänzten.

»Ach, ich freue mich so für Biggi«, erwiderte Sabine. »Endlich mal eine gute Nachricht.« Sie schlang einen Arm um ihren Mann und drückte sich an ihn. »Und ich freue mich auf unsere Tochter. Seit Julia in Gelsenkirchen ist, ist es hier viel ruhiger als sonst. Viel zu ruhig für meinen Geschmack, findest du nicht?«

Er barg kurz das Gesicht an ihrem Haar und gab ihr einen sanften Kuss auf die Wange. »Na, das wird sich ab morgen dann wieder ändern. Wann kommt sie denn an?«

»Nachmittags.«

»Dann hole ich sie vom Bahnhof ab.«

»Das habe ich ihr sogar schon versprochen.« Sie lächelte ihn an und richtete seine Krawatte. »Hast du vielleicht Achim gesehen? Ich möchte ihm gern gleich die Neuigkeiten erzählen.«

»Vorhin war er in der Küche. Ich glaube, er fängt sich auch langsam.« Er küsste sie auf die Stirn. »Ich gehe mal zurück an die Arbeit. Wenn was ist, dann weißt du, wo du mich findest.«

Sabine ließ die Hand an seinem Arm hinuntergleiten und drückte zum Abschied noch seine Hand.

Wenig später stieß sie die Tür zur Restaurantküche auf. Mit konzentrierter Miene schnitt Achim dort Gemüse, das der Chefkoch später für eine Suppe benötigte.

Sie runzelte die Stirn. Achim kochte eigentlich nicht gern. Normalerweise drückte er sich vor derlei Küchenarbeit, wann immer es ging. Er war lieber unter Menschen, zog den Umgang mit den Gästen vor, statt abgeschieden in einem Kochtopf herumzurühren und zu warten, bis alles gar war. Er musste ihr Kommen bemerkt haben, ließ sich jedoch nichts anmerken. Trotzdem las sie an seinem Gesicht ab, dass ihm nicht der Sinn nach Gesprächen stand. Die Kummerfalte auf seiner Stirn und die dunklen Augenringe fielen in der kalten Küchenbeleuchtung noch stärker auf als bei Tageslicht.

Sie ging zu ihm. »Da bist du ja.«

Nun schaute er auf und nickte leicht. Dann blickte er wieder stoisch auf die Zwiebeln, die er auf einem Holzbrett in kleine Würfel schnitt.

Sabine konnte nicht sagen, ob die Tränen in seinen Augen vom Zwiebelschneiden herrührten oder seiner Gemütslage geschuldet waren. »Ich habe gute Nachrichten. Stell dir vor, Doktor Klok hat einen Kurplatz für Biggi auf Sylt reserviert. Ist das nicht schön?«

Achim hielt im Schneiden inne und wischte sich mit einem Papiertuch über die Augen. »Mir wäre es lieber, wenn Biggi keine Kur brauchen würde«, sagte er verzweifelt. »Ich würde viel lieber schlaflose Nächte wegen unserem Sohn haben, weil er gefüttert und gewickelt werden muss.« Wieder wischte er sich mit dem Papiertuch über die Augen.

Sabine ging einen Schritt auf ihn zu und legte tröstend einen Arm um ihn. »Das würden wir uns alle wünschen, mein Junge. Auf nichts haben wir uns in den letzten Monaten mehr gefreut als auf die Geburt des Babys.«

Achim befreite sich aus der Umarmung, trat einige Schritte zurück und ließ sich erschöpft auf einen Stuhl in der Ecke fallen. »Mutti, ich weiß nicht, wie es weitergehen soll«, gestand er leise und wirkte vollkommen ratlos. »Ich bin nur noch müde und traurig. Nachts finde ich nicht in den Schlaf, und morgens fallen mir die Augen zu. Ich kann nur noch an unseren Sohn denken und daran, dass wir ihn bald beerdigen müssen.« Wieder kamen ihm die Tränen.

»Es ist so ungerecht, dass er nicht leben durfte. Wie soll Biggis und mein Leben bloß weitergehen? Es ist doch alles sinnlos!« Er schluchzte auf.

Sabine trat zu ihm und rieb ihm mütterlich den Rücken. Dabei spürte sie, wie sein Körper bebte. Wie konnte man jemanden in solch einer Situation nur besänftigen? Sie war zwar seine Mutter, aber sie hatte das Privileg, zwei gesunde Kinder zur Welt gebracht zu haben, die sie über alles liebte. Wie konnte sie da kluge Ratschläge geben, wenn sie gar nicht wusste, wovon sie eigentlich sprach? Sie ging vor ihm in die Hocke und wuschelte ihm zärtlich durchs Haar, so wie sie es schon immer getan hatte, seit er ein kleiner Junge gewesen war. »Julia kommt morgen zurück nach Sankt Peter-Ording.«

Erneut rieb er sich die Augen. »Wirklich? Wollte sie denn nicht länger in Gelsenkirchen bleiben?«

»Nein.« Sie schüttelte den Kopf. »Sie will nichts lieber, als bei dir, als bei uns allen hier zu sein.«

Achim rang sich ein schwaches Lächeln ab. »Ich freue mich auf sie.«

»Das ist gut.« Sabine drückte ihm kurz die Schulter, dann trat sie an die Arbeitsplatte und nahm das Messer in die Hand.

»Was tust du denn da?«, fragte Achim irritiert.

»Gemüse für die Suppe schneiden.«

»Und was soll ich dann machen?«

Sie sah ihn kurz an. »Du gönnst dir mal eine Mütze Schlaf. Für heute hast du Feierabend«, erklärte sie dann in einem Ton, der keine Widerrede duldete.

# KAPITEL 22

*Mitte August 1978, vor dem Strandhotel in Sankt Peter-Ording*

Der Kombi hielt direkt vor dem Hoteleingang. Kurz darauf sprang Julia aus dem Auto und lief auf die Terrasse zu.

»Mutti!« Ohne zu überlegen, warf sie sich in die Arme ihrer Mutter, wurde von einer Gefühlswelle überrollt und musste sich zusammenreißen, um nicht in Tränen auszubrechen.

»Nicht so stürmisch, mein Schatz!«, erwiderte ihre Mutter lachend. Dann hielt sie sie auf Armeslänge von sich und betrachtete sie. »Gut siehst du aus. Wie eine richtige erwachsene Dame aus der Großstadt.«

Julia verdrehte die Augen. »Ach, das bin ich doch gar nicht. Einmal Nordlicht, immer Nordlicht. Und eine Dame wird wohl auch nie aus mir werden.«

Ihr Vater stellte ihren Koffer neben dem Eingang ab. »Der war bei deiner Abreise aber um einiges leichter«, merkte er an.

»Das sind die neuen Erfahrungen, die so viel wiegen.« Amüsiert zwinkerte ihre Mutter ihrem Vater zu.

»Vielleicht das eine Paar neue Schuhe und die zwei Jeanshosen, die ich gekauft habe«, erklärte Julia. »Und noch ein paar T-Shirts.«

»Da hörst du es«, erwiderte ihr Vater und ging zurück zum Auto.

Markus, ein junger Hotel-Angestellter, der bloß ein Jahr älter als Julia und Achim war, eilte fröhlich hinaus, winkte ihr zu und trug den Koffer hinein.

»Es ist wirklich schön, wieder zu Hause zu sein«, sagte Julia und meinte es auch so. Sie hätte es keinen Tag länger im Ruhrgebiet ausgehalten.

Ihre Mutter strich ihr liebevoll eine Haarsträhne aus dem Gesicht. »Ich habe vorhin Conny im Strandcafé getroffen und ihr erzählt, dass du heute zurückkommst. Sie meinte, ich soll dich grüßen und dir sagen, dass sie nachher vorbeischaut.«

»Klasse!« Julia trat einen Schritt zurück und ordnete ihr Haar selbst, das der Wind ihr ins Gesicht wehte. »Wo ist denn Achim?«

»Vorhin war er auf dem Hof im Schuppen. Er wollte die Reifen seines Fahrrads flicken.«

Julia nickte. Sie wusste, dass sowohl Achims Vorder- als auch sein Hinterrad schon länger Löcher im Mantel hatten und ihr Bruder sich bisher davor gedrückt hatte, den Schaden auszubessern. Die Lage schien wirklich ernst zu sein, wenn er sich jetzt freiwillig um solch unliebsame Arbeiten kümmerte. Sie nickte ihrer Mutter abermals zu und las stilles Einvernehmen in ihrem Blick. »Ich gehe mal nachschauen, ob er noch da ist.«

Zielstrebig lief Julia um das Hotel herum und auf das kleine Kabuff zu, in dem Achim seit Langem eine Hobbywerkstatt hatte, die die Eltern ihm geschenkt hatten und die er normalerweise aber nur selten benutzte. Die Tür stand offen.

Nachdem Julia eingetreten war, entdeckte sie ihren Bruder in einer Ecke, die lediglich vom funzeligen Licht einer alten Schreibtischleuchte erhellt wurde.

Achim passte gerade die Beine eines wackeligen Stuhls an. Als er den Stuhl auf den Boden stellte und daran rüttelte, stand er wie eine Eins. Sein Fahrrad lehnte mit augenscheinlich frisch aufgepumpten Reifen an einem Holzschrank, in dem er allerlei Werkzeug aufbewahrte.

Julia klopfte mit den Fingerknöcheln auf die Werkbank. »Hallo, Achim«, sagte sie unsicher. Sie hatte keine Ahnung, wie ihr Bruder auf sie reagieren würde. Seit sie nach Gelsenkirchen gefahren war, hatten sie nicht mehr miteinander gesprochen.

Er drehte den Kopf in ihre Richtung und schaute sie eine Weile nur an. Dann legte er sein Werkzeug in einen Kasten und kam auf sie zu. Wortlos ließ er sich in ihre Arme fallen und schluchzte laut los.

»Ach, Julia. Wie soll ich nur weiterleben?«, war das Einzige, was er herausbrachte.

Langsam senkte Julia den Tonarm, bis die Nadel auf dem schwarzen Vinyl aufsetzte. Es knisterte kurz, dann erklangen die ersten Töne ihrer ABBA-LP.

Sie setzte sich im Schneidersitz neben Conny aufs Bett. »Ich habe Achim wirklich noch nie so traurig gesehen«, erzählte sie bedrückt. »Sonst konnte ich ihn immer aufheitern, egal, was war …«

»Ich kann immer noch nicht glauben, was passiert ist. Deine Mutter hat im Strandcafé mit keiner Silbe etwas angedeutet. Ich hatte bis vorhin wirklich keine Ahnung!«, sagte Conny schockiert und schüttelte den Kopf. »Aber wie willst du ihn auch trösten? Sein Sohn ist gestorben. Da hilft der Spruch, dass alles gut wird, eher nicht.«

»Wohl kaum«, stimmte Julia zu und seufzte schwer. »Conny, ich schäme mich so.« Sie griff nach einem Kissen und verbarg ihr Gesicht darin.

»Wieso das denn?«

Sie legte das Kissen wieder ab. »Na, für mein Verhalten meinen Eltern und auch Achim gegenüber. Ich kann mir gar nicht erklären, was in mich gefahren war, solchen Traumtänzereien nachzujagen. Ich habe mich benommen wie eine Vierzehnjährige.« Sie schüttelte den Kopf und schaute zur Zimmerdecke.

»Was meinst du konkret?« Conny zog die Augenbrauen hoch.

»Ach, zum Beispiel die Sache mit der Bewerbung bei der Lufthansa. Dass ich Sankt Peter-Ording auf Biegen und Brechen verlassen wollte, obwohl ich noch keine achtzehn bin. Was für eine Schnapsidee!« Sie senkte den Blick. »Ich glaube, ich bin meinen Eltern damit ziemlich auf den Keks gegangen.«

»Kann schon sein.« Conny zuckte lachend mit den Schultern. »Also, ich fand es mutig, dass du dich bei der Lufthansa beworben hast. Ich hätte mich das nicht getraut.«

Julia lächelte. »Schon irgendwie. Aber ganz ehrlich, sobald die Leute in Frankfurt herausfinden, dass ich bei meinem Alter geschummelt habe, hat sich die Angelegenheit für mich doch sowieso erledigt.«

»Damit wirst du recht haben. Trotzdem ist es spannend. Hast du denn schon eine Antwort bekommen?«

Sie verneinte kopfschüttelnd.

»Und wenn sie dich einladen?«

»Keine Ahnung.« Julia ließ sich nach hinten in die weichen Kissen fallen. »Die Pleite mit Björn hat mich jedenfalls eines gelehrt, nämlich dass die eigene Familie das Wichtigste ist. Ich habe mir vorgenommen, von nun an Verantwortung zu übernehmen. So wie es mein Bruder auch getan hat.«

»Hört, hört! Das sind ja ganz neue Töne.«

Sie richtete sich wieder auf. »Hey, ich meine es ernst!«

Hoffnungsvoll lächelte Conny sie an. »Heißt das, du bleibst mir und Sankt Peter-Ording erhalten?«

Julia nickte. »Sieht ganz danach aus. Ich werde also schön brav das Abi machen und weiter im Strandcafé arbeiten. Wahrscheinlich werde ich ab sofort auch mehr Aufgaben im Café übernehmen, weil meine Mutter verstärkt im Hotel gebraucht wird. Auf Achim kann man im Augenblick nicht so richtig zählen, weißt du. Und er hat sich auch eine Pause verdient, muss man sagen.«

Conny grinste sie an. »Und am Ende heiratest du doch Manu! Und ihr bekommt zehn Kinder. Mindestens!«

Julia griff nach einem Stofftier und warf es ihrer Freundin an den Kopf. »Ganz bestimmt nicht! Da gehe ich doch eher zur Lufthansa.«

Am Abend zog Julia sich eine Strickjacke über und verließ das Hotel. Die Sonne war fast untergegangen und die Temperaturen nun deutlich kühler. Sie lief zur Promenade und dann die Seebrücke entlang. Dabei atmete sie tief die salzige Luft ein. Rechts neben ihr wiegte sich der Strandhafer raschelnd auf einer Düne, weiter hinten erhob sich ein Pfahlbau.

Erst jetzt wurde ihr bewusst, wie sehr sie den Duft ihrer Heimat vermisst hatte. Als sie endlich an der Wasserkante angekommen war, zog Julia sich die Sandalen aus und watete einige Schritte ins Meer. Leichte Wellen umspielten ihre Knöchel. Sie fühlte den nassen Sand unter ihren Füßen und den Wind im Haar.

Wie hatte sie diese einzigartige Schönheit übersehen können, die sie umgab? Verwundert fragte sie sich, woher ihr Fernweh gekommen war. Eigentlich hatte sie doch alles hier, was man sich wünschen konnte. Lag es vielleicht daran, dass man erst die gewohnte Umgebung verlassen musste, um sie nach der Rückkehr wieder in vollen Zügen genießen zu können?

Fast musste sie über sich selbst lachen. Wie dumm sie doch gewesen war!

Natürlich, sie war Björn nähergekommen … Ob sie ihn jemals wiedersehen würde? Und wenn ja, wie würde sie dann reagieren? Und er?

Ach, im Grunde spielte das keine Rolle. Sie war nicht diejenige, die eine nackte Frau fotografiert und offensichtlich gelogen hatte, was das Verhältnis zu Bina betraf. Nein, sie hatte sich nichts vorzuwerfen.

Julia schüttelte kräftig ihr Haar. Es nutzte überhaupt nichts, sich darüber noch den Kopf zu zerbrechen. Sie nahm sich vor, ab jetzt die Ärmel hochzukrempeln und sich auf ihre familiären Pflichten zu besinnen. Es gab genügend Dinge, die ihre volle Aufmerksamkeit erforderten.

Als Julia zurück zum Hotel kam, sah sie, dass einige Teelichter auf den Tischen der Terrasse heruntergebrannt waren. Sie sammelte sie ein und ersetzte sie durch neue, die sie jedoch nicht anzündete, da keine Gäste mehr draußen saßen. Anschließend kontrollierte sie die Kerzen in der Hotelhalle und im Restaurant.

Als sie gerade an einem Sofa in der Lobby vorbeigehen wollte, stutzte sie und blieb stehen. »Ach, Biggi! Fast wäre ich weitergelaufen.«

»Achim hat mir erzählt, dass du wieder da bist«, sagte sie.

Julia fiel auf, dass Biggi genauso blass war wie ihr Bruder. »Darf ich mich zu dir setzen?«

Stumm rückte Biggi ein Stück zur Seite, um für sie Platz zu machen.

»Normalerweise würde ich dich jetzt fragen, wie es dir geht, aber das wäre wahrscheinlich nicht besonders passend«, meinte Julia, nachdem sie eine Weile schweigend nebeneinandergesessen hatten.

»Selbst dann könnte ich dir die Frage nicht beantworten.« Biggi sah sie aus großen Augen an. »Ich habe große Schuldgefühle und keine Tränen mehr. Ich frage mich immer nur, was ich falsch gemacht habe. Hätte ich mich noch mehr schonen sollen? Oder hätte ich häufiger zum Arzt gehen sollen?«

Mitfühlend drückte Julia ihr die Hand. »Ich bin zwar kein Experte, wenn es um Schwangerschaften geht, aber ich finde, du hast alles richtig gemacht. Dein Baby hat jeden Tag frische Meeresluft atmen dürfen. Du hast dich bewegt, aber auch geschont, hast gut gegessen und, soweit ich weiß, nichts Extremes gemacht.«

»Und warum fühle ich mich dann wie eine Mörderin? Warum durfte mein Sohn nicht leben? Wieso muss ich ihn in ein paar Tagen zu Grabe tragen?« Biggi sprach ganz ruhig und blickte sie nun aus leeren Augen an. »Warum durfte ich keine Mutter eines gesunden Kindes werden?«

»Ich weiß es nicht.« Julia nahm Biggi in den Arm und streichelte mit einer Hand tröstend ihren Rücken.

Sie schwiegen wieder. Ihre Probleme erschienen Julia geradezu lächerlich im Vergleich zu denen von Biggi und Achim. Sie wünschte, sie hätte ihr eine Antwort auf ihre Fragen geben können.

# KAPITEL 23

## *Mitte September 1978, auf der Pestalozzistraße, kurz vorm Dünenweg in Sankt Peter-Ording*

»In einem Jahr sieht die Welt für uns ganz anders aus«, prophezeite Julia. Es war mittags nach Schulschluss. Ein herrlicher Spätsommertag bescherte der Küstenregion noch einmal einen knallblauen Himmel und warmen Sonnenschein. Es fühlte sich mehr wie Mitte Juli an, sodass man den Herbstbeginn kaum erahnte.

Julia fuhr mit dem Fahrrad neben Conny auf der Straße und winkte einer Frau zu, die in ihrem Garten Rosen schnitt. »Moin, Frau Söbbke!«

»Oder auch nicht«, merkte Conny an, als sie weiterfuhren.

Julia runzelte die Stirn. »Verstehe ich nicht.«

»Na, wenn wir das Abitur nicht packen, dann bleibt alles beim Alten«, erklärte sie. »Vermutlich werden wir dann in einem Jahr genau wie heute um die gleiche Uhrzeit mit dem Rad von der Schule nach Hause fahren.«

Julia lachte. »Wie dem auch sei! Zumindest sind wir in einem Jahr beide volljährig. Vielleicht haben wir bis dahin auch den Führerschein in der Tasche.«

»Stimmt! Sag mal, hast du schon mit der Deutsch-Lektüre angefangen? Also, ich verstehe bisher nur Bahnhof. Warum müssen wir uns eigentlich mit Goethes *Faust* herumschlagen? Das ist alles so alt und staubig, das interessiert doch keinen mehr.«

»Ich bin bis jetzt noch nicht dazu gekommen, ins Buch zu gucken. Seit der Beerdigung vom kleinen Boje lässt sich Achim noch stärker hängen. Er hat den Tod seines Kindes noch längst nicht verarbeitet.«

»Kann ich gut verstehen. Bestimmt dauert es noch ein Weilchen.«

Julia hielt kurz das Gesicht in die Sonne und genoss es, als sie Rückenwind bekamen und weniger in die Pedale treten mussten. »Das denke ich auch, und wir machen ihm auch alle keinen Vorwurf. Aber dadurch gibt es für mich neben der Schule und der Kellnerei im Café noch zusätzlich Arbeit im Hotel zu erledigen. Meistens bin ich abends k.o. und froh, wenn ich noch die Hausaufgaben halbwegs erledigen kann, bevor mir die Augen zufallen. Mal sehen, vielleicht schaffe ich es heute, mit dem Lesen zu beginnen.«

Conny schwieg, bis sie an der nächsten Kreuzung ankamen. Dann sagte sie: »Dein armer Bruder! Mit ihm möchte man wirklich nicht tauschen. Und mit Biggi natürlich genauso wenig. Wie geht es ihr denn?«

»Gute Frage. Sie möchte darüber nicht mehr reden. Ich bin mir nicht sicher, ob das ein gutes oder schlechtes Zeichen ist.«

Wie gewohnt blieben sie kurz an der Kreuzung stehen, um sich dann voneinander zu verabschieden. »Na, dann mache ich mich mal auf den Weg«, sagte Conny nach einer Weile, in der sie weitergeplaudert hatten. »Wir sehen uns ja nachher im Café!«

»Ja, bis später!« Julia schwang sich wieder auf ihr Fahrrad und fuhr weiter zum Strandhotel.

»Julia!« Bruni, die Empfangsdame, die ihr Vater vor etwa einem Jahr eingestellt hatte, winkte hinter der Anmeldung aufgeregt, als Julia durch die Empfangshalle lief.

Lächelnd ging sie zu ihr. »Was ist denn?«

»Es ist Post für dich gekommen.« Bruni überreichte ihr einen Brief.

»Danke.« Julia nahm das Kuvert an sich und wandte sich ab.

Kurz bevor sie die Treppe zur ersten Etage erreicht hatte, warf sie im Gehen einen Blick auf den Absender. Sie blieb jäh auf der Stufe stehen und starrte auf den Namen: Lufthansa. Wahrscheinlich handelte es sich bloß um eine Absage, sagte sie sich und verstaute den Briefumschlag in ihrer Schultasche, konnte aber nicht verhindern, dass ihr Herz schneller schlug.

»Das ist ja ein dickes Ding!« Conny ließ das Schreiben sinken und gab es Julia zurück. »Du hast es wirklich geschafft! Gratuliere!«

Sie standen an der Brüstung des Strandcafés, weit genug von Gästen und Angestellten entfernt, dass niemand sie belauschen konnte. Julia steckte das Schriftstück zurück in den Umschlag und ließ diesen dann in ihrer Schürzentasche verschwinden. »Was meinst du, wie ich erst geguckt habe, als ich den Brief gelesen habe! Aber ich bin hin- und hergerissen, ob ich überhaupt zum Vorstellungstermin gehen soll. Immerhin habe ich bei meinem Alter gelogen«, sagte sie, während ihr Blick über die Ordinger Dünenlandschaft streifte.

»Na und?« Conny zuckte leichthin mit den Achseln. »Nun bist du schon so weit gekommen, dann kannst du dort auch vorsprechen.«

»Meinst du wirklich?«, fragte Julia zweifelnd. Sie hatte sich gerade damit abgefunden, doch den von ihren Eltern für sie vorgesehenen Weg einzuschlagen.

»Aber ja. Sonst tut es dir später leid, dass du die Erfahrung nicht gemacht hast«, bekräftigte Conny.

»Das ist gut möglich«, stimmte sie zu und fühlte wieder Abenteuerlust in sich aufsteigen. »Bestimmt hast du recht.«

»Natürlich habe ich das.«

»Also gut. Ich mach's!« Julia stützte sich mit den Unterarmen auf der Brüstung ab und drehte ihren Kopf weit nach links. Sie beobachtete, wie zwei Kinder im flachen Wasser der Nordsee in einem Gummiboot paddelten.

Conny klatschte begeistert in die Hände. »Prima!«

Fest entschlossen drehte Julia den Kopf wieder und sah ihre Freundin an. »Aber nur unter einer Bedingung.«

Conny hob die Augenbrauen. »Die da wäre?«

»Du musst mich nach Hamburg begleiten. Allein schaffe ich das nicht. So mutig bin nicht mal ich.«

»Das ist doch Ehrensache. Oder denkst du, ich lass dich allein fahren? Dafür bin ich viel zu neugierig.«

Am späten Nachmittag verriegelte Julia die Türen des Cafés, eine halbe Stunde früher als sonst. Die Flut hatte eingesetzt, sodass die Gäste das Strandcafé ohnehin nicht mehr trockenen Fußes erreichen konnten. An diesem Tag hatten die Leitung und das Schließen des Lokals in ihrer Verantwortung gelegen. Denn ihre Mutter war seit dem Mittag mit der Betreuung einer Hochzeitsgesellschaft im Hotelrestaurant beschäftigt und erleichtert gewesen, als sie angeboten hatte, sich um einen reibungslosen Ablauf im Strandcafé zu kümmern.

Es war für Julia keine große Sache gewesen, denn sie kannte den Ablauf in- und auswendig. Es hatte ihr auch nichts ausgemacht, allein bis zum Schluss zu bleiben. Connys Schicht hatte eine Stunde eher geendet, deshalb war ihre Freundin längst aufgebrochen.

Auf der letzten Treppenstufe zog sie ihre Schuhe aus und watete dann ein paar Meter durch das wadenhohe Salzwasser, bis sie den trockenen Strand erreicht hatte. Ein Gutes hatte das frühe Einsetzen der Flut: So blieb ihr mehr Zeit für ihre Hausaufgaben, und allmählich musste sie sich endlich Goethes *Faust* widmen.

Die letzten Tage der Saison waren andererseits ohnehin gezählt. Im Oktober schloss das Strandcafé bis April. Dann hatte Julia wieder ausreichend Zeit, sich ganz auf die Schule zu konzentrieren.

Sie schob ihren Drahtesel vom Fahrradparkplatz und fuhr zurück zum Hotel im Ortsteil Bad.

Ihre Mutter stand auf dem Bürgersteig vorm Hotel und schien nach jemandem oder nach etwas Ausschau zu halten. Julia verlangsamte das Tempo und stieg vom Rad, sobald ihre Geschwindigkeit es zuließ. Die restlichen Meter schob sie, bis sie bei ihrer Mutter angekommen war.

»Moin, Mutti! Wartest du etwa auf jemanden?«

»Ja, allerdings …« Tiefe Sorge spiegelte sich auf ihrer Miene. »Biggi ist weg. Seit heute Mittag schon.«

»Wo wollte sie denn hin?«

»Wenn ich das wüsste. Sie hat sich bei niemandem abgemeldet. Auch nicht bei Achim, obwohl er eigentlich immer weiß, wo sie sich aufhält. Herr Farmsen hat zufällig mitbekommen, wie sie das Hotel verlassen hat. Er hat heute Mittag kurz mit ihr gesprochen … Sie sagte wohl, dass sie das schöne Wetter an der frischen Luft genießen wolle.«

»Dann ist doch alles klar.« Julia verstand die Aufregung ihrer Mutter nicht. »Sie ist sicherlich bei ihren Eltern im Dorf. Bestimmt sitzen sie zusammen im Garten.«

Ihre Mutter strich sich nervös über die Wangen. »Nein, es ist gar nichts klar. Bei ihren Eltern ist niemand zu Hause. So lange bleibt Biggi sonst nie weg. Schon gar nicht, ohne sich vorher bei Achim abzumelden. Ich mache mir wirklich große Sorgen. Biggi steckt noch in tiefer Trauer. Wer weiß, auf was für Ideen sie in ihrem Zustand kommt.«

»Mal lieber nicht den Teufel an die Wand«, bemerkte Julia. Sie erinnerte sich an das Gespräch, das sie kurz nach dem Tod des Babys mit Biggi in der Hotellobby geführt hatte. Biggi war äußerst schwermütig gewesen, und sie hatte auch einige besorgniserregende Gedankengänge geäußert. Aber war sie deswegen gleich gefährdet und würde etwas Unüberlegtes tun? Dinge zu sagen und dann auch zu tun, das war doch ein großer Unterschied.

Julia konnte sich beim besten Willen nicht vorstellen, dass Biggi sich ernsthaft etwas antun wollte. Um ihre Mutter nicht weiter aufzuregen, entschied sie, ihr jetzt nichts von dem Gespräch mit Biggi zu sagen. »Ich bin mir sicher, sie kommt bald munter und fidel zurück. Spätestens wenn die Abendkühle einsetzt, wird sie im Hotel eintrudeln. Wirst schon sehen!«

»Deine Worte in Gottes Ohr«, erwiderte ihre Mutter in weniger optimistischem Ton. »Ist denn wenigstens alles gut im Café abgelaufen?«

»Alles bestens, Mutti.« Sie küsste ihre Mutter auf die Wange und drückte ihr dann den Schlüssel vom Café in die

Hand. »Mach dir nicht so viele Gedanken. Ich gehe mal auf mein Zimmer, um Hausaufgaben zu machen.«

»Mach das. Ich sage dir Bescheid, sobald Biggi wieder da ist.« Noch schien ihre Mutter nicht hineingehen zu wollen.

Julia brachte ihr Fahrrad in den Schuppen hinter dem Hotel. Wenig später holte sie sich aus der Restaurantküche eine Frikadelle mit Kartoffelsalat und eine Flasche Zitronenlimonade und ging damit auf ihr Zimmer. Während der Arbeit im Café war sie nicht dazu gekommen, etwas zu essen.

Als sie an ihrem Schreibtisch über einer kniffeligen Matheaufgabe brütete, wanderten ihre Gedanken immer wieder zu jenem Gespräch mit Biggi.

Je länger sie darüber nachdachte, umso unsicherer wurde sie, ob Biggis Schwermut nicht doch über einen normalen Grad an Trauer hinausgegangen war. Aber woher sollte sie wissen, was in solch einer Situation im Normalbereich lag?

Julia reckte und streckte sich, dann klappte sie das Mathe-Buch zu. Es dämmerte bereits, und durch das gekippte Fenster wehte ein kühler Lufthauch herein. Eine kurze Pause konnte sie sich gönnen.

Sie nahm die leere Glasflasche und verließ ihr Zimmer.

Auf der Treppe begegnete sie Achim. »Hey! Ist Biggi inzwischen wiederaufgetaucht?«

»Nein«, antwortete er ernst. »Wir beginnen jetzt mit der Suche. Die Polizei und die Küstenwache sind bereits verständigt.« Auf seiner Stirn hatte sich wieder eine Kummerfalte gebildet.

Julia legte ihm eine Hand auf die Schulter. »Kopf hoch! Es geht ihr bestimmt gut.« In Wirklichkeit war sie sich dessen überhaupt nicht mehr sicher. Doch sie spürte das dringende Bedürfnis, ihrem Bruder Mut zu machen.

Er schüttelte bekümmert den Kopf. »Wenn Biggi etwas zugestoßen ist ... Das könnte ich mir im Leben nicht verzeihen.«

»Was du für Gedanken hast.« Sie schüttelte ebenfalls den Kopf. »Weißt du was? Meine Hausaufgaben können warten. Ich helfe bei der Suche nach Biggi. Am besten gehen wir zusammen.«

»Ist gut.« Achims Gesichtsausdruck schien sich ein wenig zu entspannen. »Ich ziehe mir nur noch schnell eine Jacke über. Dann können wir zwei Taschenlampen aus meiner Werkstatt mitnehmen.«

»Ich hole sie schon und warte auf der Terrasse auf dich«, sagte Julia und war bereits auf dem Weg.

Sie waren zunächst zum Promenadenplatz gelaufen und hatten dort mit ihren Taschenlampen in jeden Winkel geleuchtet. Dann gingen sie weiter an den Salzwiesen entlang, und von dort aus schlugen sie den Weg nach Norden durch den kleinen Wald ein, der in Strandnähe verlief.

Sorgsam leuchteten sie auch hier die Umgebung ab und riefen immer wieder nach Biggi. Sie erhielten keine Antwort.

Am Strandübergang Köhlbrand blieben sie stehen. Inzwischen war es so duster, dass der Lichtschein ihrer Taschenlampen wie kleine Leuchtfeuer die Dünen und den Strandabschnitt erhellte.

»Es bringt nichts. Wir sollten zurück zum Hotel gehen. In der Dunkelheit können wir eh nichts weiter ausrichten. Vielleicht ist Biggi inzwischen ja auch längst zurück«, meinte Achim müde.

Julia machte sich inzwischen auch ernsthafte Sorgen und wollte noch nicht aufgeben. »Warte. Lass uns noch bis zu der Stelle laufen, an der man das Licht vom Leuchtturm sieht. Sollten wir sie bis dahin nicht gefunden haben, gehen wir zurück.«

Ihr Bruder nickte fast erleichtert. »Also gut. Einverstanden.«

Sie liefen dicht an den Dünen entlang, um nicht in die Flut zu geraten. Auf dem Wasser konnten sie mehrere Boote mit Lichtern ausmachen, deren heller Schein über die Wellen glitt. »Das ist bestimmt die Küstenwache. Sie suchen noch nach ihr«, murmelte Julia.

Verzweifelt raufte er sich das Haar. »Wo steckt Biggi nur?«

Als sie auf der Höhe des Strandcafés vorbeiliefen, sahen sie den Westerhever Leuchtturm. Wie ein überdimensional großer Scheinwerfer schien das Leuchtfeuer den Küstenabschnitt abzutasten. Julia und Achim blieben an einer Stelle stehen und leuchteten mit ihren Taschenlampen aufs Meer.

»Hier ist niemand«, sagte Achim mutlos. »Ich habe es dir ja gesagt.«

»Moment.« Julia leuchtete noch einmal langsam über das Wasser und folgte dann konzentriert dem Leuchtturmlicht. Für den Bruchteil einer Sekunde meinte sie, etwas gesehen zu haben. Aufgeregt griff sie nach Achims Arm. »Ich glaube, da war was!«

»Wo?« Er leuchtete in die Richtung, in die sie zeigte.

»Ungefähr da drüben.« Sie machte einen Schritt in die Richtung. »Achte darauf, wenn das Licht des Leuchtturms wieder an die Stelle kommt.«

Sie blickten beide aufmerksam in das Dunkel und warteten auf das kraftvolle Leuchtfeuer aus Westerhever.

»Da!«, rief Julia und deutete nochmals auf die Stelle, die ihr aufgefallen war.

»Jetzt habe ich es auch gesehen.« Achim klang höchst alarmiert. »Es war, als würde jemand winken!«

»Das habe ich auch gesehen.« Kurz entschlossen drehte sich Julia in Richtung der Boote, die weiter von ihnen entfernt waren.

»Was tust du denn da?«, wollte Achim wissen. »Wir müssen dorthin!«

»Ich mache auf mich aufmerksam. Wir können unmöglich an die Stelle dahinten gelangen. Das ist mitten im Wasser.«

Sie setzte mit ihrer Taschenlampe das Morsezeichen für SOS ab, ließ das Licht dreimal kurz, dreimal lang und wieder dreimal kurz aufleuchten. Nachdem sie die Lichtzeichen mehrmals wiederholt hatte, bekam sie eine Antwort von der Küstenwache.

»Sie haben uns bemerkt«, jubelte Julia. »Nun wird bestimmt wieder alles gut.« Sie hakte sich bei Achim unter und bemerkte, dass er zitterte.

Eine halbe Stunde vor Mitternacht saß Biggi mit einer dicken Wolldecke um die Schultern vorm Kaminfeuer im Strandhotel, das Julias und Achims Vater für sie angezündet hatte, als er gehört hatte, dass die Küstenwache sie gefunden hatte.

»Meine Güte, Mädchen! Wir haben uns solche Sorgen um dich gemacht«, hatte ihr Vater gesagt, als Biggi aus dem Fahrzeug der Küstenwache gestiegen war.

Neben ihr auf der Lehne hockte Achim, einen Arm um sie geschlungen, als wollte er sie nie wieder loslassen. Er wirkte erleichtert und hatte zusammen mit Julia so lange am Nordstrand ausgeharrt, bis das kleine Boot der Küstenwache Biggi an Land gebracht hatte.

»Ich schäme mich so, dass ihr euch wegen mir solche Sorgen gemacht habt«, sagte sie zum wiederholten Mal und wischte sich Tränen aus den Augenwinkeln.

»Wir sind doch heilfroh, dass wir dich gesund und munter wiederhaben«, beschwichtigte Achim sie.

»Wissen meine Eltern etwa auch Bescheid?«, fragte Biggi nach einer Weile.

Bittend schaute Julia zu ihrer Mutter, die nun das Wort ergriff.

»Keine Sorge. Wir wollten sie verständigen, aber es war niemand zu Hause.«

»Ein Glück. Bestimmt haben sie meine Großeltern in Friedrichstadt besucht. Das machen sie einmal in der Woche.« Biggi seufzte.

»Was ist denn eigentlich passiert?«, fragte Julia schließlich. »Bisher wissen wir nur, dass die Küstenwache dich von einer Sandbank eingesammelt hat.«

»Ach, ich bin wirklich so dumm!« Wieder schluchzte sie auf. »Ich bin im Watt spazieren gegangen und habe vergessen, auf die Gezeiten zu achten. Dabei sollte mir das als jemand, der an der Nordsee geboren und aufgewachsen ist, doch wirklich nicht passieren.«

»Das ist schon ganz anderen passiert«, versuchte Julia, sie zu beschwichtigen, und schaute wieder zu ihrer Mutter.

»Du solltest dringend aus den nassen Kleidern raus und ein heißes Bad nehmen, bevor du dir eine Erkältung einfängst«, sprach ihre Mutter nun ein Machtwort und erhob sich aus ihrem Sessel. »Ein bisschen hast du dich jetzt ja aufgewärmt. Ich lasse dir heißes Wasser ein. Und du,

Achim, könntest deiner Verlobten inzwischen eine Suppe warm machen. Es ist noch Hühnerbrühe von heute Mittag da.«

»Wird gemacht.« Schon eilte Achim in die Küche, ihre Mutter machte sich auf den Weg ins erste Obergeschoss.

Julia blieb mit Biggi allein im Kaminzimmer zurück. Sie lächelte sie verständnisvoll an. »Ich bin als Mädchen auch mal in Seenot geraten.«

»Ach ja, bei Kindern kann so etwas natürlich mal vorkommen.« Sie zog die Decke enger um ihren Oberkörper. »Mir ist es wirklich unsäglich peinlich. Alle haben doch bestimmt von meinem Verschwinden mitbekommen.« Biggi musste niesen.

»Gesundheit!«

»Danke.«

»Und nein. Es haben nicht alle mitbekommen, dass du vermisst wurdest. Den Gästen ist es bestimmt gar nicht aufgefallen, und Rita hat auch nichts mitbekommen. Sie übernachtet heute mit Meike in Brösum bei ihren Schwiegereltern und ist schon seit dem Mittag weg. Sie kommen erst morgen zurück.«

»Warum geht in meinem Leben nur alles schief?« In Biggis Augen sammelten sich wieder Tränen.

Tröstend rubbelte Julia ihr mit einer Hand den Arm. »Heute ist doch überhaupt nichts schiefgegangen. Du wurdest gerettet, und du bist nun hier. Wir alle sind überglücklich, dass es dir gut geht.«

»Vielleicht wäre es besser gewesen, wenn man mich nicht gefunden hätte«, flüsterte sie plötzlich. »Dann wäre ich höchstwahrscheinlich jetzt tot und könnte niemandem mehr Kummer bereiten.« In diesem Moment schien die ganze Trauer um das verlorene Kind aus Biggi herauszubrechen. Sie warf sich in Julias Arme und schluchzte jämmerlich. »Mein Kind! Mein geliebtes Kind! Warum wurdest du mir genommen?«

# KAPITEL 24

*Mitte September 1978, vor dem Strandhotel in Sankt Peter-Ording*

Es schien wieder ein sonniger Tag an der Küste zu werden, der die Dünen zum Leuchten bringen würde, doch die Temperaturen waren morgens inzwischen kühler als noch zwei Wochen zuvor. Die Gäste im Strandcafé trugen vermehrt Strickjacken, wenn sie auf der Außenterrasse speisten, und nicht mehr viele wagten es, in der kühlen Nordsee zu schwimmen. Die meisten Urlauber wateten mit hochgekrempelten Hosen durch die flache Brandung und blickten sehnsuchtsvoll zum Horizont, als könnten sie dort schon den nächsten Sommer ausmachen. Es war nicht zu leugnen, dass der Herbst auf dem Vormarsch war und sich der Sommer langsam verabschiedete.

Julias Vater fuhr mit dem wuchtigen Kombi vor und hielt vor dem Eingangsbereich des Hotels. Nachdem er ausgestiegen war, winkte er. Sogleich nahmen Achim und ein Angestellter das Gepäck der Reisenden und den Kinderwagen und luden alles in den geräumigen Kofferraum des Fahrzeugs.

Rita umarmte zuerst ihre Mutter und dann Julia. »Ach, ich kann mir gar nicht mehr vorstellen, wie es ist, ohne den Duft des Meeres und das Kreischen der Möwen aufzuwachen. Nach so einer langen Zeit in Sankt Peter-Ording wird es mir bestimmt nicht leichtfallen, mich wieder an den Kohlenstaub und den Autolärm im Ruhrgebiet zu gewöhnen. Wer weiß, vielleicht überlegen Meike und ich es uns auf der Zugfahrt noch anders und begleiten dann Biggi nach Sylt.«

Sie lachte Achims Verlobte an, die an diesem Morgen ebenfalls abreiste, um ihre Kur anzutreten, und zusammen mit Rita bis zum Husumer Bahnhof fuhr.

»Du weißt doch, du bist jederzeit bei uns herzlich willkommen«, sagte Julias Mutter. »Und Fiete natürlich auch. Er vermisst euch bestimmt schon ganz doll.«

»O ja, das tut er«, bestätigte Rita. »Bei unserem letzten Telefonat hat er schon die Stunden gezählt bis zu unserer Ankunft am Gelsenkirchener Hauptbahnhof.«

»Wenn ihr das nächste Mal kommt, ist Meike bestimmt schon größer und kann dann im Babybecken unseres Meerwasserbads planschen«, meinte Julia. »Das würde ihr bestimmt gefallen.«

»Das ist eine gute Idee! Aber nur mit Schwimmflügeln«, ergänzte Rita und hob mahnend den Zeigefinger.

»Ich will ja nicht drängeln, aber der Zug wartet nicht auf euch.« Ihr Vater blickte mahnend auf seine Armbanduhr.

»Abfahrt ist schon in einer Viertelstunde«, fügte Achim hinzu.

»Dann heißt es nun wohl Abschied nehmen.«

Sie umarmten einander noch einmal fest, dann stiegen Rita mit der kleinen Meike und Biggi mit Achim in den Kombi ein. Julias Vater startete den Motor und fuhr langsam an.

Neben ihrer Mutter stand Julia und winkte ihnen nach, bis sie außer Sicht waren.

»Ich werde mich auch erst daran gewöhnen müssen, Rita und die kleine Meike nicht mehr zu sehen«, stellte ihre Mutter mit Schwermut in der Stimme fest. »Seit der Geburt waren wir jeden Tag zusammen.«

»Mir werden sie auch fehlen. Und Biggi natürlich. Meinst du, in dem Sylter Sanatorium wird ihr geholfen?«

»Das hoffe ich. Laut Doktor Klok hat die Kurklinik auf Sylt einen erstklassigen Ruf. Drei Wochen ist eine lange Zeit, und vielleicht verlängern die Ärzte Biggis Aufenthalt noch. Je länger sie dort sein kann, desto größer stehen wohl die Chancen auf eine Verbesserung ihrer psychischen Gesundheit.«

Julia nickte. »Danke übrigens, dass ich mir heute zusammen mit Conny freinehmen kann.«

»Den freien Samstag habt ihr euch redlich verdient, so fleißig, wie ihr in der Saison gewesen seid – und das neben der Schule wohlgemerkt. Das macht euch so leicht keiner nach. Ohne eure tatkräftige Mitarbeit hätten wir das Café nicht durchgehend geöffnet halten können. Hoffentlich verlebt ihr einen tollen Tag in Hamburg. Wann fährt denn euer Zug?«

»In zwei Stunden. Wir treffen uns am Bahnhof.«

»Macht euch eine schöne Zeit, mein Schatz! Wir sehen uns, wenn du wieder hier bist.« Sie gab Julia einen Kuss auf die Wange. »Ich muss zum Strandcafé aufbrechen und alles vorbereiten. Ich kann es noch gar nicht glauben, dass wir in zwei Wochen schon wieder schließen. Verrückt, wie schnell die Zeit vergeht.«

Julia hatte den Kopf in den Nacken gelegt und blickte an der weißen Fassade des Hotel Atlantic empor, in dem das Vorstellungsgespräch stattfand.

»Was für ein Palast. Im Vergleich dazu ist das Strandhotel ja eine unscheinbare Hütte.«

Conny schürzte die Lippen. »Ich finde euer Hotel viel schöner als diesen protzigen Betonklotz. Wirkt sehr ungemütlich auf mich.«

»Mag sein. Trotzdem ist das Gebäude sehr beeindruckend und irgendwie auch … ein bisschen angsteinflößend.« Sie warf ihrer Freundin einen unsicheren Blick zu. »Findest du nicht?«

»Na, hör mal!« Conny stupste sie mit dem Ellenbogen an. »Du willst doch nicht etwa kneifen?«

»Ein wenig flau ist mir schon im Magen«, gab Julia zu. »Und seit heute Morgen habe ich auch irgendwie Kopfschmerzen …«

»Nichts da, junges Fräulein!« Conny hakte sich entschlossen bei ihr unter. »Dafür sind wir nicht den langen Weg mit dem Zug gefahren, dass du auf den letzten Metern Muffensausen bekommst. Überleg mal, was Manu sagen würde, wenn er hört, dass er dein Zeugnis ganz umsonst präpariert hat.« Sie lachte.

Julia seufzte. »Also gut. Was soll auch schon groß passieren? Augen zu und durch.«

Als Julia die Empfangshalle des Hotels betrat, staunte sie nicht schlecht. Von den mit Stuck verzierten Decken hingen imposante Kronleuchter herab, goldgerahmte Gemälde zierten die Wände, es waren allesamt Impressionen der Schifffahrt. Ein großer Kamin an der rechten Seite, über dem ein Porträt einer Familie hing, daneben ein Klavierflügel – diese Ecke zog alle Blicke auf sich. Für die Gäste standen zahlreiche Sitzgelegenheiten und Tische zur Verfügung, die geschmackvoll in wasserblauen und warmen Brauntönen gehalten waren.

»Ich möchte nicht wissen, wie teuer hier eine Übernachtung ist«, murmelte Julia.

»Es ist wirklich der pure Luxus«, pflichtete Conny ihr bei. »Da vorne ist die Anmeldung.«

Julia atmete tief durch, zog das Schreiben der Fluggesellschaft aus ihrer Tasche und trat vor, um die Rezeptionistin anzusprechen. »Verzeihung, ich komme zum Vorstellungsgespräch der Lufthansa.« Sie zeigte ihr das Schreiben. »Können Sie mir sagen, wo ich hinmuss?«

»Gehen Sie nach rechts, am Fahrstuhl vorbei, und dann immer den Schildern bis zum Konferenzsaal folgen. Es ist nicht schwer zu finden.« Sie schaute zu Conny. »Und Sie haben auch eine Einladung?«

»Nein. Ich bin nur die Begleitung.«

»Dann muss ich Sie bitten, in der Lobby Platz zu nehmen. Oder falls Sie eine Kleinigkeit zu sich nehmen möchten, unser Restaurant ist natürlich auch geöffnet.«

»Vielen Dank.« Julia steckte den Brief zurück in die Tasche.

»Sehr gern.« Sie schenkte ihnen ein freundliches Lächeln und wandte sich dann einer älteren Dame zu, die ebenfalls an der Rezeption wartete.

»Den Rest muss ich wohl ohne deinen direkten Beistand hinter mich bringen.«

»Das schaffst du!«, war sich Conny sicher. »Ich gehe solange ins Restaurant und werde mir ein Stück Kuchen mit einer Tasse Kaffee gönnen. Mal sehen, ob der Kuchen hier mit unserer Friesentorte im Strandcafé mithalten kann.« Sie umarmte Julia und deutete an, dass sie ihr dreimal über die Schulter spukte. »Toi toi, toi!«

Es war dank der aufgestellten Tafeln nicht schwer gewesen, den Weg bis zum Konferenzsaal zu finden. Davor stand ein kleines Pult, und dahinter wartete eine Frau, die eine der gelben Lufthansa-Uniformen trug. Bei ihr musste sich Julia anmelden.

Auf einer Liste, die an einem Klemmbrett befestigt worden war, hakte sie Julias Namen ab. »Sie werden dann aufgerufen, Fräulein Hansen. Solange können Sie noch Platz nehmen.« Sie deutete auf eine Stuhlreihe an der gegenüberliegenden Wand.

Fast jeder Platz war von einer jungen Frau belegt. Julia setzte sich auf den freien Stuhl am äußeren Ende. Zwischen ihr und der nächsten Mitbewerberin war ein Platz frei.

Julia blickte den Gang entlang und musterte die anderen Frauen unauffällig. Was ihr sofort aufgefallen war: Jede von ihnen war ungemein hübsch! Zudem waren alle Mitbewerberinnen gertenschlank, geschmackvoll gekleidet und tadellos frisiert. Natürlich war jede von ihnen auch volljährig – dessen war sie sich sicher. Keine der Mitbewerberinnen machte den Eindruck, so verrückt wie sie zu sein und sich mit gefälschten Dokumenten beworben zu haben.

Julia konnte es nicht verhindern, dass sie sich mit einem Mal äußerst fehl am Platz fühlte. Fast wie eine Hochstaplerin! Bestimmt konnte sie mit ihrer äußeren Erscheinung mit den anderen mithalten. Ihr Leinenjackett mit der passenden Hose und der hellen Bluse war für den Anlass angemessen – keine Frage. Doch in Wirklichkeit war sie eben bloß eine Oberstufenschülerin, die jede Klausur von ihren Eltern unterschreiben lassen musste und im Ernstfall nie einen Arbeitsvertrag unterzeichnen könnte. Eigentlich dürfte sie gar nicht hier sein.

Sie versuchte, sich zu entspannen, und drängte das nagende schlechte Gewissen so gut es ging zurück. Unwillkürlich musste sie an Björn denken und an den Tag, an dem er die Fotos für ihre Bewerbung geschossen hatte. Bei dem Gedanken an ihn wurde ihr Herz schwer. In der letzten Zeit hatte sie kaum an ihn gedacht, und wenn, dann hatte sie sich schnell abgelenkt. Die familiären Turbulenzen, das neue Schuljahr und die Arbeit in Hotel und Strandcafé hatten sie von tiefgreifenden Grübeleien abgehalten. Doch nun spürte sie wieder diesen tiefen Schmerz, von dem sie gehofft hatte, ihn nie wieder fühlen zu müssen.

Sie empfand noch immer wahre und aufrichtige Liebe für ihn, obwohl er es gar nicht verdient hatte, und fragte sich, ob ihm bewusst war, wie sehr er sie verletzt hatte. Stumm seufzte sie. War ihm nicht klar gewesen, dass sie für ihn alles getan hätte?

Am Ende geschah es ihr vielleicht auch nur recht. Denn war es nicht so, dass sie auch ihn angeflunkert hatte? Irgendwann wäre die Wahrheit herausgekommen. Und wer hätte es ihm verdenken können, wenn er dann den Kontakt zu ihr abgebrochen hätte, weil er sich unwissentlich auf eine Minderjährige eingelassen hatte.

Von ihrem Platz aus beobachtete sie, wie immer wieder die Tür zum Saal geöffnet wurde, eine Frau herauskam und eine andere hineinging. Als schließlich ihr Name aufgerufen wurde, brauchte Julia einen Moment, um zu realisieren, dass sie gemeint war.

Schließlich erhob sie sich und ging langsam auf die Tür zu. Ihre Umgebung nahm sie wie durch Watte wahr. Die Geräusche schienen mit einem Mal dumpfer zu sein, und das Licht kam ihr weniger grell als noch vor wenigen Minuten vor. Sie hatte das Gefühl, als wäre es gar nicht sie, die agierte, sondern als hätte ein Autopilot übernommen.

Im Konferenzsaal wurde sie von vier Lufthansa-Mitarbeitern erwartet, zwei Frauen und zwei Männern – ebenfalls in Uniform und von einer derartigen Perfektion, die alles nur noch unwirklicher erscheinen ließ. Als Julia von einer der Frauen auf Französisch aufgefordert wurde, vor dem Tisch, hinter dem sie saßen, stehen zu bleiben, leistete sie dem mit einem Lächeln Folge. An alles Weitere erinnerte sie sich später nur bruchstückhaft.

»Ich habe geredet wie ein Wasserfall«, erzählte sie Conny, als sie sie später im Restaurant fand.

»Und das ganze Gespräch war nur auf Französisch?« Sie blinzelte Julia ungläubig an.

»Ich kann mich jedenfalls nicht daran erinnern, ein Wort Deutsch gesprochen zu haben.« Sie trank aus einem großen Glas Wasser, in dem eine Zitronenscheibe schwamm.

Conny ließ sich gegen die Rückenlehne des Stuhls fallen und verschränkte seufzend die Arme vor der Brust. »Ich hätte bestimmt kein Wort herausbekommen. Auf Englisch wären mir vielleicht ein paar Sätze gelungen. Aber niemals auf Französisch! Da kämpfe ich jedes Mal schon im Schriftlichen. Ich wäre vor Aufregung gestorben.«

»Keine Ahnung, wie ich das gemacht habe.« Julia nahm die Zitronenscheibe aus dem Wasser und biss hinein. Dann verzog sie den Mund. »Bäh! Ist das sauer!«

»Trink lieber einen Schluck von meiner Cola, die ist süß.« Conny schob ihr das Glas hin.

Julia trank hastig zwei Schlucke. »Die anderen Bewerberinnen waren bestimmt viel besser als ich«, stellte sie kurz darauf klar.

»Das erfahren wir, wenn du von der Lufthansa Bescheid bekommst. Haben sie denn gesagt, wie lange es dauern wird, bis sie eine Entscheidung getroffen haben?«

»Nicht genau. Sie meinten nur, dass sie sich bei mir schriftlich melden werden und ich etwas Geduld haben sollte. Bestimmt dauert es ein paar Wochen, bis ich einen Brief bekomme.« Julia massierte sich erschöpft die Schläfen. Der Kopfdruck war stärker geworden, und über ihrem linken Auge spürte sie einen pulsierenden Schmerz. »Können wir gleich bezahlen? Ich brauche dringend etwas frische Luft.«

# KAPITEL 25

*Ende September 1978, am Fahrradparkplatz vom Strandübergang Köhlbrand in Ording*

Frischer Wind pfiff vom Meer aufs Land, während die Sonne hinter einer der zahlreichen Schäfchenwolken am Himmel verschwand. Julia sprang von ihrem Rad und beeilte sich, es an einem der hölzernen Gestelle anzulehnen, die einige Meter hinter dem Kindererholungsheim Köhlbrand aufgestellt worden waren.

Wieder einmal hatte sie es zeitlich nicht geschafft, nach Schulschluss eine warme Mahlzeit zu sich zu nehmen. Eine Banane und ein Schokoriegel waren ihr Mittagessen gewesen. Es waren die letzten Tage der laufenden Saison im Strandcafé. Inzwischen war es im Vergleich zu den Sommermonaten zwar ruhiger geworden, dennoch gab es noch genug zu tun. Zudem waren bereits zwei Saisonkräfte abgereist, deren Arbeitskraft nun von Julia und den anderen ersetzt werden musste.

Von ihren Eltern wusste sie, dass Biggi sich nun langsam im Sanatorium auf Sylt erholte. Sie hatte mit dem Malen angefangen und darin eine ungeahnte Kraftquelle entdeckt. Achim hingegen tat sich nach wie vor schwer, wieder im Alltag anzukommen. Ihm fehlte immer noch die Kraft, einen normalen Arbeitstag durchzustehen. Auf den Vorschlag ihrer Mutter, auch einen Kurantrag zu stellen, hatte er jedoch mit Abwehr reagiert. In seinen Augen war er nicht krank und dementsprechend nicht kurbedürftig.

»Das wird schon wieder. Bald bin ich wieder ganz der Alte«, sagte er bloß, wenn er nach seinem Befinden gefragt wurde. Meistens setzte er dazu ein zuversichtliches Lächeln auf, um weiteres Nachbohren zu verhindern. Julia und ihre Eltern durchschauten es natürlich trotzdem.

Mit den Schuhen in der Hand stapfte sie durch den knöchelhohen, feinen Sand. Als sie am Pfahlbau ankam, lehnte Conny an der Holztreppe zum Strandcafé und hatte ihre Nase in ein gelbes Reclam-Heft gesteckt. Erst als Julia sich neben sie stellte, blickte sie von ihrer Lektüre auf und klappte das Heft schließlich zu.

»Moin, Julia!«

»Moin! Dein Goethe scheint ja doch spannend zu sein«, bemerkte sie und betrachtete sie amüsiert. »Wie weit bist du denn gekommen?«

Konzentriert warf Conny einen letzten Blick ins Buch. »Ich finde die Stelle nicht, aber es sind noch ein paar Seiten bis zum Bergfest. Und du?«

Julia zuckte die Schultern. »Nicht sehr weit. Ich fühle mich seit ein paar Tagen irgendwie kodderig. Meine Kopfschmerzen gehen gar nicht mehr weg, und als ich vorhin mit dem Rad losfahren wollte, musste ich mich erst mal hinsetzen, weil mir schwindelig war.«

»Du brütest bestimmt was aus«, vermutete Conny.

»Kann gut möglich sein«, stimmte Julia zu. »Morgens fühle ich mich auch meistens wie gerädert. Als hätte ich die Nacht durchgemacht.«

»Das wundert mich nicht. Du hast kaum Pausen. Schule, Strandcafé und Hotel, dazu noch Hausaufgaben und

Lernen«, zählte sie auf. »Und das jeden Tag. Da würde ich auch irgendwann schlappmachen.«

Julia lächelte. »Ich motiviere mich damit, dass in zwei Tagen die Saison endet und ich dann alles etwas ruhiger angehen lassen kann. Bis dahin heißt es aber Zähne zusammenbeißen.« Sie hob eine flache Hand und blickte zum Himmel. »Das war ein Regentropfen. Vielleicht fällt die Bewirtung auf der Außenterrasse heute wetterbedingt aus.«

Conny grinste, während sie die Stufen zum Café hochgingen. »Dann hätte der Wettergott ein Einsehen.«

»Oder wir stellen Regenschirme auf.« Julia zuckte die Schultern und ging hinter Conny die Treppe hoch. »Na komm! Auf in den Kampf.«

Der Wettergott hatte kein Einsehen. Im Lauf des Nachmittags hatten sich die Wolken wieder verzogen und waren einem grenzenlos blauen Himmel gewichen. Dies hatte dazu geführt, dass besonders viele Touristen den Drang verspürt hatten, das gute Wetter noch mal zu nutzen. Die Auslastung im Strandcafé war ähnlich hoch wie an manchen Sommertagen.

Entsprechend gerädert fühlte Julia sich am Abend, als sie die letzte gespülte Kaffeetasse ins Regal geräumt und danach die Schotten dichtgemacht hatte. Sie war heilfroh, als sie eine halbe Stunde später am Hotel ankam und gleich auf ihr Zimmer gehen konnte. Dort ließ sie sich aufs Bett fallen und schloss für einen Moment die Augen.

Ein Glück, dass der nächste Tag ein Samstag war und sie keinen Unterricht hatte. Sie musste nur noch dieses Wochenende durchhalten, danach wurde das Strandcafé winterfest gemacht. Ein Klacks im Vergleich zum täglichen Lokalbetrieb.

Seufzend drehte Julia sich auf die Seite und griff nach dem gelben Heft, das auf ihrem Nachttisch lag. Wenigstens zehn Seiten, nahm sie sich vor. Doch schon nach einer halben Seite merkte sie, dass ihr die Lider immer schwerer wurden und sie es kaum schaffte, die Augen offen zu halten. Schließlich gab Julia den inneren Widerstand auf.

Für heute wollte sie nicht länger durchhalten. Sie ließ das Buch auf ihre Brust sinken und ergab sich ihrer Müdigkeit.

Am nächsten Morgen fühlte Julia sich besser. Frisch und ausgeruht ging sie durch die Empfangshalle. Vor ihrem Schichtbeginn im Strandcafé wollte sie ausgiebig frühstücken, um eine gute Grundlage für den Arbeitstag zu haben.

»Moin!«, rief sie Bruni gut gelaunt zu, die am Empfang die Gäste begrüßte.

»Moin, Julia! Warte mal kurz, ich habe hier was für dich.« In ihrer Hand hielt sie einen Brief. »Ist gerade eben mit der Post gekommen.«

»Danke.«

Als Julia den Absender las, änderte sie ihre Pläne. Es war der Antwortbrief der Lufthansa. Unter keinen Umständen wollte sie, dass jemand von ihrer Familie Wind davon bekam. Um Bruni brauchte sie sich keine Gedanken zu machen. Sie war verschwiegen und konnte Tratsch nicht leiden.

Kurzum machte Julia kehrt und ging zurück auf ihr Zimmer, wo sie den Brief öffnete. In Erwartung einer Absage setzte sie sich auf ihren Schreibtischstuhl.

Nachdem sie das Schreiben gelesen hatte, schnappte sie nach Luft. Es war eine Zusage für einen Arbeitsplatz als Stewardess bei der Lufthansa! Der Schwindel bezüglich ihres Alters war nicht aufgeflogen, und wie sie dem Schreiben entnahm, waren die Herrschaften von ihren Französisch-Kenntnissen äußerst angetan gewesen.

Julia schüttelte ungläubig den Kopf. Das war doch komplett verrückt!

Die Personalabteilung kündigte in dem Brief an, einen Arbeitsvertrag für sie aufzusetzen, sollte sie weiterhin Interesse an der Stelle haben. Was sollte sie jetzt bloß tun?

Das Leben als Stewardess war noch vor Monaten ihr großer Traum gewesen, den sie bis vorhin in unerreichbarer Ferne geglaubt hatte. Sollte sie das Spiel nun weiter auf die Spitze treiben oder lieber absagen, bevor sie noch als Hochstaplerin aufflog? Einerseits reizte es sie nun umso mehr, zu schauen, wie weit sie gehen konnte. Aber andererseits war ihr auch bewusst, dass ihr Schwindel irgendwann auffliegen musste. Und selbst wenn sie volljährig wäre, waren da noch die familiären Verpflichtungen, denen sie sich stellen musste.

Julia steckte den Brief zurück in den Umschlag. Conny würde Augen machen!

Nachdem sie den ersten Schrecken verdaut hatte, war Julia in den Speisesaal gegangen und hatte sich ein kleines Frühstück gegönnt. Es fiel nun nicht mehr so üppig aus wie geplant, doch es reichte, um sich später gesättigt auf den Weg nach Ording zu machen.

An dem vorletzten Tag der Saison hatte Julia noch einmal die Aufgabe, das Café auf- und später auch abzuschließen. Ihre Mutter war zusammen mit Achim nach Sylt gefahren, um Biggi zu besuchen.

Mit beherzten Schritten lief Julia über den Strand auf das Café zu. Die Zusage der Lufthansa hatte ihrem Selbstvertrauen Auftrieb gegeben. Es war ihr ganz persönlicher Triumph und auch ein Zeichen dafür, dass sie alles im Leben schaffen konnte, wenn sie wollte. Mit dieser Gewissheit würde sie die letzten Tage im Strandcafé sicher locker bewältigen, auch wenn sie in letzter Zeit weniger Kraft zu haben schien als sonst. Wer würde es schaffen, wenn nicht sie?

Am Ordinger Strand herrschte geschäftiges Treiben. Da der Oktober nahte, brachten die Jungs vom Strandkorbverleih einen Sitzkorb nach dem anderen ins Winterquartier.

»Moin!« Julia winkte ihnen zu. »Habt ihr auch bald frei?«, fragte sie Itjen, den sie von der Schule kannte.

»Von wegen frei! Wir müssen die Strandkörbe säubern und reparieren. Wenn du Langeweile hast, kannst du gerne vorbeikommen und uns helfen«, meinte er.

»Danke für die Einladung.« Sie schnitt ihm eine Grimasse und steuerte dann weiter auf das Strandcafé zu.

An der Wasserkante waren einige Spaziergänger unterwegs. Manche von ihnen trugen bereits Jacken mit Kapuzen und trotzten der kühlen Witterung. Ein paar Gäste waren mit Hunden unterwegs. Die Vierbeiner tollten begeistert durch die Brandung. Ihnen schienen die kalten Temperaturen der Nordsee nichts auszumachen.

Andere Touristen fotografierten einander oder machten Aufnahmen von den Dünen, den Pfahlbauten und dem Meer.

Als Julia weiterging, entdeckte sie vor dem Strandcafé einen Mann. Er hatte ihr den Rücken zugewandt und fotografierte scheinbar die Wellen der Nordsee. Als er sich mit dem Fotoapparat in ihre Richtung drehte, stutzte Julia und kniff die Augen zusammen.

Er ließ die Kamera sinken und lächelte sie an. »Hallo, Julia Hansen!« Dann winkte er ihr zu.

Björn.

»Was machst du denn hier?«, fragte sie möglichst beiläufig – dabei schlug ihr Herz bis zum Hals. Und wieder fühlte sie den tiefen Schmerz, der ihr fast die Luft zum Atmen nahm.

Hatte sie sich wenige Augenblicke zuvor noch in ihrem Selbstvertrauen gestärkt gefühlt, war davon nun scheinbar nicht mehr viel übrig. Sie konnte nicht verhindern, dass sie wieder die Szene mit Bina auf dem Dachboden vor sich sah. Und abermals fühlte sie sich wie ein kleines Schulmädchen.

Björn runzelte die Stirn. »Ich bin bei meinen Verwandten.«

»Aha.« Julia verschränkte die Arme vor der Brust und ging dann ohne ein weiteres Wort an ihm vorbei und die Treppe zum Pfahlbau hoch.

Er folgte ihr. »Ich dachte, wir können mal reden oder so.«

»Ich wüsste nicht, worüber.« Julia nestelte mit dem Schlüssel im Schloss herum. Als er ihr aus der Hand glitt, bückte Björn sich danach.

»Bitte schön.« Er hielt ihr den Schlüssel entgegen. »Ich meine es ernst.«

Widerwillig nahm sie den Schlüssel aus seiner warmen, schönen Hand und sah Björn in die Augen. »Hör zu. Ich habe gerade viel um die Ohren im Café und wirklich keine Zeit für Gespräche«, wehrte sie ab und schloss die Tür auf.

»Verstehe.« Er nickte. »Aber so leicht lasse ich mich nicht von dir abwimmeln.«

»Das habe ich befürchtet.« Sie verdrehte die Augen und betrat das Café. Hastig zog sie hinter sich die Tür zu und verschloss sie wieder.

»Vielleicht ein anderes Mal!«, hörte sie Björn auf der anderen Seite der Tür sagen.

Julia entfernte sich seufzend von der Tür, ließ sich auf einen Stuhl sinken und vergrub ihr Gesicht in den Händen. Als sie aufblickte, schaute sie nach draußen auf die Terrasse, zu dem Tisch, an dem sie ihn zum ersten Mal gesehen hatte. Bevor sie noch gefühlsduseliger werden konnte, stand sie auf und ging zur Kaffeemaschine. Auf den Schrecken brauchte sie dringend einen Espresso.

Am späten Nachmittag winkte Julia den letzten Gästen nach und stellte sich dann zu Conny hinter die Theke, um beim Abtrocknen der Gläser zu helfen.

»Puh! Das war heute der Sturm vor der Ruhe, oder wie heißt das doch gleich? Wenn es morgen genauso heftig wird, dann bin ich wirklich reif für die Insel.« Sie strich sich mit einer Hand über die Stirn.

»Das wäre ich an deiner Stelle jetzt schon«, pflichtete Conny ihr bei. »Dass Björn wiederaufgetaucht ist, hätte mich umgehauen. Glaubst du, er ist nur wegen dir hier?«

»Keine Ahnung.« Sie hatte Conny nur zwischen Tür und Angel von ihrer Begegnung mit Björn erzählt. Mehr Zeit war ihnen nicht geblieben, weil die Leute in Scharen zum Strandcafé gepilgert waren. Sogar den Brief von der Lufthansa hatte Julia darüber vergessen. Björns unverhofftes Auftauchen hatte alles andere in den Hintergrund treten lassen. »Soweit ich weiß, wollte er ohnehin wieder nach Sankt Peter-Ording reisen.«

»Wirst du mit ihm reden?«, erkundigte ihre Freundin sich lächelnd.

»Ich weiß es nicht.« Sie hielt ein Glas gegen das Tageslicht, um es auf Streifen zu überprüfen.

Conny seufzte. »Wahrscheinlich wäre ich viel zu neugierig zu erfahren, was er zu sagen hat. Außerdem hast du eine Entschuldigung verdient, nach dem, was er sich geleistet hat.«

»O ja! Aber die Frage ist, ob ich überhaupt seine Entschuldigung hören möchte. Was ist, wenn wir uns vertragen und er mich wieder enttäuscht? Davor hab ich ein bisschen Angst«, gestand Julia, während sie mit einem feuchten Lappen über das dunkle Holz der Theke wischte.

»Hm«, machte Conny nachdenklich, als sie das Spülwasser aus dem Becken ließ. »Das ist wohl ein Risiko, das du eingehen müsstest.« Mit einer Kopfbewegung wies sie auf einen Karton voller Kaffee. »Soll ich den noch auspacken?«

»Nein, lass mal. Das hat bis morgen Zeit. Mach ruhig Feierabend, ich bin auch gleich fertig und fahre dann zum Hotel.«

»Okay.« Conny zog ihre Schürze aus und holte ihre Tasche. Mit einer festen Umarmung verabschiedete sie sich von ihr. »Kopf hoch, es wird bestimmt alles gut!«

Eine halbe Stunde später war Julia mit allem fertig. Sie hatte noch die Speisekarten fein säuberlich auf jeden Tisch im Innenraum gelegt und dann ein paar Seesterne und Muscheln im Fischernetz gerichtet, das über der Theke hing. Danach machte sie sich auf den Heimweg. Der Himmel hatte sich wieder zugezogen, ein leichter Nieselregen hatte eingesetzt. Sie fror leicht, und die feinen Regentropfen fühlten sich unangenehm kalt auf der Haut an. Weil sie sich wirklich danach sehnte, ins Warme zu kommen, beeilte Julia sich, zu ihrem Fahrrad zu kommen.

Als jemand von der Seite auf sie zugerannt kam, machte sie vor Schreck einen Satz in den Sand. »Mensch!«, rief sie ärgerlich, als sie Björn erkannte.

Er hob seine Hände und half ihr auf. »Oh, das tut mir leid! Ich wollte dich nicht erschrecken.«

Seine Hände zu spüren und ihm plötzlich wieder so nah zu sein, verwirrte sie. »Das ist dir nicht ganz gelungen.«

»Du warst so schnell unterwegs, dass ich befürchtete, ich könnte dich nicht mehr einholen«, meinte er entschuldigend und warf ihr einen zerknirschten Blick zu.

»Hast du mir etwa aufgelauert?« Ungerührt marschierte sie weiter.

»Na ja, ich sagte doch, dass ich mich nicht so leicht abwimmeln lasse.« Er folgte ihr ungerührt zum Fahrradparkplatz.

Sie warf ihm einen Seitenblick zu. »Du bist ganz schön hartnäckig!«

»Julia, ich will nur reden.«

»Dafür bin ich jetzt zu müde.« Entschlossen schob sie ihr Fahrrad Richtung Strandweg. So leicht wollte sie es ihm nicht machen.

»Warte!« Eilig zog er einen Zettel und einen Stift aus seiner Fototasche und schrieb etwas darauf. »Das ist die Telefonnummer der Pension meiner Verwandten.« Er gab ihr den Zettel. »Ich bleibe bestimmt zwei Wochen in St. Peter-Ording. Melde dich einfach, wenn du reden willst.«

»Na schön. Du lässt ja sonst eh nicht locker.« Sie steckte den Zettel in die Gesäßtasche ihrer Jeans.

»Du hast es erfasst.« Sein freches Grinsen bescherte ihr Herzklopfen.

»Ich muss jetzt los«, sagte sie und schwang sich auf das Fahrrad.

»Bis bald!«, rief er ihr hinterher.

Julia schüttelte den Kopf und musste gegen ihren Willen grinsen. Was für ein verrückter Typ!

Als Julia das Hotel erreichte, waren ihre Mutter und Achim von ihrem Sylt-Ausflug zurück. Zusammen mit ihren Eltern und ihrem Bruder saß Julia im Restaurant beim gemeinsamen Abendessen.

»Biggi hat einen erholten Eindruck gemacht. Sylt scheint ihr gut zu bekommen«, erzählte ihre Mutter und trank von ihrem Weißwein. »Das Malen ist eine hervorragende Therapie, und sie hat wirklich Talent. Ich könnte so was nicht.«

»Sie hat sogar gelacht und uns ihre Werke gezeigt«, merkte Achim an. Er wirkte erleichtert.

»Wie lange bleibt sie denn noch dort?«, wollte ihr Vater wissen.

»Das wusste sie noch nicht genau. Aber tatsächlich steht eine Verlängerung im Raum, und das ist doch gut.« Ihre Mutter schaute sie an. »Ist im Café alles reibungslos gelaufen? Du bist so still und ein wenig käsig um die Nase.« Sie legte Julia prüfend eine Hand auf die Stirn. »Gegessen hast du ja auch kaum etwas.«

»Keine Sorge, Mutti. Es war heute wirklich viel los. Fast wie im Hochsommer. Ich bin bloß müde«, beschwichtigte sie ihre Mutter und lächelte. Sie nahm das Messer und schob ein Stück Kabeljau auf ihre Gabel.

Während die anderen sich weiter über Biggis Befinden unterhielten, schweiften Julias Gedanken zu Björn ab. Eigentlich schmeichelte es ihr, dass er sich augenscheinlich um sie bemühte. Egal, wie wütend sie auf ihn war, es gab niemanden, bei dem ihr Herz so aus dem Takt geriet wie in seiner Gegenwart. Der Zettel mit seiner Telefonnummer lag nun auf ihrem Schreibtisch.

Eine Urlauberin trat zu ihnen an den Tisch und blieb zwischen Julia und ihrem Vater stehen. Während sie dem Personal und der Einrichtung ein großes Lob aussprach, stieg Julia der schwere Duft ihres Parfums in die Nase, von dem sie mehr als genug aufgelegt hatte.

Julia wusste gar nicht, wie ihr geschah. Doch starke Übelkeit überkam sie mit einem Mal. »Entschuldigt mich bitte!«, brachte sie noch hervor.

Dann sprang sie auf, warf die Stoffserviette auf den Tisch und rannte zum WC. Gerade rechtzeitig schaffte sie es noch zur Toilette, bevor sie sich übergab.

# KAPITEL 26

*Ende September 1978, am nächsten Tag*
*im Strandcafé in Sankt Peter-Ording*

»Das war's!« Julia nahm Conny in die Arme, um sie fest an sich zu drücken. Sie waren allein im Café und hatten die letzten Handgriffe gerade erledigt. Alle Gerätestecker hatten sie aus den Dosen gezogen, der Kühlschrank war leer geräumt, und alle Fenster waren geschlossen.

»Frei bis April im nächsten Jahr! Ich kann es noch gar nicht glauben!«

»Und wir haben genug Geld verdient, um bis dahin auszukommen«, fügte Conny hinzu.

»Was hast du denn mit deinem Geld vor?«, fragte Julia interessiert.

»Den größten Teil werde ich für den Führerschein zurücklegen. Außerdem brauche ich unbedingt eine neue Winterjacke und schöne warme Schuhe. Vielleicht können wir noch mal nach Hamburg zum Einkaufen fahren? Da finde ich bestimmt was.«

»Oh, jetzt, da du es sagst!« Julia lief zu ihrer Tasche und zog ein Kuvert hervor. »Ich wollte ihn dir schon gestern zeigen, aber dann ist Björn aufgetaucht, und ich habe es ganz vergessen.«

Conny riss die Augen auf. »Etwa die Antwort von der Lufthansa?«

»Genau die.« Sie hielt ihrer Freundin den Umschlag hin.

Begierig las Conny das Schreiben. »Ha! Ich wusste es doch gleich!«

»Da wusstest du mehr als ich.« Nachdem Conny das Schreiben zweimal durchgelesen hatte, steckte sie den Brief zurück in den Umschlag und reichte ihn ihr wieder. Sofort verstaute Julia ihn wieder in ihrer Tasche.

»Und nun?«

Sie zuckte die Schultern. »Ich sage natürlich aus persönlichen Gründen ab. Was auch sonst? Ich werde mir aber offenhalten, mich im kommenden Jahr, wenn ich wirklich volljährig bin, noch mal zu bewerben.«

»Klingt nach einem vernünftigen Plan«, stimmte ihre Freundin zu.

Seufzend strich Julia sich eine dunkle Haarsträhne hinters Ohr. »Mir stehen so viele Möglichkeiten offen, wer weiß, was nächstes Jahr ist. Vielleicht mache ich doch auch die Ausbildung zur Reiseverkehrskauffrau bei Karin und Volker in Gelsenkirchen.«

»Oder du bleibst in Sankt Peter-Ording, und alles bleibt beim Alten«, schlug Conny vor.

»Alles ist möglich«, stimmte Julia ihr zu. »Ich bin eigentlich ganz froh, dass ich das nicht sofort entscheiden muss.«

Conny grinste sie an. »Ja, oder du heiratest Björn und bekommst mindestens zehn Kinder mit ihm.«

»Du meinst, wie mit Manu?« Julia rollte lachend mit den Augen und schüttelte dann den Kopf. »Das halte ich eher für unrealistisch. Bisher habe ich mich noch nicht einmal dazu durchgerungen, mit ihm zu sprechen.«

»Was immer auch kommen mag, ich bin mir sicher, es wird nicht langweilig werden.«

»Bestimmt nicht!« Julia schaltete das Licht im Café aus

und schulterte ihre Tasche. Dann warf sie einen letzten Blick zur Theke, wo sonst die herrlichsten Kuchen in der Glasvitrine standen, und zu der alten Musikbox, die schon seit vielen Jahren treue Dienste leistete. »Bis April, liebes Strandcafé«, sagte sie und zog abschließend die Tür ins Schloss.

Achim stand auf der alten Holzleiter und wechselte eine Glühbirne aus. Dabei pfiff er beschwingt ein Lied. Julia blieb neben dem Tritt stehen und schaute hoch zu ihm. »Kommst du klar?«, fragte sie.

Er blickte herunter und lächelte. »Aber sicher. Glühbirnen habe ich schon des Öfteren gewechselt. Halt mal.« Er bückte sich, um ihr das kaputte Leuchtmittel zu reichen und eine neue aus der Schachtel auf dem Tisch entgegenzunehmen, die er in die Fassung drehte. »Jetzt drück bitte mal den Schalter.«

»Ich dachte, du kommst klar«, foppte sie ihn, legte aber wie geheißen die Hand auf den Schalter.

»Wunderbar!«, befand Achim, als das Licht anging, und stieg von der Leiter herunter.

»Du scheinst gute Laune zu haben«, stellte Julia fest.

Er nickte, nahm die alte Birne und steckte sie in den Karton. »Heute ist ja auch ein guter Tag. Biggi hat vorhin angerufen. Sie kommt nächste Woche wieder nach Hause.«

»Oh, das ist fabelhaft! Dann geht es ihr besser?«

Wieder nickte er. »Uns beiden geht es etwas besser. Und wir wollen positiv in die Zukunft blicken. Wer weiß, vielleicht werden wir ja später irgendwann Eltern.«

»Ganz sicher!« Sie umfasste seine freie Hand und drückte sie. »Und vielleicht bekommt ihr dann sogar mehrere Kinder.«

»Ich will da nichts ausschließen. Und sollte es so kommen, dann werden wir dich als Babysitter engagieren.«

Julia lachte. »Na, das sind ja rosige Aussichten für mich!«

»Das will ich doch meinen.« Er schob die Leiter zusammen. »Dann habt ihr es im Strandcafé ja für dieses Jahr geschafft, oder?«

»Fast. Es muss noch winterfest gemacht werden«, erinnerte sie ihn.

Achim winkte ab. »Darum kümmere ich mich ab morgen. Mach mal lieber was für die Schule. Ich habe gestern Manuel getroffen, er meinte, ihr lest Goethe.«

*»Faust«,* bestätigte sie.

»Sag ich ja. Also, ich mache das Café winterfest, und du liest währenddessen *Faust*.«

Julia schenkte ihrem Bruder ein dankbares Lächeln. »Abgemacht.«

»Ach, bevor ich es vergesse: Vorhin war so ein Typ hier. Er hat an der Rezeption einen Brief für dich abgegeben.« Fragend sah er sie an.

»Keine Ahnung, wer das sein kann«, meinte sie und wich seinem intensiven Blick aus. Natürlich konnte es nur Björn gewesen sein. Wer sollte sonst einen Brief für sie hinterlassen?

»Verstehe. Ich wechsle dann noch ein paar Birnen aus.« Achim ging mit der Leiter zu der nächsten Lampe.

An der Rezeption schob Bruni ihr den Brief zu.

Ihre Vermutung bestätigte sich. »Julia Hansen« stand in Björns geschwungener Handschrift auf dem Kuvert. Für einen Mann schrieb er sehr leserlich, fand Julia.

Nachdem sie sich bei Bruni bedankt hatte, setzte sie sich mit dem Brief in das Kaminzimmer und las.

Björn hatte nicht viele Worte verloren. Er entschuldigte sich aufrichtig für das vorgefallene Missverständnis und versprach, ihr alles zu erklären, wenn sie sich auf ein Gespräch mit ihm einlassen würde. Er betonte, wie wichtig sie ihm war und wie sehr er hoffte, dass sie ihm noch eine Chance gab.

Julia musste anerkennen, dass es Björn offensichtlich wirklich wichtig war, mit ihr reinen Tisch zu machen. Sonst wäre er wohl kaum persönlich zum Hotel gekommen und hätte den Brief hinterlegt. Sie nahm sich vor, am nächsten Tag nach der Schule bei der Pension seiner Verwandten vorbeizuschauen und mit ihm zu reden. Alles andere wäre kindisch gewesen. Außerdem wollte sie inzwischen gern erfahren, was sie an der Situation missverstanden haben konnte.

Am nächsten Tag ging Julia weder zur Schule noch zur Pension von Björns Verwandten. Stattdessen saß sie mit Magenkrämpfen und Übelkeit bei Doktor Klok im Wartezimmer.

Es war Montag früh, wie zu erwarten gewesen war, drängten sich die Menschen im Warteraum. Julia musste fast zwei Stunden ausharren, bis sie an der Reihe war.

Zunächst schilderte sie ihre Beschwerden, danach sollte sie auf der Liege Platz nehmen, wo der Arzt ihren Unterleib vorsichtig abtastete.

»Wann war denn deine letzte Regel, Julia?«, fragte er zum Schluss der Untersuchung. Er kannte sie und Achim von klein auf, daher duzte er sie.

»Ehrlich gesagt kann ich mich nicht genau daran erinnern«, antwortete sie wahrheitsgemäß. Sie überlegte einen Moment und kam darauf, dass die letzte Monatsblutung länger her sein musste. »Ich hatte so viel Stress mit der Arbeit im Café und im Hotel – alles neben der Schule. Auf meine Regel habe ich gar nicht geachtet. Aber länger als fünf Wochen liegt meine letzte Blutung bestimmt zurück.«

Da Herr Klok nichts Auffälliges feststellen konnte, überwies er sie an seine Kollegin Frau Doktor Schneider, die ihre gynäkologische Praxis in Tönning hatte. »Keine Sorge! Alles eine reine Vorsichtsmaßnahme«, erklärte er, als er zum Abschied Julias Hand drückte.

Von einer Telefonzelle aus rief sie umgehend in der Praxis an und hatte Glück. Sie konnte sich am gleichen Tag noch bei der Ärztin vorstellen.

Frau Doktor Schneider war eine freundliche und einfühlsame Ärztin, die viel lachte und Julia durch ihre entspannte Art die Angst vor den Untersuchungen nahm. Eingangs stellte sie ihr allerhand Fragen, auch wann sie zuletzt Geschlechtsverkehr hatte.

Zum ersten Mal sprach Julia mit einem Erwachsenen indirekt über die Nacht, die sie mit Björn verbracht hatte. Außer Conny hatte sie sich niemandem anvertraut. Noch nicht einmal Achim, was daran gelegen hatte, dass sie ihn angesichts seines Kummers nicht mit ihren Kinkerlitzchen hatte belasten wollen.

Nach der Untersuchung musste Julia noch eine Weile im Wartezimmer ausharren, bis sie nochmals zu Frau Doktor Schneider ins Behandlungszimmer gerufen wurde.

Als sie in den Raum kam, lächelte die Ärztin sie warmherzig an und bat Julia, sich auf den Stuhl vor ihrem Schreibtisch zu setzen.

»Wissen Sie, was mir fehlt?«, fragte Julia zaghaft. Während der langen Wartezeiten bei Doktor Klok und nun auch in dieser Praxis hatte sie sich ihre eigenen Horrordiagnosen zusammengereimt.

Frau Dr. Schneider lächelte. »Im Grunde genommen fehlt Ihnen gar nichts. Sie sind kerngesund.«

Julia war überrascht. »Aber woher kommen dann meine Kopfschmerzen, die Übelkeit und der Schwindel? So etwas hatte ich noch nie über so einen langen Zeitraum.«

»Ich war mit meinen Ausführungen noch nicht fertig«, bemerkte die Ärztin und lächelte wieder. »Aber ich kann Sie beruhigen. Das sind alles typische Symptome, die keinerlei Anlass zur Beunruhigung geben, wenn man schwanger ist.«

Fassungslos sah Julia sie an. »Ich bin … schwanger?«

Frau Doktor Schneider nickte. »Genau! Es müsste die siebte Woche sein. Herzlichen Glückwunsch, Frau Hansen.«

# KAPITEL 27

*Anfang Oktober 1978, im Zug von Tönning nach Sankt Peter-Ording*

Auf der Rückfahrt nach Sankt Peter-Ording haderte Julia mit der Situation. Sie hatte doch so große Pläne für das nächste Jahr gehabt, sie hatte so viele Möglichkeiten vor sich gesehen – aber Mutter zu werden, das hatte nicht dazugehört. Noch dazu ohne Vater.

Denn ob Björn zu seiner Vaterschaft stehen würde, stand auf einem ganz anderen Blatt. Bei Biggi und Achim war von Anfang an klar gewesen, dass sie mal heiraten und eine Familie gründen wollten. Doch bei ihr war überhaupt nichts klar. Wie würden ihre Eltern auf die Nachricht reagieren? Und vor allem, was würde es mit Biggi und Achim machen, wenn sie erfuhren, dass sie in anderen Umständen war? Sie konnte sich ja kaum selbst damit anfreunden und würde sich schon bald mit den Konsequenzen auseinandersetzen müssen.

Mit einem Kind standen ihr deutlich weniger Wege in eine glücklich Zukunft offen, als sie noch am Tag zuvor geglaubt hatte. Die Arbeit als Stewardess konnte sie nun aber tatsächlich aus persönlichen Gründen abhaken und auch die Ausbildung im Reisebüro am Markt, das war beides mit einem Baby undenkbar. Das Kind würde in den kommenden Jahren ihre ganze Aufmerksamkeit einfordern …

Als Julia am Bahnhof in Sankt Peter-Ording aus dem Zug stieg, war ihr klar, dass ihr Schicksal nun vorgezeichnet war. Welch Ironie! Es würde so werden, wie Conny gesagt hatte: Es blieb alles beim Alten, und doch würde alles anders sein.

Ihren Traum von der großen weiten Welt würde sie ein für alle Mal begraben müssen. Langsam verließ sie den Bahnsteig und schlug den Weg zum Strandhotel ein.

»Na, was hat der Arzt gesagt?«, empfing Achim sie, noch bevor sie das Gebäude betreten konnte. Er fegte gerade den Bürgersteig vorm Hotel und hatte von der Arbeit gerötete Wangen.

Julia atmete einmal durch, bevor sie ihm antwortete. »Ich komme von einer Ärztin.«

Ihr Bruder hielt inne und stützte sich auf dem Besen ab. »Ach? Ich dachte, du wolltest zu Doktor Klok.«

»Da war ich auch zuerst. Er hat mich zur weiteren Abklärung nach Tönning zu einer Ärztin geschickt.«

Forschend sah ihr Bruder sie an, und Julia erkannte, dass er die Wahrheit erahnte. »Sollen wir reingehen, und du erzählst mir dann, was los ist?«

Ihrem Zwillingsbruder hatte sie noch nie etwas vormachen können. Zögerlich nickte sie.

Achim war Julia in ihr Zimmer gefolgt. Dort saß er auf ihrem Bett und blickte sie an. »Willst du nicht langsam mal mit der Sprache rausrücken? Was hat die Ärztin denn nun gesagt?«, fragte er ungeduldig.

Julia lehnte sich an ihren Schreibtisch und verschränkte die Arme vor der Brust. »Ich weiß nicht, wie ich es dir beibringen soll.«

Achim zuckte die Achseln. »Seit wann musst du dir die

passenden Worte überlegen, um mit mir zu reden? Sag es einfach so, wie es dir in den Sinn kommt.«

»Also gut.« Sie setzte sich auf ihren Schreibtischstuhl. »Ich bin schwanger.«

»Was?« In seinem Blick spiegelte sich eine Mischung aus Ungläubigkeit und Verwunderung. »Ist das sicher?«

Langsam nickte sie. »Eine Frauenärztin hat mich untersucht. Sie meinte, ich wäre in der siebten Woche.«

»Aber wie kann das denn sein? Du hast doch noch nicht mal einen Freund?« Achim gestikulierte wild mit den Armen, dann hielt er plötzlich inne. »Oha. Doch nicht der Typ, der den Brief für dich abgegeben hat?«

Julia nickte wieder und nagte an einem Fingernagel. »Das war Björn.«

»Ich fasse es nicht.« Achim stand vom Bett auf und trat ans Fenster.

Julia musterte ihn von der Seite. »Bist du jetzt sauer auf mich? Weil ich schwanger bin?«

»Du hast wohl eine Meise.« Er zeigte ihr einen Vogel. »Ich bin sauer auf dich, weil du einen Freund hast und mir nichts davon erzählt hast. Doch nicht, weil du ein Kind erwartest. Es sei denn, ich darf nicht der Patenonkel werden. Das würde ich blöd finden.«

Julia spürte, wie ihr Tränen in die Augen stiegen. Sie ging auf ihren Bruder zu und umarmte ihn. »Achim, ich weiß nicht, was ich tun soll. Ob Björn und ich ein Paar sind, das steht in den Sternen. Außerdem ahnt er noch nichts von dem Baby. Wie soll ich denn ganz allein ein Kind großziehen?«

Achim löste sich aus ihrer Umarmung und sah sie fest an. »Schwesterchen, was heißt denn hier allein? Wir sind alle für dich da, und von mir bekommst du meine vollste Unterstützung«, redete er ihr ins Gewissen. »Natürlich würde ich alles dafür tun, um meinen verstorbenen Sohn wieder zum Leben zu erwecken, wenn das nur möglich wäre. Aber das ist es nicht. Und ob Biggi und ich nun irgendwann mit eigenen Kindern gesegnet sind oder nicht: Es wäre mir eine Ehre, wenn ich an deiner Seite stehen und mich mit um dein Kind kümmern darf. Ich bin mir sicher, Biggi wird es genauso sehen. Und unsere Eltern auch.«

»Bitte kein Wort zu Mutti und Papa«, fuhr Julia ihn eindringlich an. »Zuerst muss ich mit Björn reden. Er hat ein Recht darauf, es zu erfahren. Egal, ob er die Vaterschaft annimmt oder nicht.«

Nach dem Gespräch mit Achim war Julia erleichtert darüber, dass sie sich ihm anvertraut hatte. Zu wissen, dass er hinter ihr stand, war ihr wichtiger, als sie geglaubt hatte.

Sie nahm den Zettel mit der Telefonnummer der Pension, zog sich eine Jacke über und ging zu der nächsten Telefonzelle. Vom Hotel ihrer Eltern aus wollte sie nicht anrufen. Das erschien ihr falsch.

Sie hatte das Gefühl, zumindest so eigenständig handeln zu müssen, wie es ihr möglich war. Die Nachricht ihrer Schwangerschaft hatte alles auf den Kopf gestellt, doch sie war bereit, sich der neuen Situation zu stellen.

Zwei Tage später fuhr Julia mit dem Fahrrad wieder den Strandweg entlang. Sie hatte mit Björn ausgemacht, dass sie sich am Meer trafen.

Das lange Haar hatte sie zu einem Zopf geflochten, damit der stürmische Wind es nicht verzottelte. Als sie vom Rad gestiegen war, warf sie sich den Zopf auf den Rücken. Anschließend schloss sie wie sonst auch ihr Fahrrad an.

Mit nach vorne geneigtem Oberkörper lief sie gegen den Wind an, der aus Westen kam. Die starken Böen hatten den Strand von Touristen und Kurgästen leer gefegt. Nur vereinzelt schlenderten einige Einheimische auf ihrem täglichen Strandspaziergang am Meer entlang. Selbst die grellen Möwenschreie wurden vom Brausen des Windes verschluckt.

Als sie die Treppe zum Strandcafé erreichte, musste Julia sich am Geländer hochziehen, bis sie die Tür erreicht hatte. Sie atmete auf, nachdem sie den dämmrigen Innenraum betreten hatte, in dem noch immer das Aroma von Kaffee in der Luft lag.

Das Tosen des Windes klang hier nicht ganz so bedrohlich wie draußen. Nervös schaute Julia auf die batteriebetriebene Wanduhr, deren leises Ticken während des Cafébetriebs nie zu hören war. Es war kurz vor drei, sie war pünktlich.

In Gedanken ging sie noch einmal durch, was sie sagen wollte, und dann auch alles, was sie nicht sagen wollte. Ihr war bewusst, dass es keine Schuldzuweisung geben durfte. Sie war genauso beteiligt wie er an allem, was in der wundervollen gemeinsamen Nacht geschehen war.

Sie musste Björn auch irgendwie beibringen, dass er sich, ohne es zu wissen, auf eine Minderjährige eingelassen hatte, was nun auch zu langfristigen Konsequenzen führen würde. Julia war bewusst, dass sie einiges zu bewältigen hatte und es nicht leicht werden würde.

Als der Zeiger auf drei Uhr sieben vorgerückt war, hielt Julia die Stille und ihre lauten Gedanken nicht mehr aus. Sie öffnete die Tür zur Außenterrasse und stand mit einem Mal wieder mitten im Tosen und Brausen der nordfriesischen Herbstwitterung.

Sie klammerte sich an der Brüstung fest und schloss die Augen. Während sie den Wind spürte, nahm sie die Kraft wahr, mit der er an ihr und allem am Strand zerrte, sie durcheinanderrüttelte und sie doch innerlich ordnete. Als Julia die Augen öffnete und zur Seite schaute, stand Björn auf einmal da. Sein braunes Haar, durch das der Wind fegte, seine Augen, die eine wilde Entschlossenheit spiegelten. Er kam zu ihr und stellte sich neben sie.

Julia blickte aufs Meer, und er tat es ihr gleich.

Eine Weile schwiegen sie nur, und doch schienen sie sich in diesem Moment alles zu erzählen.

»Bina ist Kunststudentin«, rief er gegen den Wind an.

Julia drehte den Kopf zu ihm.

»Sie macht Aktfotos, um ihr Studium zu finanzieren. Das Geld, das sie in der Kneipe meiner Eltern verdient, reicht nicht für die teuren Bücher und die Materialien, die sie für die Universität braucht.«

Sie schaute ihn interessiert an und blickte bewusst in das tiefe Braun seiner Augen.

Mit dem Zeigefinger wies er auf sich. »Ich mache die Fotos von ihr, weil sie sich vor keinem fremden Fotografen ausziehen möchte. Außerdem habe ich durch die Arbeit bei der Zeitung Kontakte zu Leuten, die Fotos für Magazine kaufen.«

Julia nickte und fühlte sich ein wenig belämmert. »Warum hast du mir nichts davon erzählt?«, rief sie.

»Ich dachte, es wäre nicht wichtig. Bina und ich sind beste Freunde, und unter Freunden hilft man sich. Da gibt es nicht viel zu erzählen.«

Wieder nickte sie und spürte, wie ihr Hitze ins Gesicht stieg. »Da habe ich wohl voreilige Schlüsse gezogen.«

»Ziemlich.«

Entschlossen hob sie den Blick und lächelte ihn an. »Entschuldigung.«

»Schwamm drüber.« Er trat einen Schritt auf sie zu.

»Jetzt, da wir über die Wahrheit reden, muss ich dir zwei Dinge sagen.«

Er zog eine Augenbraue hoch und grinste. »Du heißt doch Uschi Obermeier?«

»Ich bin siebzehn Jahre alt. Ich werde erst nächstes Jahr im Mai achtzehn.«

»Das verändert für mich nichts.« Er sah ihr direkt in die Augen. »Du hättest es mir ruhig gleich sagen können.«

»Ja, hätte ich vielleicht tun sollen, aber ich dachte, dass du dich dann nicht für mich interessierst.«

Lächelnd strich er ihr eine Haarsträhne hinters Ohr, die sich aus dem Zopf gelöst hatte. »Da hast du falsch gedacht.«

Wieder blickten sie schweigend aufs Meer und hielten dem Wind stand.

»Und was noch?«, fragte er irgendwann.

Julia blinzelte. »Was meinst du?«

»Du hast von zwei Dingen gesprochen, die du mir sagen möchtest«, erinnerte er sie.

»Das ist richtig.« Sie räusperte sich. Nun begann ihr Herz wieder schneller zu klopfen. Ihm ihr wahres Alter zu nennen war nichts im Vergleich zu dem, was sie ihm noch mitteilen musste. Sie überlegte, wie er wohl reagieren würde. Würde er ihr Vorhaltungen machen oder womöglich die Flucht ergreifen? Egal, was auf sie zukam, nun war der Moment gekommen, der darüber entschied, wie ihr Leben und das ihres gemeinsamen Kindes verlaufen würde. Ob es mit beiden Eltern aufwachsen oder sie sich allein um das Kind kümmern würde. »Ich bin schwanger.«

Björn schaute sie überrascht an. »Was?«

Sie nickte. »Habe ich vor zwei Tagen von einer Frauenärztin erfahren.«

Wieder blickte er aufs Meer und schien sich innerlich sammeln zu müssen. Julia beobachtete seinen Gesichtsausdruck, konnte ihn aber nicht deuten.

»Wer ist denn der Vater?«, fragte er schließlich.

Sie blickte ihn irritiert an. »Na, du bist der Vater! Wer denn sonst?«

»Ich bin der Vater?« Er zeigte mit einem Finger auf sich.

»Ja!«

»Warum sagst du das denn nicht gleich?« Sofort kam er auf sie zu und küsste sie stürmisch. Dann hob er sie hoch und strahlte sie an. Vorsichtig setzte er sie dann wieder ab. »Dann gibst du mir eine zweite Chance?«

Julia lachte glücklich auf. Sie wusste gar nicht, wie ihr geschah, als mit einem Mal alle Last von ihren Schultern wich und das reinste Glück sie auszufüllen schien. »Wenn du mich und das Baby willst?«

»Und ob ich das will! Ich bin bereit, die volle Verantwortung zu übernehmen. Die eigene Familie ist doch das Wichtigste!« Er strahlte sie an. »Ich kann es noch gar nicht fassen.«

Björn küsste sie wieder. Dann lehnte er sich über die Brüstung und formte mit den Händen einen Trichter. Laut rief er in den Sturm: »Ich werde Vater!«

Julia musste lachen. »Ich hoffe, meine Eltern werden genauso begeistert reagieren, wenn ich ihnen sage, dass sie bald Oma und Opa sein werden.«

»Wenn du möchtest, stehe ich dir bei, während du es ihnen sagst.« Abwechselnd küsste er ihre Hände. »Ich bin für alles bereit, Julia. Ein Leben mit dir und unserem Kind in

Sankt Peter-Ording, es wird das schönste Abenteuer meines Lebens.«

Überrascht blinzelte sie ihn an. »Würdest du wirklich hierherziehen?«

Er sah sie fest an. »Natürlich. Fotografieren kann ich überall.«

Julia ließ das Gesagte einen Moment sacken und blickte dann abermals auf die tosende See. Sie spürte, wie kräftige Wellen gegen die Holzstelzen des Pfahlbaus prallten. Nun blieb noch eine Frage zu klären, die für sie alles verändern konnte. »Liebst du mich eigentlich?«

Björn sah sie verwundert an, wischte sich dann über die Augen und schloss sie in seine Arme. »Und wie ich dich liebe.«

»Ich liebe dich auch«, gestand Julia und spürte im nächsten Moment seine Lippen verheißungsvoll auf ihren.

»Ich liebe dich ganz verrückt«, bekräftigte Björn und hob sie abermals leicht hoch.

Sie fühlte sich wunderbar geborgen bei ihm. Eigentlich ist es doch nicht so schlecht, wenn alles ein bisschen beim Alten bleibt, dachte Julia glückselig. Ihr Blick glitt über das Meer bis hoch nach Westerhever, wo der Leuchtturm seine Lichtsignale über das Meer schickte.

# EPILOG

*Einen Tag später in Julias Zimmer im Strandhotel*

Als es an der Tür klopfte, zuckte Julia kaum merklich zusammen. Sie ließ Goethes *Faust* sinken und räusperte sich. »Ist offen!« Dann drehte sie sich um.

Ihre Mutter kam ins Zimmer. In ihren Händen hielt sie einen Brief.

Sie blieb in der Mitte des Raums stehen. Kopfschüttelnd betrachtete sie sie. »Dafür hast du mir einen Brief geschrieben? Hättest du es mir nicht einfach sagen können?«, fragte sie mit einem verwunderten Unterton.

»Ich hatte Angst, nicht die richtigen Worte zu finden, wenn ich es dir sage«, erklärte Julia. Den Brief hatte sie am vorigen Abend geschrieben, nachdem sie den ganzen Tag überlegt hatte, wie sie ihren Eltern am besten beibringen sollte, dass sie nun doch Großeltern wurden. Schließlich war sie zu dem Entschluss gelangt, dass es am besten war, einen Brief zu schreiben und zunächst nur ihre Mutter einzubeziehen. Julia hatte die ganze Geschichte zwischen sich und Björn aufgeschrieben und auch ihre Flunkerei eingestanden.

»Ach, Kind!« Sie kam auf Julia zu und breitete die Arme aus. Dann drückte sie sie an fest sich. »Wie könntest du für so eine wundervolle Nachricht nicht die richtigen Worte finden?«

»Bist du denn gar nicht böse, weil ich euch alle angeflunkert habe?«, fragte Julia zaghaft.

Ihre Mutter löste sich wieder von ihr. Sie lächelte milde und strich dann mit einer Hand über Julias Wange. »Ich bin nicht böse – wie könnte ich das sein? Nur überrascht, nun auf einmal doch Oma zu werden.«

Julia setzte sich aufs Bett, faltete die Hände und senkte den Blick. »Ich bin so erleichtert, dass du nicht verärgert bist«, sagte sie leise, bevor sie den Blick wieder hob.

Ihre Mutter legte den Brief auf dem Schreibtisch ab und setzte sich dann neben sie.

Nach einer Weile meinte sie: »Ich bewundere deinen Mut, dass du in dem Brief so ehrlich warst. Als ich damals mit dir und Achim schwanger war, hätte ich mich nie getraut, so einen Brief an meine Mutter zu schreiben. Außerdem war ich ganz froh, dass ich damals schon in Sankt Peter-Ording gelebt habe, als ich die Nachricht von meiner Schwangerschaft bekommen habe. So lagen einige Kilometer zwischen mir und deinen Großeltern.«

Julia blinzelte und sah in die gütigen Augen ihrer Mutter. »Wie haben Oma und Opa es eigentlich erfahren? Hatten Sie damals schon ein Telefon?«

»Aber nein! Doch das war mir ja nur recht. So konnte ich eine Grußkarte schreiben und ihnen von meiner Schwangerschaft ganz nebenbei berichten. Und natürlich auch, dass dein Vater mich heiraten würde.« Sie schmunzelte. »Ich war ja damals auch noch nicht volljährig. 1960 konnte man erst mit einundzwanzig Jahren allein entscheiden. Es sei denn, man war verheiratet. Dann entschied der Ehemann.«

Julia lächelte schief und schüttelte den Kopf. »Gut, dass wir 1978 haben. Aber was wird Papa sagen? Volljährig bin ich ja nun auch noch nicht …«

Ihre Mutter legte einen Arm um sie. »Mach dir um deinen Vater keine Sorgen. Da kümmere ich mich schon drum – wie immer!« Sie knuffte Julia in die Seite. »Außerdem ist deine Geschichte mit Björn unserer Liebesgeschichte ja gar nicht so unähnlich. Ich habe deinen Vater damals in Hamburg gesucht und dadurch sämtliche Musikclubs, Cafés und Bars kennengelernt.«

»Wirklich?« Julia blickte sie ungläubig an.

Ihre Mutter nickte. »Das hast du dann wohl von mir. Und deinen Sturkopf, den hast du von deinem Vater geerbt – die verrückten Ideen obendrein.«

»Ich finde, ich bin Papa gar nicht ähnlich.«

»Du bist ihm sogar ähnlicher, als du glaubst«, widersprach ihre Mutter liebevoll. »Deswegen rauft ihr euch so oft.« Sie zwinkerte ihr zu.

Julia seufzte hörbar und strich sich über den Bauch. »Ich werde das Baby behalten, und Björn wird mich heiraten.«

Ihre Mutter nickte. »Das hoffe ich doch!«

»Aber ... ob ich das Abi vor der Geburt schaffe?«

»Wenn es wie du ein Mai-Kind wird, dann könnte es knapp werden. Doch sorge dich deswegen nicht. Du bist durch uns abgesichert und kannst notfalls dein Abitur später nachholen.« Sie drückte aufmunternd Julias Arm. »Sag mir mal lieber, wann wir deinen Björn kennenlernen können!«

Julia wartete einen Augenblick, bevor sie antwortete: »Darf Björn denn vorbeikommen? Ins Hotel?«

Wieder strich ihre Mutter ihr über die Wange. »Aber natürlich. Er ist herzlich willkommen in unserer Familie.«

»Gut!« Julia erhob sich vom Bett und ging ans Fenster. Sie blickte hinüber Richtung Seebrücke und zum Strand.

Dann drehte sie sich wieder zu ihrer Mutter. »Wie wäre es dann morgen? Zum Abendessen?«

»Aber ja.« Ihre Mutter nickte und schaute sie zärtlich an. »Darüber würden wir uns sehr freuen.« Dann ging sie zum Tisch und nahm wieder den Brief in die Hand. »Ich werde jetzt mit deinem Vater reden und ihm sagen, dass er sich schon langsam an die Anrede Opa gewöhnen soll.«

»Hoffentlich freut er sich.«

»Das wird er.« Sie ging zur Tür und drehte sich dort um. »Du hättest uns kein schöneres Geschenk machen können.« Lächelnd nickte sie Julia noch einmal zu und verließ dann das Zimmer.

Als die Tür geschlossen war, war es ganz still. Julia ließ sich erleichtert aufs Bett fallen. Sie überlegte, was alles in den letzten Monaten geschehen war und wie sich ihr Leben verändert hatte. Wie war es möglich gewesen, dass sich in so kurzer Zeit so viele wichtige Ereignisse zugetragen hatten? Ihre erfolgreiche Bewerbung bei der Lufthansa, das Praktikum im Reisebüro und natürlich ihre Begegnung mit Björn, dem Vater ihres ungeborenen Kindes und zukünftigen Ehemann!

Sie atmete tief ein und aus und fühlte sich in dem Moment nur eins: dankbar. Dankbar, so eine tolle Familie zu haben, die ihr bedingungslos den Rücken stärkte, und gesegnet damit, dass das Schicksal sie und Björn zusammengeführt hatte. Wie ihr Leben wohl ohne diese Begegnung verlaufen wäre …? Vielleicht wäre sie tatsächlich Stewardess geworden?

Ein leises Klicken riss sie aus den Gedanken. Es hörte sich an, als würden Steinchen gegen Glas geworfen werden.

Sie stand wieder auf und schaute aus dem Fenster. Ein Lächeln breitete sich auf ihrem Gesicht aus.

Björn stand unter dem Ahornbaum und winkte zu ihr hoch. Er bedeutete ihr mit einer Handbewegung runterzukommen.

Julia nickte ihm zu und zog sich schnell eine Jacke über. Während sie die Treppe zum Erdgeschoss hinunterlief, hüpfte ihr Herz vor Freude. In diesem Moment hatte sie keinen Zweifel mehr. Sie wollte in Sankt Peter-Ording bleiben und Björn an ihrer Seite wissen. Für immer!